語鄉歲月

王先正 著

《浯鄉歲月》自序

王先正

進入花甲之年，才出第一本個人文集，說來有些慚愧。

幼年時，我是頑童，不安份。好奇心重、求知慾強，但饑不擇食，亂看閒書，稍長，有了警覺和羞恥心，知道看書不挑，浪費時間；因循苟且，將一事無成。高三稍懂奮起，用功一年，考上大學，但入學後，還是未能用功課內書。

民國六十六年大學畢業，返金任教，金門時為戰地，由軍方管理。兩岸對峙的年代，家鄉被塑造成聖地、英雄島，能在前線教書，似乎有些虛榮，課餘，為日後進修計，同時也讓長輩放心（他們擔心我亂發謬論），我曾寫過一些呼應時代背景的文章。在金城國中任教，應許維民老師之邀，一同指導學生編寫校刊。到高中，又與洪春柳、陳秀端老師及學生合編《金中青年》，採訪編寫，留了些文字，之後停筆多年。

近十年，曾與友人合撰志書，事後，覺得自己學力不足，成果有限。看到後生晚輩紛紛崛起，一則讚賞，一則惕己，彷彿白活了幾十年。如今大膽出了這本小書，盼讀者寬宥，因內容駁雜，有些是自家歷史，有些是讀書心得，和一些自省、感懷，有些可能已經不合時宜，就當是遇到野人獻曝，一笑置之。

全書內容可分六部份：「人生道上」，錄寫父母當年結婚情景，親人以前在鄉辛苦工作，赴南洋打拚以改善生計。家人於

八二三砲戰後疏遷到台的情形，番薯在烽火歲月與金門軍民的關係。回憶家人在台所住小屋及村友，懷念病逝的大姊，雙親當年辛勞堅強，金門人的故事，由此略窺。

其次，「受教任教」這一部份，反省自我受教情形，筆者少年嗜讀課外書，讀教科書不專心，之後幸遇師長教誨，懂事以來，感恩良師益友。敘述自己任教後之小故事，感謝同仁及學生，並寫出自己參與校內外活動的一些心得。

第三部份「談文論藝」，以書介為主，與文友相互勉勵，說些文壇小故事。看畫展、聽畫家講演、看電影、看舞獅、吃美食，撰述心得分享。自忖作品雖然不多，但樂意為他人佳作揄揚。有些文章可能是對文友大作稍有微詞，或許不中聽，但知我諒我。

第四部份「戰史戰士」，將自己研讀金門戰史的一些想法，略述心得，對有功於金門的長官和老兵，表示敬意和感謝。

第五部份「寫傳訪僑」，寫自己及友人參與縣志人物志撰述之情形，錄寫幾位自己較熟悉的人物傳記。近年來，因受邀訪僑，因緣際會寫了些鄉僑故事，擇要錄在書中。

第六部份「吾鄉他鄉」，所寫乃數年前，老家后盤鄉老抬愛，吩咐我寫村井小史、為風獅爺記述。又數十年前，社教館王館長囑寫民俗村文章，自己也不揣淺陋，參考資料撰述心得。近年來，偶而出國旅遊，陳述所見所思，供讀者參閱或消閑化悶。

書成，自知書中仍有許多缺失，盼讀者不吝賜教。

然而，此書能順利出版，仍要感謝很多人鼓勵，例如多年來刊用拙作的金門日報副刊編輯，先後有李錫隆、陳其分、顏恩威、林怡種、翁維智、蔡群生等先生，近年來，又蒙鄭大行、翁碧蓮兩位總編輯盛情邀稿。更要感謝文獻補助的審查委員給予肯定，金門縣文化局資助出版。

推薦序一　以文同事‧以文會友

洪春柳（金門名作家　廈門大學文學博士）

王師先正
與我同為金門高中國文教師
與我同為金門寫作協會文友
以文同事　以文會友
文字的因緣
讓我們共同熟悉一段浯鄉的歲月

〈人生道上〉
王師雖有一些年少書癡的波折
但大抵說來　一切平順
烽火戰地　顛沛台金
辛勞堅強的雙親
親愛護幼的兄姐
是他風雨中安全依靠的堡壘

書海無涯　〈受教任教〉
返鄉登岸
讀中國文史　教中學國文
圓了興趣　也圓了工作的逐流

民國七〇年代的金門
單打雙不打喊停
安靜、安定的浯鄉
讓一群年輕的公教人
在工作之餘
思結社以談文論藝
於是八〇年代
開金門民間社團之先風
金門寫作協會成立
走出學校　走入社區　廣結善緣

歲月悠悠
文藝青年逐步走成文藝壯年
近視度數不減
老花度數加深
密密麻麻的文字讀書會
不得不轉型為
大銀幕的電影讀書會

歲月
釀成了香醇的陳高
書香
蘊育了相知的文情
如今　不時的文史講座
隨緣　隨興
我們是一群慢慢共同老去的金門文友

作為文友
王師的專長不在創作
而是文史資料的搜集
王師有搜集金門鄉土文獻的嗜好
且記憶超群
不論文人、武將、賢達、凡夫……
大事小節
皆可談來如數家珍

因此
金門寫作協會的島內聚會、島外交流
有他在
大家心安一半
至少　不怕冷場
也因此
教職退休後的王師
繼溫仕忠理事長、楊清國理事長之後
成為金門寫作協會的新龍頭

登高振筆
王師再續〈談文論藝〉的前緣
並整理〈戰史戰士〉、〈寫傳訪僑〉
輯成《浯鄉歲月》一書
忝為文友
恭喜其筆健書成！

推薦序二
漫漫長夜，跌跌撞撞找一盞燈
——走進王先正的島嶼之書《浯鄉歲月》

楊樹清（報導文學作家，國立金門大學駐校作家）

到鳳翔新村叩訪文學好友王君，相談甚歡。夜歸時在沒有路燈的柏油路面，差點栽入河溝。十點宵禁前的趕路，文學，大概也是一路的跌跌撞撞在找一盞燈。

——楊樹清《渡：心之筆記》（1987）

駐校金大的最後一個夏天，駐校作家文學週的演講會，我在台上說著「怎樣報導，如何文學；走進報導文學的世界」，台下閃動著一道熟悉的身影，不斷按快門，獵取我的眼神、手勢，然後PO上臉書。

「老師捕捉的畫面真好！師生倆笑得如此燦爛。」看到我與昔年城中文藝社「星期三的文藝課」指導老師王金鍊與談、互動、有獎徵答的鏡頭，妙玲很快留了言。

「寫幾句話吧」，演講結束，握相機的手休息片刻，王先正老師趨前，傳遞來一本新書即將誕生的訊息：《浯鄉歲月》

啊！這本書我等了三十年。

一九七九年我渡海到台灣，隔一年的回鄉行程中，在後浦莒光路109號莒光電器行，金門日報副刊主編李錫隆（古靈）家，

初識東海大學中文系畢業的王先正老師，日後他先寄我〈驚識燕南山〉回應初相遇，交集之後，再以〈楊樹清青柳色新〉、〈勤奮的筆耕者〉兩篇文章，為少年辭鄉、文學路上一意孤行的我打氣。他知道我渴望擁有一套《金門縣誌》，他低聲下氣地向有關官員再要了一套送我。

說不上師生關係，卻有深厚的文學情誼，他看著我一路「跌跌撞撞」，我讀著他一篇篇「四平八穩」的文章。有時，我回金門，他到台灣，金台之間，總有一個屬於我們坐定煮茶論藝的角落。貯存在腦海的記憶畫面：他騎機車攜著三歲大的兒子棟生，到燕南山古區村，棟生快樂追逐著一群跑入我家庭院的雞鴨。接續，同樣在古區村，約王老師與寫詩的丁春德連長來享用香百合女子說好送來的牛肉大餐，結果女子遲遲未現身，我老兵父親下廚的一鍋湖南辣味；也曾趕在宵禁前，到鳳翔新村王老師家暢飲白金龍，搖搖晃晃的歸途，沒有路燈的柏油路上，一個跌撞，人與腳踏車差點跌入河溝。

場景換到台灣，有一年，王老師到台中，居然輾轉尋到烏日鄉，探視隱居在明道花園城寫《小記者獨白》的我，之後，我到中和太武山莊拜訪來台消暑的他。在遮風避雨的簡陋眷村，聆聽王師令尊永仁老先生的浯鄉滄桑；我編《新未來雜誌》時，王老師陪同我們前往新店中央新村拜訪創辦《中華雜誌》的胡秋原先生，一個長長的下午，胡秋原只管發出他的思想心聲，頻頻揮動他渾厚的手勢，他的眼中似乎只有「學問」，沒有「來客」，聊到家人喚他用晚餐了，他自顧走進餐桌，「忘了」也餓著肚子的王老師和我……。

都是三十年以前的記憶片斷了，在那個戒嚴、軍管的年代，找不到一盞路燈的島鄉長夜，文學成了我們唯一的照明。

王老師的思路清晰，眼神銳利，處世內斂，內心想必也隱藏了強烈的批判性格，這種人，選擇唸中文系，看得到創作者，卻又往往跳脫創作者，化身研究者、評論者。而他歸返的，是一座佈滿地雷、鐵刺的島嶼，被禁錮、壓抑的環境，這種人通常只能當「隱士」，發出太多的諤諤之言，只會遍體鱗傷。

　　這位長期駐守、沈潛島鄉的士者，閱覽群書，包括珍藏在台的諸多禁書；他研析戰史，包括古寧頭戰役各軍種爭功的幕後；他了解金門的軍事體制，包括戰地政務這個區塊。他的筆下，儘量不直接碰觸軍管禁忌，在百分之百戒嚴的金馬社會，一如歌手流氓阿德《流放》歌詞裡，「在神話中所謂的海上公園／所有的傳說／只是一個天大的謊言」，「心中的思念／不能講／不敢想」；他的筆鋒不會去戳破「謊言的海上公園」，卻照見了文史、文學的歷史情感島嶼。

　　筆耕三十載，積稿成書。《浯鄉歲月》中從生命情感的〈人生道上〉出發，歷經八二三疏遷、金門新村歲月，受教之後，回鄉任教，立足在自身的島嶼上〈談文論藝〉，關注〈戰史戰士〉、〈寫傳訪僑〉，最後再以觀照原鄉異鄉的〈吾鄉他鄉〉劃下句點。

　　單篇文章的綴連，始能積稿成類，也才能較完整讀到、聽見作者的筆性、文采、聲腔。《浯鄉歲月》裡，我看到一個從個人生命史、家族史，再結合島嶼史的王先正，他寫家族，「先父率部份壯丁及家人轉進大嶝。後奉有關當局之令，回淪陷區家鄉做情報工作，家父多次冒險觀察、刺探日軍情況，轉達給上級人士」。

　　八二三砲戰爆發時，「天暮，廣播宣佈非往台者下船，家父一心欣慰家人可以往台灣較為安全，一心憂思將與慈親及妻兒分

別而難過，回城區宿舍，一夜輾轉不能入眠」；寫落腳中和金門新村，「當年，家父一人留守戰地工作，祖母與母親及我們兄弟姊妹共八人擠在這間小屋相依為命。遇到寒暑假，在各校借讀的親友，無處食宿，偶來寒舍借住，敘敘鄉情，共食地瓜湯，夜打地舖睡客廳」，這些家族間的文字場景，往往牽繫出一座島嶼的時代聲息。

即連追思大姊的〈彩霞西歸 我心傷悲〉，也能追溯到風雨欲來之島，砲火與親情交織的動人氛圍，「我快出生時，金門軍情緊急，夜晚宵禁，五步一崗，十步一哨，娘臨盆在即，父親任公職住金城，娘叫大姊去通知后盤同村之姆媽前來幫忙，大姊當時只是小學生，在漆黑夜色中，走過好幾站衛兵，衛兵厲聲問誰？大姊答稱：『老百姓，媽媽要生小弟，找人幫忙！』連闖三關，才將睡夢中姆媽拉來家中，大姊當時小小年紀，卻能不慌不忙，鎮靜勇敢，尋求援助，使我安抵人世」。

從個人、家族記載出發，在台灣度過成長、求學歲月，之後回歸母島投身教育崗位的王先正，為文學發聲，〈從傳奇到詩話〉、〈新詩與金門〉、〈金門文學黃金島〉；為戰史留痕，〈古寧頭大戰知多少〉、〈古寧血戰 哀矜勿喜〉、〈胡璉與高魁元〉、〈胡璉與李光前〉、〈向老兵致敬 致謝〉；為寫傳訪僑，〈檳城訪傅錫琪的後人〉、〈勿里洞到雅加達〉〈印尼訪僑見聞〉、〈檳港鄉僑王君奇〉、〈吉里汶鄉僑返鄉尋根〉。

力求精準、紀實的文字紀錄中，深具史料價值，筆鋒常帶感情，譬如他評賞洪春柳的《浯江詩話》之餘，寫道：「透過她的解說，我們一方面可瞭解金門豐富的歷史文化內涵，一方面，吾人亦藉此領悟一位愛鄉的女子，一位纖細多情的浯江才女，正以其優美流暢的文學彩筆，向我們娓娓述說吾鄉先賢的清嘯與吟唱」。

他刻寫古寧頭血戰，不忘提醒世人「哀矜勿喜」，「看到這些戰史文獻，令人感慨萬千，國軍共軍同是中國人，但在毛、蔣兩氏主導的拚鬥下，人民被迫選邊站，兄弟骨肉自相殘殺，真是痛苦又可悲」；他走訪南洋鄉僑，紀錄口述歷史之外，不忘人性觀照，「想到我們生活在現代金門，幸有金雞母造福縣民，社會福利、幸福，令人稱羨；早年，有些金門人為了追求較好的生活，遠渡重洋，赴彼處謀生、發跡，日後寄款資助家鄉建設。如今因多項因素，在印尼的金僑後裔，有的為了避禍，回歸祖國大陸；有的住在印尼偏僻鄉村，居處環境簡陋，有些鄉僑很想返鄉，然缺乏盤纏」。

讀罷《浯鄉歲月》，這才發現王先正老師的文史筆記，不單是他個人的浯鄉歲月，也是島嶼的浯鄉歲月，時而冷峻，時而溫熱，但仍不失穩妥厚重的筆觸，少了批判，多出記錄，嚴謹自律的字裡行間，仍可感受其用情用力的春秋筆法。

與王老師多年的鄉情交集，文學互動情誼，一直期待他的文字、篇章成書，三十多載後，終於等到了他的《浯鄉歲月》，付梓前，囑我以一千字為度「寫幾句話」；閱讀書稿的同時，筆尖亦觸探到腦海那一幕幕深藏的記憶，內心那如波濤湧現的情感，竟一發不可收拾。

金大駐校作家文學週，再遇王老師，當他閃動快門，用影像寫日記的瞬間，我的記憶之書也被打開了，想起一九八四年征塵歸來，到鳳翔新村造訪王老師，我寫下了「十點宵禁前的趕路，文學，大概也是一路的跌跌撞撞在找一盞燈」，我把這一段「心之筆記」收錄在一九八七年出版的散文集《渡》內，今讀《浯鄉歲月》，見其中一篇〈回首來時路：一路跌跌撞撞〉，驚覺到原

來我們間,一個看似安穩,一個看似顛盪,竟然都有「跌跌撞撞」的共通心境、共通語言。

〈跌跌撞撞找一盞燈〉,就沿用這句話,誌念那一段身處在漫漫長夜,卻依然有情如斯的浯鄉歲月吧。

左起大人為王先正、周玉山教授、楊樹清,
男孩王棟生,女孩王貞懿。

左起為王先正、小說家黃春明、楊樹清。

左起為王先正、洪春柳、雕塑名家趙瞬文、楊樹清、陶藝名家吳惠民。

目次
Contents

人生道上

受教任教

談文論藝

戰史戰士

寫傳訪僑

吾鄉他鄉

人生
道上

追憶先父母

先父去世至今已近十年，有一天，我遇到一位長輩，他曾與家父共事多年，長輩稱讚家父擔任公職行事公正，不煙不酒的風格影響他很深，並說他們一起在軍管時代艱難工作，彼此有深厚的革命情感。

說軍管時代，家父籌辦建立金門縣政府人事室，曾聽聞家父私下感歎，有一位長官公開挪揄家父說：

「你就是王永仁啊！我告訴你，我的『戰地政務』四字，專門破你的『人事法令』。」家父感歎人事制度建立不易，軍人以備戰、作戰而為所欲為。

近幾年，我偶閱家父生前所撰回憶錄，述其一生經歷，瞭解他身處苦難年代，少年時因家境貧寒，愛讀書而家中乏力供他深造。只好在家耕讀，祖父腳瘡無法行走，家父研究先人遺留之手抄中醫祕方，買藥煉膏，居然治癒祖父惡瘡。

民國二十五年，時局緊張，政府為加強地方自衛力量，分區舉辦壯丁幹部訓練班，規定每保必須選送二人參加受訓，日後回保訓練壯丁隊。祖父時任保長（轄區有後盤山、後沙、西山、壠口），經數日遴選，仍乏志願參加者，因受訓會影響農事耕作，且日後擔當壯丁幹部，待遇微薄。祖父焦灼萬分，寢食不寧，家父不忍，毅然自薦，願投筆受訓。

祖母愛子心切，以家父年才十七，極力反對，但時間迫促，

無法更替，家父仍準時前往。訓練期間，先祖母多次步行十餘華里，遠赴沙美，窺視受訓情形，看到瘦弱愛子接受嚴格訓練，常心痛淚下。

之後，先父擔任第二十二保壯丁隊長，日人佔領金門時，先父率部分壯丁及家人轉進大嶝。後奉有關當局之令，回淪陷區家鄉做情報工作，家父多次冒險觀察、刺探日軍情況，轉達給上級人士。

民國二十九年家父母結婚，先父的回憶錄有詳細記載，我特謄錄於後，供讀者瞭解昔時金門婚姻習俗：

> 余行年二十二歲，因家慈體弱多病且祖母年邁，胞妹珠衣亦已出嫁浦邊社何天從，家務亟需有人幫忙，經二胞妹珠襖之外婆介紹古寧頭南山社李炎綜之三女李能寬（原名蜜治），探聽女方對家務尚能勝任，經雙方憑生肖八字問卜，結婚前未曾謀面。

> 家慈平素誠心拜佛，乃往後浦幾處大廟寺拜拜，抽籤請求神明提示，余還記得到南門嶽帝廟抽籤，其籤詩如下：「雷霆霹靂震空中，天地命吾察吉凶，積善之家慶有餘，積惡之家定有殃。」余自幼聞我家歷代祖先積德行善，邐遍閭里，親友欽佩，所以對神明提示籤詩，余深信今後仍是積善之家，亦是余將來做人處世之基本原則，乃毅然贊同此件婚姻大事，且女方係營商，不以余農家相棄嫌，行聘後不久擇吉於農曆二月二十日親迎結婚。

> 余有生以來首次製西裝穿西裝，但皮鞋則向宗親借用，結婚當日四轎四馬，所謂四轎係男女新人各一，媒人、花童各一乘轎。所謂四馬係四位男儐相各騎一馬，音

樂則大鼓吹在陣前，輕音樂在新娘轎前，浩蕩數十人，一大陣仗，前往古寧頭南山西角李家迎娶，回程沿途鞭炮連鳴，禮儀至為隆重，登堂拜天地神明，進房飲交杯酒，當日亦往家廟晉拜列祖列宗，此日宴客數十席分中午與下午兩次，夫婦由今日起相認識，由結婚起培養雙方感情。

舊式婚姻，既無事先談戀愛，也無男女相親會面，乃父母之命，媒妁之言。翌日因有公私事務待辦，上午即挑著擔子走往後浦。與現代新人歡渡蜜月，實有天壤之別。妻入門順俗，對清寒家風憐而不恥，夫婦相敬如賓，迄今回憶以往，猶如目前。

（刊於《金門日報・浯江夜話》一〇二年三月二十九日）

父母合影，殆在民國五十年前後

父親著軍裝之英姿

金門人赴新加坡

　　近日，整理家父王永仁生前所寫回憶錄，看到先父敘寫新、馬等有關訊息，當年，家父兄弟在鄉辛勞維生，日後家叔王永堯先赴新加坡打拚創業，日後二嬸李能敏亦在家父協助下前往，我將這些文字謄錄於後，讓讀者瞭解以前的金門人赴新加坡的因緣及實況。

民國三十一年

日寇佔領菲律賓、馬來亞、新加坡及印尼、緬甸，在報紙大事宣傳，我們很多親友僑居南洋群島，大家非常關切僑居新加坡親友之安危。有一段時間無法通信，後來有少數僑胞返金，互為探聽，有幸有不幸；襟兄張紅記亦在此役冒險生還，當時據告係擠在死人堆中佯死倖免，回來時大家為之慶幸。南洋群島被日寇佔領後，政治及經濟均惡化失敗，僑民生活極端困難，僑匯停止接濟家鄉，對金門僑眷生活影響甚鉅，靠僑匯生活者幾乎無法生存，饑寒起盜心，金門有不少宵小竊取農產品。每逢農作物收成季節，余與二弟永堯必須於夜間協力巡視園中之五穀，甚至搭草寮冒風雨在園中守望，有一天夜深大雨，視線不明，竟仍有小偷冒風雨偷竊地瓜。

民國三十二年

自南洋群島被日寇佔領後，兵荒馬亂，民不聊生，旅外僑胞無匯款救濟家鄉，僑眷生活多數發生困難，我家雖以農業維生，但旱地農作缺乏水利設施，靠天庇佑才有收成，可是今年雨水稀少，農作物缺水甚為嚴重，余與二弟乃採祖先傳統方式，視地勢利流所到，用戽桶戽水灌溉，地勢較高者則用肩挑灌溉，在木桶底鑽細孔使水散噴出較為省水，甚至用轆轤吊桶在山井中取水灌溉，不但肩膀挑破、手心拉破，腰亦酸痛腳更痛，以如此灌溉方式，至堀水乾了，井水亦乾了，才停止罷休，大家兩眼看天，此即大旱之望雲霓。

民國三十三年

今年二弟永堯與古寧南山社李森篇之次女李能敏結婚，穿著余結婚所製之西裝，宴客買不到大米，以雜糧代用，由此可見當時淪陷區物資之缺乏，我們兄弟三人，二弟永堯與余從事笨重工作，家父與三弟協助較輕便工作，在稼穡期間，全家人同心合力收穫，做到園無茅邊地無寸荒，所以不但得維持全家生活，且稍有積蓄，藉以辦理二弟婚事。

民國三十六年

在此一、二年期間，二弟經營挑販生意，奔勞於洋山、六甲一帶，早出晚歸，至為辛勞，對家庭生活頗有幫助。

民國三十七年

二弟永堯於本年南渡新加坡，臨行之日送至後浦同安渡頭
（即往廈門之碼頭）。

民國四十三年

二弟永堯自三十七年旅新加坡謀業，之後，古寧頭戰役發
生，交通不便，尚未回國省視，茲以局勢略為安定，彼此
非常盼念，但因二弟工作甚忙，無法抽身回國，經徵求雙
親同意，設法給二弟婦前往新加坡相聚，必須有當時結婚
照片寄新加坡申請入境手續，因日治時代結婚並無結婚照
片，余乃設計一張貼有夫婦相片之証明書格式，提供縣府
民政科參考同意，簽請縣長核可後發給核發証明書，寄給
二弟永堯向新加坡政府申請入境，很快獲准，將手續寄
來，即託前縣長陳玉堂先生在台代辦二弟婦出國手續，金
門出境證件很快核發，二弟婦與同鄉婦女數人為伴，同時
出國，臨行再三表示謝意。從此以後，很多僑眷出國與夫
相聚，都是比照辦理，順利出國。

（刊於《金門日報・浯江夜話》一〇二年三月六日）

八二三疏遷

　　今年是八二三炮戰五十五週年，近日與大陸友人討論八二三戰役，彼方所持論與我方所言有些出入，但我以為：戰爭沒有贏家，自相殘殺非英雄。議論兵事，過去，兩岸對峙，兵不厭詐，真相不明；如今，紙上談兵，誰輸誰贏，各自表述。

　　然而，仍可就所知談談金門故事，民國四十七年炮戰發生，我只是五歲稚童，所知有限，然參閱史籍及先父回憶錄，詢問兄姊，得知：

　　民國四十七年元月一日，當局為簡化戰地政務之推行，金門縣政府與金防部政務委員會合署作業，政務委員會搬入城區縣政府舊址大衙門（即今日總兵署），縣政府之名義仍存在，縣政府各科室與政委會各組室按業務相關混合編組。兼縣長孫通調任政務組組長。縣長由政委會秘書長柯遠芬兼任（柯將軍係金防部副司令官兼政治部主任），人事室併編於秘書組人事科，家父王永仁任副科長並負責核辦政委會人事業務，與科長龔龍同一辦公室，同住一宿舍。對內統一作業，公文分縣政府及政委會，以副本抄件分別並存，對外行文視需要分縣政府及政委會名義，只是減少縣政府與政委會中間來往公文，在處理公務程序上較為簡化，但業務權責上未劃分清楚。

　　二月一日起為期一週之太白演習，會縣及所屬單位全面舉行，演習乃作戰之準備，認真研習通力合作始能逼真，俾使真正

作戰時爭取勝利，家父率同仁參加演習作業，以身作則，未曾遲到或早退，演習結果，人事科獲得裁判官好評。

八月廿三日下午六時許，會縣員工正在大廳吃飯，忽然炮聲四起，震耳欲聾，員工立即疏散，按預先指定路線進入防空洞，係彼岸敵炮對大小金門同時射擊，至夜間八時許暫停，此夜，家父入另一間較大型防空洞，衣不解帶，半坐半臥，目不交睫，憂思家人安危，天亮即打電話探聽住在後盤山附近之軍事單位，聞悉村落幸無落炮彈，得稍放懷。

但廿四日續有炮擊，且連連數日，幾乎每日都在提防，甚至在辦公室或在會議廳、餐廳，聞有炮擊聲響，隨時就地臥倒，或跑進附近防空洞。尤其九月八日上午連續砲擊五小時之久，更為劇烈空前，附近似有落彈，家父秘書組同仁多數躲在第一招待所（即今鄧長壽洋樓）後面的防空洞，中午未進餐亦不覺得飢餓，十月六日下午五時以後才停止砲聲，報載在此期間敵炮向大小金門射擊四十餘萬發。

十月十日午飯後聽說免辦入台手續，金門民眾可以搭乘登陸艇往台，家父立即向秘書組吳正庸組長報准，借用吉普車一輛回後盤山家中，將八位家人及簡單行李，分為兩車次送到新頭碼頭，並幫忙提行李登上登陸艇，又幸遇海軍士兵主動讓出吊床，稚齡幼童得以臥睡。

天暮，廣播宣佈非往台者下船，家父一心欣慰家人可以往台灣較為安全，一心憂思將與慈親及妻兒分別而難過，回城區宿舍，一夜輾轉不能入眠，按此次搭乘登陸艇赴台民眾，經統計為六千餘人。

因船上物品尚未卸完，隔日又再靠岸卸貨，至深夜開船。十月十二日下午四時許，登陸艇抵達高雄港，下船後乘車到高雄市

大同國校暫住，政府派人臨時供給膳食，當局成立「金門遷台輔導委員會」，以台灣省政府及福建省政府及有關機關聯合組成，金門縣政府亦派民政科長楊應堯前往參加。

十三日下午所有未辦入境手續而搭登陸艇來台者，均照相由輔導會代為補辦入境手續。十四日調查何人要找親友者可以登記，由政府發給至目的地普通火車票，家母按在金門與家父之商議，囑家姊彩霞登記往台北市金門街投靠何水師先生（我大姑丈之兄）家。

十五日領到火車票，中午上車，至夜間十二時到台北市火車站，再搭三輪人力車數台到金門街何伯父府上，此時珠衣大姑媽及其子女亦在彼，何府全家美意接待，兄姊至今感念。太多人借住何家，實有未便，家人乃於十八日租居晉江街五十一號平房，房東周金選家的一個房間，每月租金台幣二百二十元。

（刊於《金門日報‧浯江夜話》一〇二年八月二十三日）

家父母合影於八二三疏遷赴台後首次自購屋前。　家父與吳正庸組長合影。

烽火歲月番薯情

番薯種自番邦來，功均粒食亦奇哉。島人充飧兼釀酒，奴視山藥與芋魁，根蔓莖葉皆可啖，歲凶直能救天災。奈何苦歲又苦兵，遍地薯空不留荄。島人泣訴主將前，反嗔細事浪喧咷。加之責罰罄其財，萬家饑死孰肯哀。嗚呼！萬家饑死孰肯哀！

——明朝盧若騰「番薯謠」

一、前言

民國四十七年，八二三砲戰爆發，中共砲火猛烈，金門遍地硝煙，全島民房受災慘重。戰情研判，共軍有可能登陸金門，政府經審慎考慮後，決定將老弱婦孺先行疏遷，青壯及公務員則留金堅守，與駐軍同仇敵愾，準備與來犯共軍決一死戰。

那一年十月上旬，我隨家人適台，搭乘運補艦抵高雄碼頭，救災總會出面接待安置，在國校裡食宿。過了幾天搭火車北上，一家人賃屋於台北市晉江街，父親因服公職，留金執勤。

四十八年家人又遷往中和積穗的金門新村，遠離家鄉的我們艱難過活。父親的薪水據說只有幾百多元，比台灣大農戶的收入稍遜，他將大部分收入都寄台供我們使用，但食指浩繁，支出拮据。幸好，母親在金時幫忙軍人縫補衣物，存了些錢，這時拿來

貼補家用，尚可勉強應付，每日三餐幾乎都是地瓜簽加地瓜，白米粒粒可數。

尚未赴台避難時，在鄉下老家，每逢收成季節，也常赤足與兄姊到田裡拔花生、挖地瓜，從日出做到日落。雖然苦，但是，事後回想也頗有樂趣。然而，離開了家鄉，再也沒有農地可供種植作物。平日裡，母親常烹煮地瓜，一則是重嚐鄉味，一則是因家人食之者眾，藉此節省家用。冬日，有烤番薯路過家門，香味陣陣傳來，但媽並無餘錢供我們大快朵頤，她往往只是安慰說：晚餐時，她會多煮些地瓜供我們享用。

在這段吃地瓜簽、地瓜稀飯的日子，每逢兄姊開學註冊前，不識字的母親常要我帶她認公車號牌，搭公車到永和溪州向親友借貸，否則，兄姊勢必輟學或提前就業。但我們一家人都咬緊牙根挺過來了。我因身為幼子，常穿哥哥的舊衣，即使縫製新衣，也是特別寬大，同學看我穿著土氣，笑稱我是金門地瓜，我則不以為意，認為多一些土氣未嘗不是好事。至於「地瓜」，本我所愛，能被人以「地瓜」相稱，此亦無妨。

民國六十六年，我大學畢業返金任教，執教的學校位於鄉下，課餘師生偶亦利用假日做戶外休閒，做土坑、燜番薯。大家吃得不亦樂乎，這項遊戲兼無具炊事，至今仍深獲許多青少年朋友喜愛。

近年，地瓜雖然已漸漸從人們的正餐中消失，但在我們家中仍不時出現，因妻也喜啖食番薯，有時，買些摻在米中烹煮，那一天，大家都會多吃好幾碗呢！

二、英雄島上話番薯

番薯即地瓜，又名甘薯，是旋花科植物。其莖長，匍匐地面，但亦有叢狀及中間型。葉片心臟形，綠色或紫紅色，花為漏斗形，色白至淡紅。根逐漸肥大成塊根，通常為橢圓形，兩端稍尖，皮色有白、黃、褐、紅、紫紅及中間色。肉色為白、黃白、黃或橙黃色。

地瓜原是美洲的土產，哥倫布發現新大陸後，才移植歐洲，葡萄牙人和西班牙人向海外拓殖時，帶了地瓜環遊世界，由是而傳到遠東各國。因為甘薯是是由華僑引種回國，在閩南繁殖；而閩南人稱外國為「番邦」，所以將地瓜命名為「番薯」。

明朝大臣兼科學家徐光啟在其《農政全書》，就曾談到番薯，說：「薯有二種，其一名山薯，閩廣故有之；其一名番薯則土人傳云，近年有人在海外得此種，海外人亦禁不令出境，此人取薯藤絞入汲水繩中，遂得渡海，因此分種移植，略通閩廣之境也。」可見當時番薯得以傳入中國，還是費了一番心思。

明人何喬遠曾寫〈番薯頌並序〉，對番薯的傳進中土及其形狀特色與功效，也有詳細介紹，他說：「萬曆中閩人得之外國，瘠土砂礫之地皆可以種，用以支歲有益貧下，予嘗作番薯頌可以知其概也。頌曰：度閩海而南，有呂宋國，國度海而西為西洋，多產金銀，行銀如中國行錢，西洋諸國金銀皆轉載於此以通商，故閩人多買呂宋焉。其國有朱薯，被野連山而是，不待種植，夷人率取食之。其莖葉蔓生如瓜蔞、黃精、山藥、山蕷之屬，而潤澤可食，或煮或磨為粉。其根如山藥、山蕷，如蹲鴟者，其皮薄而朱，可去皮食，亦可熟食之，亦可釀為酒，生食如食葛，熟食

色如蜜，其味如熟芋蕷，生貯之有蜜氣，香聞室中。夷人雖蔓生不訾省，然吝而不與中國人，中國人截取其蔓咫許，挾小蓋中以來，於是入吾閩十餘年矣。其蔓雖萎，剪插種之，下地數日即榮，故可挾而來。其初入吾閩時，值吾閩饑，得是而人足一歲。」

宅心仁厚，素有「盧菩薩」之稱的明朝鄉先賢盧若騰，在其所作《番薯謠》（見文前引），則道出明鄭時期鄭芝龍的官兵在金肆虐、欺壓百姓的惡形惡狀，牧洲先生曾被拜為兵部尚書，之後，他住浯洲，眼見驕兵悍將掠奪人民財產，欺壓百姓，看到如此官軍已無異於盜匪，保民已有不足，遑論抗清衛國。他內心的憤懣，和悲天憫人的胸懷，我們藉著他的詩文，仍可深刻感受，隔著時空，彷彿我們仍可聽聞他那悲憤的吶喊，長長的嘆息！

當我們讀到清朝鄉先賢林焜熿、林豪賢喬梓所編纂的《金門志》，在物貨篇說道：「浯洲蕞爾地，羽毛齒革之所弗生。……田無水利，居山者，時苦亢暘；所產地瓜、花生而外，更鮮嘉穀。……金門無水田，不宜稻，故遍地皆種地瓜。終歲勤勞，所望祇此。若年歲豐登，僅供一年之食。」對於先人來此荒島，不辭勞苦，汲汲於田埂的那種艱苦奮勵精神，我們內心充滿著感佩。

從很多文獻資料及著述上，我們瞭解番薯一直是我們浯島平民的重要糧食，從明朝到清代固然如此，進入民國以後，仍是重要的救急品，有金門第一刊之稱的《顯影月刊》曾刊珠山鄉賢薛永棟所寫〈金門淪陷實錄〉。文中寫道：「民國二十七年，金門僑匯斷絕，雨水不足，尤幸前年五谷豐收，各家戶存有薯簽，不致有乏糧之憂，夏季天時苦旱，大麥、芙豆、土豆因雨稀薄，收成僅三、四成，番薯難以下種，青黃相接，不料地瓜乏雨，不能

生長，故乏糧食者，幾及半數，一時糧食突漲，好的薯簽，每擔自三元六角漲至十二元。」由此我們可知當時遭逢人禍（日寇佔據金門），又遇到天災，雖有存糧，但只能救急，淪陷於異族統治下的吾鄉父老曾渡過段悲苦歲月。

到了民國三十三年十月，日軍強迫民工在後岐建機場，每天三千人，男丁十三歲以上，五十五歲以下，都需輪流前往做工。據李福井採訪父老而寫的〈古寧頭〉長文中說道：「古寧頭緊鄰後岐，村丁每天早晨六時沿村打鑼，要壯丁在村公所集合，然後由甲長一至三人領隊徒步前往後岐構工；老弱另組一支供應隊，甲長除了監工者外，得帶領供應隊挑午膳，每天近午時分，就到構工的農戶挑飯，每人挑五、六家到七、八家不等，視各人的體能狀況，當時民窮，都吃地瓜湯，均用鍋子裝，然後再用破棉被、棉襖裹著保溫。有些人食量很大，一餐要吃十幾碗。……那時年冬不好，居民生計困難，連地瓜都沒得吃。」對於這段吃地瓜湯及連地瓜都沒得吃的日子，父老們至今回憶起來，都不勝唏噓。

民國三十八年，國軍轉戰金門，為了備戰，農村田埂上的石塊，很多都被搬去做碉堡。雨季來到，水沖禾失，排水不暢，番薯浸爛，民生艱難。十萬大軍駐紮前線，蔬菜供應青黃不接時，地瓜葉又是最佳的蔬菜，此事胡璉將軍所著《金門憶舊》也曾談及，而歷經多次戰役的前線百姓在戰火下苟延賴以維生的主要糧食，仍是番薯。由此可見，番薯在過去一直是我們金門人保命的恩物。

至今，番薯雖已從我們的正餐中逐漸消失，但它仍活躍於農村中，有一陣子，金門由於養豬業蓬勃發展，農夫大量栽種地瓜，將其大部分充作飼料，然近年來，因金門肉價不高，養豬事

業萎縮，田地廢耕，種番薯似也減少了。

　　不過，據農政單位指出，金門所種番薯，現在已由飼料品種轉向含有高營養分的紅心甘薯發展，目前主要的甘薯品種有紅仁種、台農五十七號、金門三號、金門五號、金門十六號、金門九號、金門十七號、金門十八號等，這些品種有的適於食用，有的供作飼料，而其產量通常是愈後推廣者愈高，至於食用的品種，肉質細、風味佳。

　　番薯的營養價值，據專家們說，它與馬鈴薯十分相似，但成分更全面且平衡。其蛋白質質量高，含有人類身體所需的八種氨基酸，可彌補穀類食物在蛋白質營養上的不足。甘薯中的醣類，主要是葡萄糖和麥芽糖，甜度適中，易為人體消化吸引，薯中有一種黏液蛋白，對人體有特殊的保護作用，能預防心血管系統的脂肪沉積，保持動脈血管彈性，防止動脈硬化，還能防止膠原病發生，保持消化道、呼吸道及關節腔的潤滑，明朝李時珍《本草綱目》說甘薯：「補虛乏，益氣力，健脾胃，強腎陰。」可見番薯是健康食品，我們應多多食用。

三、後語

　　身為金門人，身為現代金門人，走過烽火歲月，走過艱辛，每一位和我同樣年紀的金門人，都會感觸萬千，雖然我們沒有像先民那樣篳路藍縷，雖然我們沒有像父兄輩那樣嘗遍千辛萬苦，但是，我們畢竟也曾經歷過戰火的威脅，也曾貧窮困頓。

　　然而，隨著時日久遠，痛苦已淡忘，如今民生富裕，大家已忘了什麼是清寒，什麼是物力維艱，古人所謂：「由儉入奢易，由奢返儉難。」似乎已預言今日社會之弊。

值此文化節，藉著番薯，我們可重溫昔時生活，看到番薯，我們彷彿又看到古人在我們面前大聲歌詠「番薯頌」：

　　「令珠而如沙，人以之彈雀，令金而如泥，人以之塗艫，令朱薯而如玉山之禾，瑤池之桃，人以之為不死之大藥，雖不死藥，不足佐五穀，吾亦不忍其禾玉山、桃瑤池，獨從羽人於丹邱，坐視下界之人，瘁飢啾啾而不得嚼。」

（刊於《金門日報》八十八年一月四日副刊）

尚未赴台前，家人合影。

憶舊金門新村

　　金門新村在台灣，據我所知，至少有三處。

　　最有名的當屬近年建好，位於捷運南勢角站附近，原復興新村所在，不久前向新北市工務處取得使用執照的金門新村，這金門新村，似又名金門新城。另一個金門新村在桃園縣（原屬平鎮，後改隸埔心），是軍人眷村，但我現在要說的是人們不熟知的金門新村。

　　此金門新村位於現今新北市中和區的民有街，倘若您自板橋搭車到環球購物中心，再多坐一站，在板橋監理站下車，往回走，街口就在二十米內。

　　金門新村，於民國四十八年二月陸續建好，除了街口兩邊有幾棟樓房，其餘皆是平房，這些連棟式平房隔著馬路相向，大門一邊朝南，一邊朝北，這些房子在六十七年左右，由百年建設公司與住戶商議後，已拆除改建為四樓公寓，建好至今又三十幾年了。

　　住過金門新村的金門人很多，我無法一一歷數，較知悉的是一些大家族或與我年相彷的同學。年歲漸長以來，心想：物體消逝有時，但事蹟長存我心，不妨藉夜話披露，分享讀者。

　　我家在單數門牌這邊，殆在第三戶，第一戶是樓房，戶長是薛榮錫，他是台大社會系教授、福建省政府前任主席薛承泰的祖父，薛家開雜貨店，位於今日中山路及民有街之三角店面，原有

騎樓，店亦深寬，後因中山路及民有街路面拓寬，被削薄到店已不成店了。承泰的哥哥承輝是我積穗國小同學，承輝的父親（薛國華，我稱他國叔）每天騎自行車載子上學，有一次，他在回途遇到晚起遲行的我，好意調轉車頭載了我一程。我大學畢業返金教書，有一年暑假，在登陸艇巧遇國叔，共話往事，對他教養子女成功表示欽敬，彼此談得很愉快，不意再過幾年，他還沒享清福，竟患癌走了。

第二戶也是樓房，屋主薛永作，做農兼賣菜。他在金門新村後緣空地種地瓜等作物，薛永作的長子承鎮也是我積穗國小同學。據長輩言：民國四十八年，我家自台北市晉江街遷此不久，颱風來襲，瓦屋不敵狂風暴雨，夜雨傾盆，屋外大雨、屋內小雨，天花板全垮，淹水半米高。半夜幸有隔鄰薛家開門接納，我們全家坐在薛家樓房階梯，半睡半醒聽著無情風雨摧殘隔巷我家新瓦屋。

當年，家父一人留守戰地工作，祖母與母親及我們兄弟姊妹共八人擠在這間小屋相依為命。遇到寒暑假，在各校借讀的親友，無處食宿，偶來寒舍借住，敘敘鄉情，共食地瓜湯，夜打地舖睡客廳。

第四戶，據說李智中（曾任金寧鄉長及育幼院長）家人入住過。第五戶，許永鎮（日後曾任金城鎮長及金門縣議會副議長）家人曾來小住，李、許兩家住沒多久，又遷回金門。第五戶隔壁是一大片空地，地基已整好，但遲遲未建。再過去有四戶，前三戶皆非金門人，依序是阿水家、何雲梯村長（積穗村）家、張家。再來是大嶝人洪安鎮（曾任縣府建設科科長）家，洪家長子家瑤，亦是我國小同學。洪家旁邊是水利局的灌溉用河渠。

金門新村的雙數門牌房屋，我記得由中山路進金門新村，在中山路上有顏天淵樓房、陳四德、庚金兄弟樓房，陳四德是金門新村的提倡者兼承辦人，原說有百餘戶要參加，但日後有不少人因怕淹水打退堂鼓。街口雙數門牌平房，有幾戶是台籍人士。與我們家隔路相對是大陸人士陶家洗衣店，再來是許亞第家，許亞第兄和顏家斌威、恩威兄（曾任報社社長）與家大兄先振是國小同班，他們六年級，我小一。再隔了幾戶我不熟知的住家，接著是顏西林住家，顏家在此有兩戶。顏家達仁兄（宏玻陶瓷董事長；也曾任副縣長）比我家大姊彩霞年齡稍長，我較有印象的是其表弟薛祖耀，祖耀也是我積穗同學。

　　再過去是福州籍及台籍人士住家，台籍住家有個兒子小名也叫「阿正」。接著是一戶我記不清楚的人家，然後是薛榮華家，薛榮華兄大我十歲以上，我曾見他在附近河渠中潛泳甚久，令我驚佩，日後他娶我宗姐瑞治為妻。他家隔壁是薛崇武（薛氏旅台宗親會首任理事長）住家，薛家有兩戶相連，薛家子女眾多，薛少樓兄和其弟肖軒與家二姊彩慧是積穗同班，少樓有位弟弟肖亭，外號黑人，也是我國小同學。

　　我很懷念也很慶幸，曾與這些同鄉共住金門新村。

　　（刊於《金門日報‧浯江夜話》一〇二年九月十九日）

彩霞西歸　我心傷悲
——想大姊與我

　　午睡恍惚中，夢見與友人談及彩霞大姊，說著說著悲從中來，醒來淚痕猶在，自大姊辭世後這一段日子，我的心思昏亂，怔忡中想起許多往事。

　　憶及去年四月，我陪棟兒赴台參加海洋大學申請入學之面試，事前唯恐搭車太趕，借住大姊家（大姊家距車站較近），之後一切順利，棟兒倖獲錄取。

　　七月我帶女兒赴加拿大溫哥華一遊，啟程適逢周日，要搭大巴士赴桃園中正國際機場，大姊不放心，好意載我們到台北車站搭車。

　　大姊去世前居中和民有街現址，是我們家人於四十七年逃離砲火前線的第一棟自購落腳處，那兒原先名稱是「金門新村」。我們家後來又遷到同路的深處眷舍—太武山莊，一住又是三十多年，我的青少年歲月，幾乎都在此二處歡度。

　　金門新村的舊居在我們遷出後，曾租予多人，後因家人食指浩繁，學費支出龐大，父親公職收入不敷支出，只好將該屋之部分所有權典予水師伯，水師伯為人慷慨大方，兩家只是言語談妥，稍立字據，並未改所有權狀之記載。大姊婚後，想擁有自宅，又出資向水師伯贖回，該屋原是平房，民國六十二年至六十六年間，我讀大學，每次自外返家經大姊住處，只要大姊在家，

我都會進門閒話家常。返台中學校，有時也勞姊夫駕機車載我赴火車站趕赴班車。平房在大姊的苦心經營下，於民國七十幾年，已改建為五樓巨廈了。

平房未改建前，大姊曾在民治街購一公寓居住，裝潢甫畢，邀我前往參觀，開玩笑說我若交女友，可到她家談情說愛，因新居設計新穎且有明暗燈投射，大姊欣喜心情，急欲分享。

回想大姊與我，生肖皆屬馬，老馬疼小馬，娘常說：當年（四十三年）我快出生時，金門軍情緊急，夜晚宵禁五步一崗，十步一哨，娘臨盆在即，父親任公職住金城，娘叫大姊去通知后盤同村之姆媽前來幫忙，大姊當時只是小學生，在漆黑夜色中，走過好幾站衛兵，衛兵厲聲問誰？大姊答稱：「老百姓，媽媽要生小弟，找人幫忙！」連闖三關，才將睡夢中姆媽拉來家中，大姊當時小小年紀，卻能不慌不忙，鎮靜勇敢，尋求援助，使我安抵人世。

我幼年頑劣，不喜學校課業，愛看漫畫書、故事書，大姊讀台北護校，她自己的零用金本已不多，但她總是撙節開支，買了不少中外童話故事書引導我，又帶我去故宮博物院參觀文物，讓我開拓視野，增長見識。

之前，大姊讀省立板中，為了提昇弟妹等人的升學競爭能力，幫二姊、二哥及我辦理轉學到板橋國小，她只是初中生，為了我們日後前途，冒昧向同學友人接洽請求借報戶口，移轉學區。我讀板橋國小二年級時，因年幼無知又貪吃，有一天竟然跑去向隔壁板中的大姊伸手要錢，大姊身上沒錢，又逢上課，迅向同學借五角硬幣遞交給我，當晚回家，她沒呵責我，只是勸我以後不可如此。

板橋國小畢業，我升讀省立板中，但因生性疏懶，學業成

續甚差，父母親要我返金重讀國一，與父親、二哥共住金城模範街縣府宿舍，此時大姊在山外金門衛生院擔任護士。假日，家人小聚金城，其樂融融。春假，陳榮華導師帶我們全班同學徒步遠足，從金城走到小徑，再到榕園，我在鄰近太湖時，溜去衛生院找大姊，她正好身體不適在宿舍休息，見到我高興之餘，將她捨不得吃，浸在冷開水中的水梨予我吃，記憶中，那是我第一次吃世紀梨。

五十七年暑假，我搭登陸艦赴台，大姊見娘捨不得我返金，幫我報名考北市國中插班考試，為此她被野狗驚嚇跌傷；過後，再帶我到金華女中應試，我考上雙園國中，她又為我高興了一陣子。大姊返金繼續在衛生院服務，並來台學習麻醉，在三軍總醫院認識影哥，結婚後，大姊調職在台北市和平醫院服務。

大姊是典型的賢妻良母，公餘恪遵婦道，努力教育子女，尤其對兩位兒子用力特多，先是安排兩人就讀國語實小、南門國小，再讀南門國中，為了孩子課業，她花了不少心血，不但積極謀求優良老師來教導子女，每天又開車接送孩子去參加課業輔導，長子心達考上泰山高中。她嫌路遠通學不便，要我設法幫他轉入光仁高中就讀，心達考上輔仁公共衛生系，畢業服役後，工作了一陣子，又到外貿協會所辦「國際貿易人才培訓班」受訓。次子心德成功高中畢業，考進成功大學機械系，再進碩士班、博士班深造，孩子的上進，讓大姊最感欣悅快樂。

去年（八十九）年四月夜宿大姊家，隔晨大姊上班後，我在其客廳桌上見有一張彷彿內視鏡所攝診療相片，原擬問詢，但之後因事忙忘了，如今想起，恐怕是大姊自己也覺察有狀況，但不要我們掛懷，以致她從未提起。

十月間，我赴台研習，二姊也自加拿大返台，大姊以慶祝生

日為由，宴請在台親人於水魯娃餐廳聚晤，席開二桌，大家見面吃飯、談天說地，感到十分快樂幸福。席中，大姊突拿出一大盒西瓜霜潤喉片，說是託人從大陸帶回，因她喉嚨不太舒服，我因上課講話太多，偶而也會不適，於是向她取了二小盒服用，此藥我至今仍未吃完，看到它就彷彿看到大姊。

十一月底驚聞大姊喉嚨腫痛，她說擬再做切片檢查，此時大姊吞嚥已有不便。家人聞訊，都很擔心，十二月初，得知大姊在和平醫院做超音波檢查，再到榮民總醫院做深入澈底的各項檢查，之後確定大姊在咽喉與食道之間患上皮麟狀癌，三妹說大姊準備接受手術，切除腫瘤。大姊住院前一天，我打電話給大姊，祝她開刀順利、早日康復，她則以鎮定的口吻回答感謝大家給她的祝福。事後，聽娘說大姊特別請爸媽去她家吃晚飯，還特別向媽說了些她平日不輕易講的事情。

十二月十三日我赴台出差，出機場後轉搭捷運，直奔榮總，因大姊當日開刀，我在家屬等候室找到了大姊夫、二姊夫、三妹等人，大家都在期待佳音，說當天上午八點，大姊進開刀房，由胸腔外科王良順與耳鼻喉張學藝兩位聯合主持動刀，陳醫師擔任麻醉，手術直到下午近五點半才完成。據說大姊聲帶上有長腫瘤，頸部淋巴有一二顆較大腫瘤要清除來化驗，食道一部分也要清，聲帶要拿掉，甲狀腺可能也要拿掉，食道和咽喉之間接通氣管。手術完成後，有一位施醫師說大姊聲帶已切除，食道切了三分之一或二分之一，我們聽了，感到傷心又害怕。

大姊移至二樓加護中心，待安置妥當，家屬分批進入（須穿罩衣，以防細菌傳染給病人）探視，我入內見到大姊兩眼直視，意識不很清楚，嘴部有口罩，喉嚨被團團紗布包裹，已無法言語了，我心中宛如刀割；眼淚奪眶而出，但不敢哭出聲來，心想：

親愛的大姊，您要勇敢的活下去，您拜佛這麼虔誠，菩薩一定會保佑您！

過了兩天，我研習結束，返金前夕，我又趕去見大姊一面，兩位外甥站在病床旁，大姊目視他們，我悄悄進去又悄悄出來。她的心肝兒子在那兒是她康復的最大助力，我默默的祝福她。

返金後仍不時與外甥及三妹通話，探詢大姊病況，原說大姊已在復原中，甚至可進食液體，轉入普通病房，但後來因有痰，又住進加護中心，我們心情為之沉重，十二月二十八日，聞說又住進普通病房，我們心中稍寬。大姊以寫字和家人溝通，有時也下床起來走動。

不意，一月十一日，大姊因咳嗽把動脈咳破，血流不止，就這樣溘然長逝，留給我們無限的哀思。回想大姊一生忙碌，如今女兒已嫁，兒子長大成人，學業事業漸入佳境，大姊已準備退休，清閒納福，歡樂可期，那知病魔奪我大姊，使家人永懷傷痛。

大姊生性樂於助人，只要她能力所及，她總是全力以赴；對於親人的照顧，更是奮不顧身，記得民國六十一年，大嫂在和平醫院喜獲麟兒時，大姊雖然亦身懷六甲，但仍努力協助，以致慶生姪兒後，大姊也提早產下外甥心達，隔日我到醫院探視大姊，見她臉色蒼白，卻仍面帶笑容說不要緊，但我腦海總忘不了育嬰房裡，外甥在保溫箱中大力呼吸的模樣。

我的三個孩子，也都是在大姊的呵護下安全降生。近些年，爸媽年邁體衰多病，幸有大姊住在附近照料，大姊總是在關鍵時刻守護著我們，可是當她生病時，我們卻無法助她克服難關，真是令人慚愧啊！

二月二日在台北市立殯儀館景行廳舉行家奠、公奠、我們親屬穿上黑色海青，依佛制誦念佛號，仗三寶慈力，助大姊往生西

方極樂淨土。當日會場，鮮花素果，輓聯輓幛，依序羅列，莊嚴
肅穆哀戚，大姊的長官同事，及各界親友故舊都前來弔唁行禮，
我們在淚眼朦朧中，去看了大姊最後一面，在司禮人員將棺木闔
上時，我們都忍不住心中的悲戚，祝禱：大姊！您安息吧！您放
心不下的事，我們會竭力去幫您達成。

民國九十年三月寫於鳳翔

（刊於《金門日報》九十年四月五日副刊）

大姊著護士裝

大姊抱兩個兒子

辛勞堅強的雙親

前言

　　民國九十二年十一月十二日的《金門日報副刊》，許丕華先生寫《咱的俗語話》〈「近廟欺神」的省思〉一文中曾說到：「四、五十年代在一片『綠』制服的軍管與戰地政務的環境中，人才正待大力培植，前賢們如王秉垣、李智中、石炳炎、董群鐵、許宜琦在鄉鎮打頭陣，政委會、縣政府像前立法委員、福建省主席吳金贊正在股長與所長的階段，王永仁職位較高，李增宗、林朝文、陳榮泰、黃聰山、呂江水，也是在股長與所長之間，他們所受的壓力之大，工作之艱，實非現在的我們所能想像的，但為金門鄉梓福祉，『千斤萬斤，我嘛敢擔』」。許丕華先生說家父永仁先生職位較高，並推許前賢們造福鄉祉。身為人子，在此表示感謝。

　　家父永仁先生擔任公職多年，民國四十五年元月一日金門縣政府人事室成立，家父即擔任人事室主任，先是權理，後真除，直至民國五十八年四月調內政部藥品供應處人事室主任，始終擔任此一職務，家父做事一向兢兢業業、全力以赴，甚獲長官肯定。六十七年退休以後，又積極從事家族及宗族族譜之編纂，書成刊行以來甚獲眾人推崇，老人年高體弱已於去年辭世，

但生前著有回憶錄，敘述一生經歷與見聞，是珍貴史料，頗值得一看，筆者將藉報紙陸續披露一二，分享讀者。近日整理老人手稿，獲閱兄姊妹家人出生種種，可知當年家父之辛勞及公而忘私，然家父能在公職有所建樹，有賴家母操持家務，讓他無後顧之憂，能專心公務，尤其吾等兄姊妹出生之際，家父經常無法返家照顧即將分娩的家母。筆者特謄錄這些年之紀錄，並將兄姊妹等人名字標記在當年之下，藉此紀念因病去世之母親，父親在回憶錄中寫道：

民國三十一年彩霞出生

日寇佔領菲律賓、馬來亞、新加坡及印尼、緬甸，在報紙大事宣傳，我們很多宗親及朋友及親戚僑居南洋群島，所以大家非常關切僑居新加坡親友之安危，經過一段時間無法通信，後來有少數僑胞回來，互為探聽有幸有不幸，襟兄張紅記亦是此役冒險生還者，據告當時係擠在死人中佯死倖免，回來時大家為之慶幸，南洋群島被日寇佔領後，政治及經濟均惡化失敗，僑民生活極端困難，僑匯停止接濟，對金門僑眷生活影響甚鉅，很多靠僑匯生活者幾乎無法生存，所以金門很多小偷竊取農產品。每逢農作物收成季節，余與二弟永堯必須於夜間協力巡視園中之五穀，甚至搭草寮冒風雨在園中守望，但有一次深夜大雨視線不明，竟仍有小偷冒風雨偷竊地瓜。

由於淪陷期間生活困難，盜竊之風到處聽聞，日寇為加強控制捕風捉影到處抓人，凡吾工作同仁（先正按：家父當時從事地下情報工作）無不隨時提高警覺，不幸烈嶼事發有兩位許先烈先後犧牲（其一為許順煌，母吳氏

松，妻黃氏麗），每於夜深人靜之際無不緬懷追思。然
則敵愾之心益增奮發，但一切言語及行動更為謹慎，余因
此時心情轉為複雜，且日夜都隨時準備有所行動，妻又懷
孕漸漸靠近娩期，因第一胎有血暈之危（先正按：家母於
民國三十年曾育一女嬰，不幸夭折），所以本胎臨盆特別
注意，乃相請岳母來舍候產，十月卅一日夜我倆與小內弟
清炮同睡一床，深夜發覺陣痛將另房岳母驚醒，余亦在場
協助相倚，經數小時陣痛後順產一女嬰名曰彩霞，內外祖
母及全家十餘人，都非常歡賀母女平安，當時並無重男輕
女之觀念，余更認為女兒居長，大姊可以帶弟妹，事實亦
是如此，彩霞日後對弟妹之照顧，善盡責任，我們為父母
者當然也應注意其教育，使其具備充分學識，才能帶動弟
妹，互相仿效爭取美好前途。

民國三十四年先振出生

　　日寇自攻珍珠港向英美宣戰後，且侵占南洋群島，兵
力分散又引起聯軍公敵，所以到處失利，元月十四日盟
機轟炸後浦附近之日寇軍事設施，日寇大為震動，駐金
陸軍準備行動流竄，乃假借檢查騾馬疾病竟將扣留作為
運輸工具，余及所牽騾子亦被扣留在瓊林社集中一天，
後因騾子體瘦無力被放回，日寇臨調動部隊時到處抓民
伕，人民驚慌萬狀日夜逃避，余及二弟永堯有一次躲在草
中分秒之差，險被抓去，大家都敢怒不敢言，日寇又將
後盤山之大榕樹砍取作築工事之用，家父曾出面要求不可
砍伐，日軍並不停止，後來要求分開將數株修枝保留重要
樹身。

八月間喜聞日本無條件之投降，全民歡騰盼望國軍早日歸來。十月三日聽說今日我政府及國軍要回金門，余及很多民眾都到公路兩邊歡迎，本縣光復重見天日，後盤山屬古湖鄉公所，設在古寧頭北山社，鄉長王觀漁原籍西山，前此在馬巷金門難民收容所共處甚熟，次日假北山社李氏宗祠開會，余被指派為盤沙保義務幹事，保長王維田，西山人，本保轄後盤山、後沙、西山、壠口四社，即日依照開會規定事項積極進行，陪保長到各社瞭解一切情形，同月八日（舊曆九月初三日）余在鄉公所開會，此日午前妻在家分娩順產長男先振，並自行縛好臍帶洗淨嬰兒，余於開會後並在鄉公所洽辦公務，至下班後經南山社岳父母家探視，至天晚才聞悉已趕不及回家，該夜人在外面心在家裡，睡不成眠，天初亮即趕回家，一面向妻抱歉意，因公事而未能在家協助分娩，一面看見兒子非常高興。不意有人在山上辱罵家父對日寇砍大榕樹未盡阻止責任，竟向縣政府誣告家父陪同日寇砍樹，當此之時有口難辯，家父被縣政府拘留五十天，最後查明係日寇砍樹作防禦工事之用，地方義務幹部無法阻擋，水落石出，幸獲無罪釋放。金門光復初期類似案件甚多，有事實者亦有藉故誣告者，回憶以往感嘆萬千。

民國三十七年彩慧出生

依照兵役法之規定辦理有關徵兵措施，按戶籍等登記為依據將適役男子列冊，首先辦理身家調查及體格檢查以至抽籤，均屬保辦公處之工作，余保隊附兼保幹事一人兩職，作業過程之繁忙可想而之，但職責所在義不容辭，

所以幾乎不分星期日等假日，甚至夜間都在辦公，數日未回家一次，衣服囑保丁送回家中洗，妻在家中養育兒女治家，且要上山幫忙農事，回憶此時基層工作人員之待遇，上無以奉雙親，下不足養妻子，可謂為地方半盡義務，還好保長翁滄江家境甚佳且熱心公務，所以長年累月供給保幹事伙食，言之至此，令人蕭然起敬。

　　續述辦理兵役之事，竟為宗姪王天福中籤，當時王天福兄弟二人其兄南渡謀生，王天福在家與其母耕田維生無法遠離，乃援例由事主物色，洋山社一位同宗僑生代替，於四月廿五日入伍。在保辦公處已夠忙碌，但珠浦鎮公所又派余兼代鎮隊附，因鎮隊附沈天牧辭職，余兩邊兼顧兩地奔跑，日以繼夜何能休息，九月間又奉派往廈門轉鼓浪嶼新兵接待營慰問上述入伍新兵，順便遠送前盤沙保保長蘇英章南渡新加坡，同鄉又同事，臨別依依，送至芝查連加輪船上揮別。計前後三天往返匆匆無暇參觀名勝。正在忙於公務無暇顧及家庭，十月廿一日（舊曆九月十九日）次女彩慧出生，趕回家時母女平安至為欣慰，並向妻致歉意。二弟於本年南渡新加坡，臨行之日送至後浦同安渡頭（即往廈門之碼頭）。

民國四十年先斌出生

　　元月十五日行政公署行政長沈敏因事離職，未舉行任何歡送儀式，臨別洒淚至為可憐。司令官兼福建省主席派金防部政治部主任李德廉兼行政長，政治部科長傅亢兼行政公署辦公室主任。本區指導員廖國雄調職，遺缺調古福淦接充。

二月一日區公所召開全區伍長以上幹部第一次會議，檢討工作缺失研議工作方法，提高幹部士氣團結集中意志。余在會議中坦白自責痛下決心，將準備調訓全體伍長集中講習，以喚起精神共體時艱。同月初旬即行召集鄰伍長訓練為期一週，結訓之日李行政長於百忙之中蒞臨訓話。同月廿二日行政公署金政民自第〇二二四號通令嘉獎。自此以後區公所工作情緒為之一振。當局為節省地區行政經費，亦有編併行政區域之議，但不管如何編併仍然應就本區工作做好。

　　六月間對於金盤區與古寧區合編併為金寧區（其他數區同時編併）之案件已近成熟階段，在心理上及工作上即積極準備，妻在此期間為分娩期，但因公務繁忙余未克回家一視（軍管區星期日及國定假日均無休息），至知悉先斌於農曆伍月初八日出生，翌日乃回家省視，抱歉萬分，由於準備辦理移交工作太忙，立即又回區公所處理公事。

　　七月一日為併區生效日期，移交手續以此日劃分權責，由於行政公署公文至五日送達區公所，所以至五日正式移交給金寧區區長李智中接管，余指定原主任幹事張英代理會對蓋章，余同日到行政公署報到（在金城南門魁星樓對面二層樓上班，後搬遷數處），奉調行政公署政務科衛生股股長（新增設），科長陳士心乃卅八年縣政府民政科長老長官（余當時任科員），臨時在科長大辦公桌邊處理公文，余自顧對衛生行政毫無經驗，且當時在案卷及法令中，並未劃分有關衛生行政案件或法規，一切工作從頭做起，還好暫住在公醫事務所樓頂（模範街衛生院舊址），利用時間多與所長吳鳳章博士面談求教，一方面查

詢本地區防疫保健之重點，及重要疾病之防治，一方面以福建省政府名義辦理公文，向台灣省政府洽取有關衛生現行法規，一方面函請農村復興委員會，洽商支援季節性防疫及治療藥品，得以免費切實使用。

余每日三餐係在樓上與正副行政長等長官同席進餐，每餐都有談及地區衛生情形，因當時衛生設備至為落伍，例如街道店邊沒糞池供人方便，及露天污水溝積而不通，民眾設糞桶於床頭邊，或人畜同住於一屋等等，尤其金城南門燒灰窯雜處於住宅之間，南風吹至街上空氣污染莫此為甚，乃針對上述重大問題提出解決之計劃與辦法，按先後緩急逐步實施，余在此短短半年時間得以認識衛生行政工作對國民健康至為重要。

民國四十三年先正出生

公務人員任用法修正於元月九日公布實施，公務人員任用資格必須考試及格或銓敘合格（凡辦理公務人員儲備登記合格者亦視同銓敘合格），且邊遠省公務員任用暫行條例亦同時廢止。金門縣於四十二年恢復縣治，於短短數個月期間趕辦縣政府及所屬單位之組織規程，員額編制及任用送審等工作，乃在關鍵期間非常迫促，還好加緊準備均能積極進行，且部分已辦理儲備登記，所以大部分都能趕上。當時銓敘部審查任用送審案件，凡在公務人員任用法修正公布以前，已送達銓敘機關者，得免受新法之限制，因此金門縣政府暨所屬單位公務人員之任用送審，差一點點就趕不上適用邊遠省份公務人員任用資格暫行條例，然就得不到資格及年資之優待，可謂金門

縣各級公務人員之幸也。

公務人員任用法公布後，公務人員俸給法及公務人員考績法亦同時修正公布，俸給法簡荐委各分三階，並增設同委任一級，考績法配合簡荐委各階，三年一次總考使得升階，諸多限制甚感不便。

三男先正於農曆正月十八日出生於家鄉後盤山村中，余公務極忙，幾乎每夜都在自動加班，所以抽不出時間回家照料，至次日有人來說，才利用晚間回家一視，面對內人及嬰兒萬分抱歉，亦萬分歡喜。

二弟永堯自三十七年旅新加坡謀業，不久古寧頭戰役發生交通不便，尚未回國省視，茲以局勢略為安定家人彼此非常盼念，但因二弟事業甚忙無法抽身回國，經徵求雙親同意設法給二弟婦前往新加坡相聚，必須有當時結婚照片寄新加坡申請請入境手續，因日治時代結婚並無結婚照片，余乃設計一張貼有夫婦相片之証明書格式，提供縣府民政科參考同意，簽請縣長核可後發給，核証明書寄給二弟永堯向新加坡政府申請入境，很快獲准將手續寄來，即託前縣長陳玉堂先生在台代辦二弟婦出國手續，金門出境證件很快核發，二弟婦與同鄉婦女數人為伴同時出國，臨行再三表示謝意。從此以後很多僑眷出國與夫相聚，都是向縣政府請發同樣有貼相片之証明書，而很順利辦理出國手續。

九月三日中午余在縣府午餐後，忽聞大陸向金門砲擊，砲彈落地爆炸聲音很近，我和很多同事很快跑到後面山溝防炮洞逃避，至晚上砲擊稍停才回縣府晚餐。按此次砲擊以靠大陸三面沿海附近民房損壞最大，且城區連日陸

續有砲擊，尤其前水頭碼頭多被摧毀，乃遷移新頭料羅碼頭。縣政府及各單位辦公處都加強防炮防空設備。對防空防炮警覺亦普遍提高。余原住南門許允椿先生房屋（與許允楝先生同一座），因十一月十八日下午砲擊很劇烈，而搬遷附近係許炳忠先生房屋（與稅捐處同一座有防空洞）。

兼縣長張超往台未返，在台發生車禍受重傷，上級派金防部政治部副主任田學信接兼縣長，到任後鑒及地方財源因炮戰影響，恐有收支不敷之虞，乃暫將全縣公教人員薪額減成發給，後來財源恢復常態時才如數補足。

四十三年下半年依照公務人員考績法之規定，辦理平時成績考核，各級人員均依規定評定等次分別獎勵，余奉核評為甲等記功貳次。

民國四十五年（下半年起改為戰地政務）彩婷出生

元月一日金門縣政府人事室正式成立，余暨楊志文、林天贊等同仁照常上班，起用印信但未舉行任何儀式，余即辦理任用送審手續，層報銓敘部核定為委任二階六級（原級）權理人事室主任。自今而後人事室主任乃與各科室主管同等地位，所以一字一言一舉一動都要慎重，藉以建立自信獲人重視，不惟關係個人之聲譽且關係業務之推行。為便利工作早晚往來，乃自己租住東門民房。不久人事室辦公室亦搬進新建木造房舍，比原來房舍略為寬大，與余自租宿舍甚近。

六月廿三日行政院台四十五內字第七二一七號令頒布：「金門、馬祖地區戰地政務實驗辦法」。依上項辦法

規定金門、馬祖為戰地政務實驗區，金防部及馬指部各設政務委員會，由司令官兼主任委員，金門、連江兩縣政府分受各該區政務委員會指揮監督，軍政一元化後統一指揮。福建省政府暫移住台灣，負責研究有關收復該省各地區之計劃事宜，不處理戰地政務。國防部戰地政務工作大隊派駐金門、馬祖地區，協助當地縣政府辦理戰地政務工作，必要時得兼任當地地方行政工作，受縣政府之指揮。

七月十六日金門地區實施戰地政務，成立金防部政務委員會，劉司令官兼主任委員在太武山營區辦公，（後來搬城區縣府舊址）人事業務屬秘書組掌理，由於戰地政務與平時姿態略異，此項新制度在國內尚屬首創，人事工作又要依據新頒布有關法令重行研儀，曾建議國防部調訓金門地區有關人員，參加戰地政務訓練班受訓，但後來所有分配名額甚少。余未獲參加受訓。

八月一日縣長田學信及副縣長陳文照均辭職照准，政委會派孫通接兼縣長（金防部政治部副主任），國防部戰地政務工作大隊駐金門協助政務工作，縣長兼大隊長大隊部在庵前。縣政府自主任秘書及民政、文教、建設等科長，均派政務大隊人員兼副主任秘書或科長，各鄉鎮村里均派戰地政務工作隊人員兼副鄉鎮長及副村里長，成立警察所兼所長，此項人事命令係由縣府人事室承辦，以縣長兼大隊長名義發布，蓋縣政府及大隊部印信，全縣行政人員增加將近百人，且雙軌治管理頗為費心力，因此人事室乃簽奉縣長核准分為任審、考核兩股辦事，任審股股長由戰地政務大隊調兼，考核股長派佐理員楊志文兼。全縣公務人員含調兼人數，為本縣有史以來最多。亦是人事業務

最繁忙之時代。

九月十九日即農曆八月十五日三女彩婷在家鄉出生，適因地區改為戰地政務，且縣長易人又兼政務大隊長，並調派政務大隊人員兼任地方各級副主管，所以工作特忙無法分身回家，至次日聞悉順產母女平安，乃於下班時間趕回家中一視，內人面露笑容並未指責，看見小寶寶清秀可愛，非常欣慰。但內心無限感激與抱歉。

十二月下旬參加地區在中正堂舉行辦基層幹部訓練班受訓乙週，劉司令官親蒞主持，結業典禮余等六人成績優良與兼秘書長尹殿甲合影留念。

按本年度上下半年之人事法令截然兩樣，上半年成立人事室正式積極依照銓敘部一般規定逐步趕辦，一切在正常進行中，抱著滿懷希望冀能健全全縣人事制度。至六月間行政院頒布金門、馬祖地區戰地政務實驗辦法時，突然由平時又進入暫時狀態，一切施政方針應配合戰地政務實驗辦法之規定，因此人事管理自不例外，吾人當面對現實接受戰地政務實驗之來臨，因應措施以謀求整體成功。

後語

看了上述引文，可知家父永仁先生當年擔任公職是何等辛勞，家母李能寬女士又是何等獨立與堅強。這不單是我們一家的故事，相信很多金門人也有類似情形。

家母個性堅強，刻苦節儉，持家有方，愛護子女兒孫，民國九十年初家姊彩霞因病去世，家母從此不復笑容，對於中和舊居亦戀戀不忍離去，常謂：在臺子孫較多，她想多與子孫聚聚，假

日裡內外的子孫偶到舊居探視，她就欣喜萬分，大哥與我每逢寒暑假，必定赴臺伴她數週。家人多次要出資僱請傭人相伴，她總是再三婉辭，說不習慣與外傭相處，說她性喜自由自在，我們身為子女總是不安，只好安裝兩支電話，隨時探詢她的近況。

　　不意，月前，老人起來如廁，凌晨不幸摔倒，自行掙扎爬起盥洗之後，打電話給我，我迅即請二哥及婷妹趕返家中，經過一番整理後，當日（三月十一日）由二哥陪返金門，隔日赴縣立醫院，李大夫以超音波檢查，發現她身上的肝臟竟有九顆腫瘤，而且大腸可能早有問題，她見我們臉色凝重，知道病況嚴重，反而勸我們要勇敢面對，說人遲早會走，醫生說她已是癌症末期，存活最多兩個月，要我們有心理準備，我們不敢以實情相告，仍是勸她進餐，但她食慾不振，排便困難，病體愈來愈衰弱，甚至全身痠痛，日夜都要有人在旁按摩照顧。四月十二日的下午，二哥與我正在幫她按摩，她忽然呼吸急促，最後竟然停止呼吸，讓我們心痛不已，回想家母一生，可謂：

　　　　哀哀慈母，生我劬勞。忽爾辭世，使我心傷。
　　　　追思昔日，倍感淒涼。喬遷北台，家無餘糧。
　　　　能屈能伸，能寬能容。創立家業，漸次繁昌。
　　　　扶老撫幼，母恩浩蕩。庇佑子孫，期待壽長。
　　　　因勞久積，病入膏肓。遽遭顛躓，而受災殃。
　　　　斯人斯疾，竟遇無常。身歸淨土，魂回天堂。

（刊於《金門日報》九十三年四月二十六日至二十八日副刊）

受教
任教

書癲懺悔錄

　　憶我童年，家中有不少連環圖、漫畫書，我愛不釋手，看了又看。日後，兄姊租看武俠及文藝愛情小說，我也看得津津有味。板橋國小的同學，人人都迷東方少年文庫，為了向同學借閱東方，我費了不少唇舌。

　　讀省立板中初一時，我每週進入租書店至少三次，看的都是當時的文藝綺情小說和社會鬥智及武俠名著。學校老師講授的課本，興趣缺缺，一學年下來，成績低落。

　　留級返金重讀城中初一，與父兄同住模範街縣府宿舍，接受嚴父督導，父親不苟言笑，我們兄弟都很畏懼他！他一向反對我們看閒書，若被他查到，必遭重罰，他認為閒書是我們課業不佳的罪魁禍首。

　　重讀的這一年，上課專心學習，課後溫習教本，我的成績已有起色，父親的臉色變得和藹。假日時，允許我偶而到街上走走，莒光路上有耀光書店和新興書店，我常流連忘返。耀光書店的書，新舊都有，小老闆許丕忠和我城中同班。新興書店多新書，當時名作家柏楊（本名郭衣洞）的書正暢銷風行，所寫雜文如《道貌岸然集》、《高山滾鼓集》、《鬼話連篇集》等，整疊堆在書店，觀賞者眾，柏楊行文風趣詼諧、挖苦諷刺兼而有之，在苦悶的年代，深受歡迎。有一天，父親赴台出差，下午放學飯後，我去書店看得不亦樂乎，當夜殆因時間已晚，加上店中多人

只看不買，店家忍不住出言：明日請早！他要關門歇息。

初中二年級，轉學台北市雙園國中，脫離嚴父管教，我又開始租閱各式小說，熱衷參加露營及校際籃球賽。初三，父親調台服務，我進入前段班，但我私下仍會偷看閒書，公立高中聯考榜上無名，只上松山工農製圖科，然未就讀。

我以高分進私立強恕中學，強恕位在汀州路，不遠處有牯嶺街，牯嶺街以販售舊書聞名全台。強恕的圖書室不大，但借閱方便，我借了不少世界文學名作來看，做扎記、寫心得。下學期，為了提昇自我，晚上到羅斯福路附近的志成補習班加強英、數，從汀州路經牯嶺街到補習班。晚餐簡單果腹，一路走去，各家書攤，停停看看，從此養成在舊書堆裡淘寶的嗜好，彼時搜集甚多雜誌，如《文星》、《中華》、《傳記文學》、《中外雜誌》、《現代文學》、《純文學》、《幼獅文藝》、《青溪》等。

高二，我僥倖轉入私立光仁高中，光仁是新辦名校，學生素質不輸公立高中，課餘我仍喜看課外書，學業有點落後。為了讓自己專一心志，高三，我選擇住校，每天專注上課，課後整理筆記，並以抄寫課文重點，來馴服自己的心猿意馬。

大學考上東海，負笈台中，學校圖書館，中外文藏書豐富，全都開架式，方便師生取閱，我常進入隨意亂翻，心想入寶山豈可空返。假日，有時到台中各書局逛逛，中央書局、汗牛書店、台中公園附近的書攤，都曾留下我的身影。

大學畢業，返金教書，彼時金門的書店甚多，金城除了耀光仍在營業，又新開了欣欣、翰林、鴻儒，及其他幾家；山外除了源成、儒林、金門文藝季刊社，也有幾間，頂堡翁文燦先生的書店當時也不小。各家書店，供應了我不少精神食糧。

婚後，妻子發現我的嗜好常笑我：別人淘汰的舊書你也要，

形同撿破爛，說我發狂亂買，買了也不仔細看，看了也沒有心得發表，書齋已泛濫成災。

我辯稱：有那麼糟糕嗎？看書不是好事嗎？但冷靜想想，赫然發現：

的確，我喜歡買書，買了很多二手書，且因貪多嚼不爛、不求甚解，又沒下工夫寫筆記、整理重點，看過會忘，讀過渾似未識。徒然羨慕那些過目不忘、理解力強的學者，他們會讀書，又會寫洋洋灑灑的長篇大論，至於我，只能算是讀書自娛（愚）。

（刊於《金門日報‧浯江夜話》一〇二年二月二十三日）

1968父、二哥、我合影　　　　1970二叔自新加坡返台，家人合影

回首來時路
——一路跌跌撞撞

今年春節聯絡上多年未見的柴根生老師，於是趁著年假閒暇叩訪國中恩師，十多年未見，柴老師的音容笑貌依舊，仍是和煦的春風。

回想民國五十九年，我自北市雙園國中畢業，班上四十多位同學，只有我和另二位同學未考上公立高中，在溽暑炎夏中，爸陪著我又考了幾所學校，坐在公車裏，望著爸額頭的汗水，我心中又急又悔。

其實這已不是我第一次挫敗了，五十五年我自板橋國小畢業，順利考上省立板中，但讀了一年下來，英文單字記不到一百個，慘遭留級的噩運，在金服務的爸由家人信中知我頑劣難以管教，催我返鄉在城中就讀，與他同住在模範街的縣府宿舍，每天早上五點半，父親即叫我起床到金門公園、精神堡壘一帶讀書，他則在附近走動並做體操，在爸的嚴格教導下，成績已有起色。

過了一年，暑假我隻身搭運補艦赴台與家人聚晤，大哥在高雄碼頭接我，回到台北中和家裏，媽噙著淚水迎我，一方面高興分隔一年的幼子與她重聚，一方面責怪我不聽她教誨，以致落到如此下場。假滿又將南下到高雄搭船返金，行前一天下午，大姊高興的回家說我已通過北市國中插班考試，可留在台北就讀，喜訊傳來，我當夜失眠。

於是，我開始每天騎車經光復橋到雙園國中就讀，但桀傲不馴的野馬脫離了嚴父的掌握，惰性復發，成績又節節敗落，遠在金門的父親由信知我成績退步，篇篇家書勉我上進；隔年，爸也調來台北服務，但我的成績大勢已去，維持半浮半沈的局面。

　　國三的導師是柴根生老師，他教物理、化學（當時合稱理化），教學很認真，對同學常不厭其煩地勸說與鼓勵，當時我個性浮誇，待人接物也不甚了了，常常辜負了他的好意，記得有一次，學校舉辦行進軍歌齊唱比賽，我班獲全校第一，柴老師以我任康樂股長領導班上練習，居功最大，事前暗中請全班同學在第一名的錦旗背面簽字，然後利用班會公開頒贈給我；事出突然，我有些意外，離座領取後，柴老師又伸手欲握，以表賀勉，但靦覥的我竟然連手也不懂得伸出，愣了一下，並怍怍然回到位上紅著臉，讓柴老師熱情的右手在空中冷卻。

　　五十九年公立高中聯招失利之後，我又轉戰北市縣多所公私立高中職校，然而戰果乏善可陳，最後選擇了離家較近的強恕中學，我每天從中和搭公路局班車到中正橋頭，再步行到校，這段巷弄小路我常走得戰戰兢兢，這倒不是因強恕同學好勇鬥狠，常在巷子裏格鬥之故，而是因柴老師的家就在巷子裏，我每次經過他家門口，常踮著腳快步走過，因為我自覺有愧於他的期許，但就那麼巧，仍是經常碰面，每次他都殷殷勉我！

　　六十年寒假，柴老師好意約集當年國中同班同學聚會，大家到外雙溪郊遊，柴老師一路上為我打氣，要我堅強繼續奮鬥，當日適逢雨後，同學在上游瀑布前合影，同學們穿著建中、附中、成功的校服意氣風發的大聲談笑，笑聲與瀑布聲交雜，我望著同學的制服，心中不知是羨慕還是忌妒，眼角似乎也被瀑布的水花潤濕了。

之後，我轉學光仁，在那兒又遇到幾位可親可敬的老師，使我日後順利考上大學。東海大學畢業後，返鄉任教，執教之初，曾請教為師之道，柴老師滔滔不絕，講了許多，並一再勸我把握進修機會，以期教學相長。

　　今年再度晉見柴老師請益，才知柴老師曾多次到各大學專科進修，雖然柴老師自中興大學植物系畢業之後，開始任教便取得正式合格教師資格，但為了充實自我，他又利用夜間、週末、暑期，先後到台北工專、師大化學研究所，物理研究所去修習學分，這種不為名利，為充實自我來幫助教學的精神，真是令人敬佩！

七十九年四月中旬寫

（刊於《金門日報》七十九年六月二日副刊）

1968，每天一大早在此〈金門精神堡壘〉讀書

談往事
——憶師恩

　　暑假赴台，適逢光仁中學校長鄭秉禮先生榮退，校友們由海內外雲集於母校光仁，向鄭校長表示虔誠的感謝！

　　我是光仁高中部第一屆，畢業迄今已有十五個年頭了，但往事歷歷如在眼前，我在光仁讀了兩年，五十九年光仁第一屆招生，我曾報名應試，但不幸落榜，在他所私校就讀，第二年（六十）聞知光仁招轉學生，於是興冲冲前往報名，我跑去見校長，說自己很喜歡光仁，希望能進入就學，校長當時沒有明確的答應，但跟我談了不少話，勉我上進，校長諄諄教誨的神態，使我更渴望進入光仁就讀。

　　轉學考試，我自忖考得不好，垂頭喪氣正擬回原校就讀，可是，就在我氣餒的日子裡，忽然接到光仁的錄取通知單，當夜我興奮得睡不著。

　　記得與我同時錄取的同學，有尹國璋、葉蕭、呂雪鴻、江芳瑩、呂芝等人，雖然我前此在某私中的成績還算中上，但來到光仁，成績卻落後了，心理有些不平衡，言行也有些偏激，是師長同學心目中的問題學生。當時，我們文組男生有些科目必須到女生教室上課，有幾次月考後，校長在我們走回男生教室時，便在穿堂會客室那兒等我，詢問我在學習上有何困難，對我的成績與挫折，相當關心並一再溫言勸勉。

高二時，鄭校長教我們「倫理學」，每週有一節，這一堂課我非常喜愛，校長他有時介紹一些國學，有時出題請我們發表意見，這題目如：「對當前國家的看法」、「中學男女生應否交往」、「中學生的髮型」等，都是大家感興趣的題目。可能是我急於表現，每次，校長點到我，我就起立甚至登台大放厥辭，常常語不驚人死不休，而他也不以為忤，還是很禮貌的請我坐下，然後再說出他的看法，雖然校長的結論，我們有時不見得心服，但是，我們很感謝他肯聽聽我們的意見。

　　大概是在六十一年的教師節或六十二年的春假，本應放假，但學校為了加緊督導學生課業，所以仍請師生照常上課，當我們正聚精會神聆聽國文科周浩治老師講課，忽然見到校長捧了一杯茶水，在門口向周老師點了個頭，端進來請老師用茶，並說：「辛苦了！」事後，聞悉當日其他班級，校長也是如此。

　　其實，當時光仁校中有很多老師，都是校長以前在新竹師範任教時的學生，可是當他們大學畢業來到光仁服務，校長對他們都很禮貌，在辦公室門口，我們常可見到校長和老師互相謙讓進出。平日，我們也不曾看到他疾言厲色對待任何一位同仁或學生。

　　當時，陳宗樑主任兼我們男生的導師，他對我們很好，好得令人感到愧疚。有一陣子，他和師母常為我們準備豐盛的晚點，供我們晚自習飢餓時享用，師母笑容滿面地將食物端進來，然後迅速退出（她怕我們不自在），有時候有的人身在福中不知福，還會挑剔食物，但大部分同學都是笑呵呵、傻乎乎的大快朵頤。

　　陳主任教我們「公民」，但他在課堂上所講授的不限於此，他的知識廣博，常識豐富，他很少要求我們，但他常希望我們如何；或許，因為他過於溫和，有些同學並不聽從；記得我們讀高

三上時，班上部分同學週末回家時，與外校學生打群架，出了命案，肇事學生移送法辦，校譽與學生個人前途廢於一旦，事後，師長們花了極大心力來彌補療傷。陳主任承受壓力極大，奔走於學校、法庭、家長之間，有一天課堂上，他蒼白著臉，啞著嗓子向我們解析事件原委，他說他從未想過這種事件會發生在我們身上，他說師母有時講他花在我們身上的心血比他的親生子女還多，他說完這話，我見他臉上肌肉有些抽動，當時我們的心情很沉痛，並感到慚愧不安，有些人的眼眶紅了，淚水也奪眶而出，這堂課就在哀傷與痛苦中緩緩過去。

經過這件事之後，大家彷彿長大了不少，陳主任除了上課之外，有時巡堂走到教室外，他會微笑地在走廊上看看我們，但他很客氣，不會駐足停聽太久，因為他很尊重任課的老師，我們也由他那和煦的眼神，領會了不少期望與勉勵，大家都不敢打瞌睡。

對於光仁，我常覺得自己虧欠太多，光仁的師長對待學生宛如自己子女，他們默默地耕耘、無盡地付出；校長、主任那種獻身教育、尊重老師的風範，在我心中留下不可磨滅的印象，於是，當自己六十六年大學畢業後，即立志效法恩師，以獻身春風化雨為職志，返鄉任教。

今日，我忝為教師，在工作崗位上兢兢業業，多年來的導師經驗，體會出當年恩師們的工作艱辛，因為叛逆期的青少年很難管教，我常從一些桀傲不馴或覥腆失禮的學生身上，彷彿找到自己當年的影子，自己不也曾粗暴蠻橫、偏激傲慢嗎？雖然自己如今已脫下那具傷痕累累的生之蛹殼，但是，如今面對的正是與自己當年相似的「少不更事」，筆者腦海中不時浮現出當年恩師們諄諄教誨的神態。有時被學生激怒了，但冷靜再想了想，我能

生氣嗎？於是按捺住自己的暴躁脾氣，苦口婆心的再三向學生勸說，就算不聽，也要盡自己的本份。

如果說，我在工作上還能差強人意的話，這都得感謝當年光仁師長給我的身教與啟示！

（刊於《金門日報》七十七年九月一日副刊）

與高中國文老師周浩治教授合影，圖右方為陳宗樑校長

三十而立
──光仁雜憶

　　時光飛馳，少年青春轉眼過，回首細思，我從光仁高中畢業迄今，已近二十四年整，而母校創立至今也有三十年了，往日的師長，有的已蒙天主恩召，有的悠遊林下，有的仍孜孜矻矻為學子忙碌，而光仁的同學校友們，隨著其個人的努力及境遇，造化也有不同。

　　初中我讀了四年，曾先後就讀省立板中，金門金城國中，北市雙園國中，讀雙中第一屆時，亦是光仁中學初創，公車上偶見光仁學生，覺得氣質不凡，心嚮往之，首屆光仁高中招生，我亦前往應考，但不幸落榜，讀強恕中學。隔年，聞悉光仁招考轉學生，之後倖獲錄取，從此成為光仁人。

　　就讀光仁期間，我因根基不穩，高二成績不理想，心中焦急，但表面若無其事，甚而故做瀟灑，言行偏頗，偶與同學發生衝突，幸賴導師陳宗樑主任的包容與暗中鼎助，得以順利升級。國文課周浩治老師對我影響也很大，他見我作文偶有佳作，就在課堂中大加揄揚，甚至請同學朗誦，分饗眾人，讓自卑的我稍微扳回一些自尊。周老師見我英文欠佳，叫我立志讀中文系，這也決定了我日後的方向。

　　當時，我在虛榮心的驅使下，曾以「海客」為筆名在校刊寫了〈也算微辭〉，文中對於學校有一些坦率的批評，而師長也不

以為忤，接納而改進，我曾聽低班同學說訓導主任陳明清老師對我頗為稱讚，對此我也一直銘記在心。

讀高三時，我開始住校，決心奮戰一搏，留心觀察他人的讀書方法，見賢思齊，同學中萬維綱、周全、盧新生等人成績一直相當優異，他們的聰穎是我無法企及的，但他們的勤奮則可供我學習，在這段立志上進的日子裡，除了自己的努力外，師長們的鼓勵，也是我求好的原動力，高二升高三的暑假，周浩治老師將他的課業輔導收入悉數捐出，招待大家到新竹遊玩吃飯，途中他亦莊亦諧地勉勵我們上進，而導師陳主任對我們的諄諄勸導，及每晚對住校生適時送來的晚點，溫暖了我們的心，也充實了我們的胃，讓大家有更充足的體力繼續努力，校長鄭秉禮先生平日的身教言教，更是我不曾忘記的。

傑出校友，名音樂家葉樹涵在七十九年於中央副刊，曾寫了一篇〈難忘的八十元及熱饅頭〉，對光仁老師丁慧蓮、陳宗樑主任的諄諄教誨念念不忘，讀了此文，讓我了解：陳主任不單對我們那一班特別照顧，其實，只要有幸成為他的班上學生，都可親沐他與師母的慈愛和教益。

在師長的愛心鼓舞及同學相互勉勵下，我意外地考上了東海中文系，說意外是因為原本並無信心，雖然大家知道我一直在進步中，但畢業考試時，我的英文，數學成績是經過補考，才勉強過關的。

放榜後，金榜題名者大家都很高興，但實則來說，這與學校投下的心力物力仍未成正比，很多應該考上好的，卻沒有考上、考好。但師長們也沒多說，陳主任自掏腰包，請我們這些幸運者吃了一頓日本料理。之後，吳家懷邀請大家到基隆他家玩，並參觀台船，吳兄令尊大惠先生時任副理，領導才能卓越，後獲

政府重用，曾任中船總經理，萬維綱則邀大家到他臨沂街家中吃大餐，那一年的暑假過得熱情又愉快。

吳家懷當年曾考上建中，但因捨不得光仁，又回來就讀，政大數學系畢業後，赴美攻讀碩士並取得精算師的資格，我與他已有二十年未見面，據說他目前在金融保險業有輝煌的成就，令人欽佩。

萬維綱考上政大外交系，之後轉入企管系，畢業後赴美深造，在賓州大學華頓管理學院獲得碩士學位，曾任職美國花旗銀行東京分行及台北分行，萬兄學有專精，與友人合譯《探索決策的奧祕》一書，於七十三年由「皇冠」出版社發行，據悉，此書不但暢銷而且帶來新知震盪。

談到出版書籍及寫作，同學中以張小鳳最出色，她就讀高一時，就於人間副刊發表第一篇小說〈迷惑〉，才華早現。我手邊購有她的三本大作，一是小說集《愛別離》（爾雅於七十二年初版），二是散文結集《做一個出色的人》（聯經於七十四年初版），三也是散文結集《完整的幸福》（時報於七十五年初版），她的小說，引人入勝，她的專欄隨筆，令人百讀不厭，可得到不少啟示。

光仁校友中，寫作較勤並且出書者，據我所知尚有金光裕及張讓，金光裕是光仁初中第二屆校友，後來就讀建中、東海建築系，來金服役後曾留學美國，他在語言表達的才華，我於東海就曾目睹過，但他在小說及專欄的寫作功力，近些年來才認識並激賞，他有小說集《沙堡傳奇》（九歌七十六年初版）、小說集《恆河的鼻環》（遠流八十年初版）、散文集《浪淘盡，卡通英雄》（九歌八十三年初版），《沙堡傳奇》曾榮獲中山文藝獎，書中的人物，作者在自序中說：「他們的個性都可以用幾句話勾

勒出來，他們都沒有特立獨行的個性，也沒有卓絕的器識與見解，乃至於都是到了一個年紀就停止了心智成長的人，自此便迫不及待的向世俗認同與投降，渾沌的歲月，破碎的經驗，隨著不知所由的習性不知所終的過下去。」這段文字讓人看了觸目驚心，深恐類此。

張讓本名盧慧貞，出生於金門，也是光仁初中第二屆校友，之後又讀北一女中、台大法律系，赴美深造得密西根大學教育心理學碩士，她的作品〈並不很久以前〉曾獲七十六年首屆聯合文學中篇小說新人獎，該篇小說男主角樹言所讀的私立初中，彷彿就是光仁，張讓的作品不少，結集出書先是譯作《爸爸真棒》（純文學六十八年初版），小說集《並不很久以前》（聯合文學七十七年初版）、小說集《我的兩個太太》（九歌八十年初版）、散文集《當風吹過想像的平原》（爾雅八十年初版）、小說集《不要送我玫瑰花》（九歌八十三年初版）、散文集《斷水的人》（爾雅八十四年初版）。

我就讀光仁雖然只有兩年，但畢業以來，始終關心光仁的人事物，對於師長校友的著作也盡量收集拜讀，以他們為榮，並分享他們的智慧結晶，近年曾多次獲得母校惠贈《光仁青年》，深慶學弟妹的文學潛力無窮，表現優異，更盼未來日新又新，代有賢才，各領風騷。

（刊於《金門日報》八十六年四月十八日副刊）

寧中往事

　　民國六十六年六月下旬，大度山約農路上，鳳凰樹火紅盛開，東海花木似悉我要去戰地前線，披紅戴綠歡送我。

　　七月，美國國務卿范錫訪問中國大陸，中共范園焱駕機投奔自由，兩岸情勢有點緊張，金馬前線加強戒備，據說接聘又退聘書的教師不少。稍前，我在高雄候船多日，終於搭上登陸艇，搶攤料羅灣，大哥接我返其住處。過了幾天，來到古寧頭戰役的前沿指揮所在湖南坡，坡前左邊金寧國中，是我任教的第一所學校。

　　赴寧中的第一天，楊國治老師駕機車載我前往，到校長室、人事室報到後，我與寧中締結七年情緣。識風水的先生說：寧中是個好地方，學校座向沉穩、氣勢開闊，鍾靈毓秀，在此認真學習的師生，日後都能越做越好。

　　與我同年到寧中任教的新進同仁有李錫南、吳金水、蔡榮根、陳國生、王雅容、李麗羨（後改名李苡甄）、董振華、李盛德（由沙中調來）。我任一〇二導師教國文及公民、歷史，又教三〇二國文（導師王先鎮）。菜鳥初任教，幸有李養盛校長不吝指導及眾位教育先進做示範，我在寧中學習成長。工作食宿皆在寧中，以校作家。彼時薪俸微薄，寄親人及交伙食費後，所餘無多，連腳踏車都買不起。

　　李校長針對我的教學缺失，曾婉言勸我要如何改進，他很認真，求好心切，我至今感念。又好意安排我與女教師共同製作教

具，勉我以校中神仙眷侶（李沃植、鍾政枝）為榜樣，可惜我資質魯鈍，言詞拙笨，只會幫忙燒熱水供同仁洗澡，未能擄獲佳人芳心、達成上級交付任務。再因隔年三、四月間某夜，中共砲宣彈命中301教室，砲先擊碎隔鄰梯間小屋頂，再穿牆撞破黑板，砲碎片向右穿破窗框及玻璃，彈片將土堤坡的數棵木麻黃斷斷。當夜，砲宣彈命中我校數發，操場及宿舍空地、李老師班教室屋頂，似乎也被砲擊中，住校同仁有點惶恐，校長聞訊趕來安撫，大家才鎮靜了些。女老師因此受到驚嚇，下學年不再來金。

六十七年寧中改制為國民中小學，學校多了不少新力軍，國中部有楊瑞松、吳啟騰、朱美顏、李錫江、李尚武等新進教師，日後，同仁在全縣、全國科展比賽屢創佳績，為學校爭取甚多榮耀。這一年，我又重新擔任國一導師，除了本班並搭配不同年級班的課程，帶到七十年畢業。之後，又重複帶了一屆從七年級到九年級，七十三年畢業，同一年，為了上班便利，我調校到城中任教。

寧中的學生，有不少是后盤的同村子弟，任教之初，部分師長對后盤學生殆有偏見，認為頑劣，將后盤子弟編在我班，囑我嚴加管教，彼時國中小仍然不反對體罰，我與學生約法三章，若有犯錯或作業不寫、不交，將加倍夏楚。口頭恫嚇以來，許是我運氣好，我班子弟並無嚴重差錯。事過三十多載，近幾年，同學會上我詢老學生，往日為師可有凶惡面貌？蒙他們寬宏大量，似已淡忘我以前的年輕氣盛，更有人善意謊言，說我一向和藹可親。

七十三年畢業的寧中高足楊志清，在臉書貼了不少往日同學彩照合影，同窗紛紛留言：說要尋找、召集散居金、台各地的老同學，敦促大家互邀為友，要在網路上開同學會。我幫忙註明

同學姓名之餘，重溫學子當年天真模樣，再看看高徒們兒女成群的幸福畫面，心中感到無限愉悅。

（刊於《金門日報‧浯江夜話》一〇三年一月十七日）

1982金寧中小學701班同學合影

1982金寧中小701師生合影

青青園地待豐收
——賀《青園》雙週刊之誕生

　　十月二日，金寧中小學的《青園》雙週刊第一期正式面世，早在本學期開學之初，本校指導中心執行秘書李錫南老師即積極策劃，因為創辦一份定期的校園刊物，一直是全校師生的共同願望。然而，過去由於種種困難，以致於刊物始終無法編印出來。

　　自從李錫南老師於本學期接掌指導中心執行秘書之職務以來，便有意將創辦刊物的理想付諸實行，李老師是師大社教系新聞組畢業，早在大學生時代，就熱心參與寫作與編輯實務。於六十六年八月學成返鄉執教，貢獻所學，以國文、史地授課生徒，第一年擔任三零五班（當時本校尚為國中）導師時，即指導學生編印了一份班刊，贏得了同校師生讚譽的與欽佩。

　　此後，李老師因教學認真，指導學生有方，蒙校方重用，兼任體衛組長一職，表現卓越，此番復蒙校長翁志勵先生拔擢為執行秘書。此次《青園》雙週刊得以順利出刊，李老師其功甚偉，因為無論是《青園》出刊前的邀稿、校聞及鄉聞的撰寫、版面的設計、本文字體的書寫及標題的擬具，均是李老師一手包辦，花了甚大心血。

　　《青園》第一期的印刷型式，是八開單面二張，內文由李老師仔細繕寫並設計標題，刊頭及花邊由李老師與鍾政枝老師合

力完成，然後交付刻印機製版，再以黑紅二色套印，印成單面二張，以便同學張貼觀覽，這份刊物的外表雖然稍嫌粗糙，不夠美觀，但事實上，主其事者已盡了全力。

《青園》第一期的第一版，登載了校長翁志勵先生的發刊詞「《青園》——我們期待你！」及校聞鄉聞共計十條，例如：「歡迎大專服務隊，秘書長蒞臨指導，本校以午餐款待」、「金寧賽晨跑拔河，縣長主持並頒獎」、「本校四位老師，教師節受表揚」、「家長宴本校員工，並慨贈運動服裝」等。翁校長的〈《青園》——我們期待你！〉一文，除了解釋以前本校不敢貿然出刊的原因外，並期勉說道：「凡事大處著眼，小處著手，這是我們辦事的原則。衡量本校主客觀條件，我們無力出版有份量的期刊，但這是我們的理想與目標，現在我們播下一棵樹苗，也就是有良好的開始。願在不久的將來，我們的《青園》能茁壯成長，慢慢接近我們的理想—出版一份真正且有代表性的校刊，謹此，祝福《青園》之誕生。」

第二版即第二張，是青園副刊，輯有石朝木老師「給小朋友的信」、吳金水老師「夢與睡眠」、李錫南老師「青園心語」、莊玉燕同學「校園花絮」，內容多樣而富有趣味，可謂兼容並蓄，誠如李錫南老師在「青園心語」所說的：「本刊以有限的篇幅。盡量容納大家的來稿。讓大家的文思在此涓滴流通；尤其透過本刊，讓老師的金玉良言，指引你，啟發你！」

對於《青園》這份刊物的誕生，我們金寧中小學的全體師生咸表振奮，因它就像李老師在「青園心語」所說的：「青園是一份暫時代表金寧中小學的刊物，它是大家心聲溝通的共同園地。青園，象徵校園在一片蓊蓊鬱鬱的翠林中，蓬勃發展！充滿著朝氣與豪氣，活力與精神！」

筆者身為寧中小的一份子，眼見這一份刊物的誕生，內心實在快慰的很，相信它必定可增進師生間的情感，提高同學們寫作及投稿的興趣。

　　所以，謹在此祝福《青園》能有一豐碩的收穫季，希望在不久的將來，青青園地中開滿了各式各樣的花朵！

　　　　（刊於《金門日報》六十九年十月十一日副刊）

李錫南校長與筆者合影

國語文競賽有感

本年度地區國語文競賽於本（十一）月四、五兩日，於金寧中小學隆重舉行，由縣長張人俊先生主持開幕並致詞勉勵與會人員，比賽於焉開始，如今已閉幕人散，優勝的個人與團體業已分別領獎，得獎作品如書法、作文等優勝作品也張貼在寧中小校園，有心人士皆可親睹評比，以昭大信！

筆者忝屬工作人員之一，參預此次競賽的籌備及評判工作，成績揭曉之後，亦留心與會人士之反應。個人心中小有感觸，爰斗胆不揣淺陋，略述於次：

此次比賽與去年城中小所舉辦者稍有不同，今年共有演講、朗讀、注音、作文、書法等五種項目，作文及書法比賽是今年所增添的。敝人所參加評判的項目是演講及作文比賽，今僅就這兩項發表一些看法。

演講比賽除了「社會組」自由選題外，本擬於各競賽者登台前一小時當場抽籤決定講題參賽，高中職、國中、國小皆是就事先公布的五題中選一題，此有點類似「即席演講」，但比較好準備，至少有五個題目可供事先搜集資料，奈何領隊會議召開時，遭到反對，只好仍依舊章，讓與賽者背稿子表演！

然筆者聞台省、北市、高市舉辦國語文競賽，演講比賽皆採賽前數十分鐘抽題的方式，其事先公布的題目有數十個之多，所以小可以為這種方式應當是我們必須努力學習的，尤其是因為地

區演講比賽個人第一名，得代表本地區參加七十二年度全國國語文競賽，如果屆時全國國語文競賽的演講比賽也是採用這種類似「即席演講」的方式，而地區代表沒有這種經驗，恐怕就很難適應。

因此，敝人以為地區教育界的先進們，若想使我們金門學生到台灣參加演講比賽而毫不遜色，並能一爭高下，將「金門」的美名傳播於全國同胞耳目之中，就要趁早實施這種即席式的演講教育。培養戰地子弟當言敢言能言，應當也是我們教育界同仁的工作目標之一！

對於演講的人選，筆者也小有感觸，社會組及學校各組都有幾位熟面孔，學校組的還好，題目是五選一，所以演講內容與其以往所講不會相同；但社會組諸位先生小姐所講的是就「改善社會風氣應有的認識」、「建立居安思危的憂患意識」二題中任選一題，有的先生是就去年他參加「國語文演講比賽」或「反共教育演講比賽」的講稿稍作補充修改，然後依樣畫葫蘆的演講一番，連眼神、手勢、鏗鏘的聲調都相差不遠，這是聽過去年演講比賽的人，皆可感覺出來的，這幾位講者或許可謂之：「職業演講家」。

另外有幾位小姐，可能是準備不夠充足，攜稿上台，演講期間不時看稿，或索性將稿拿起來朗誦如儀一番，至於旁聽席的幾位先生，有的人聚精會神，全神貫注的汲取他人的長處；有的人則是高談闊論，無視於演講者的演出效果，甚至聲浪壓過了演講者，這些人似乎都非與賽者，據我觀察，這些人大抵為各鄉鎮及各校的帶隊者或有關人士，這真是令人遺憾！

此次作文比賽，係採臨場公布題目的方式，所以是以實力競賽，作品必須在一百分鐘內寫就。文章之品評高下，乃由五位任

教國文的老師擔任，他們將所有比賽者之文章，先獨立審閱，按內容、結構、修辭、字體與標點各項分配比例，詳細給分算出各組「與賽者」之得分，然後依其分數高下寫出各人所評該組之名次，將五位評判給予該組之名次加起來，名次積分最少者即是第一名，二三四五六名類此依序出現，這樣做的好處是避免以少數評判的評分，影響了多數評判的評分。由於「與賽者」的文稿皆不署姓名，乃以編號代之，加上評判亦不知有那些人參加比賽，所以，這樣做可算是公正公平！

看了那麼多的文章，心中有些心得，不妨提出就教於讀者，如果有僭越之處，尚祈包涵則個！

社會組題目是〈伸出愛的雙手〉，前三名依序是陳為學、寧國平、楊成業三位先生；依個人淺見，陳文之所以能得眾位評判青睞，評為第一，大概是因其以抒情的筆法將該文題旨發揮允當，其文句較靈活，筆觸亦較細緻，昔蕭統在《昭明文選》序曾定文之義涵為：「事出於沉思，義歸乎翰藻。」我看陳文庶幾近之！至於寧文則對社會現象及問題之見解較深刻，議論亦精到，唯一的缺憾是塗改不少。楊文則內涵義蘊較寬較廣，文詞較理性，結尾一段將愛的雙手延伸到中國大陸，期望拯救大陸同胞；以三民主義統一中國作結，足見其高瞻遠矚。

高中組作文題目是〈點燃生命的火花〉，前三名依序是楊菊芬、李宜藍、許瑞瑜三位同學，個人感覺這一組的實力優劣相差甚鉅，印象較深刻的是第一名與第二名的文章，第一名所寫之內容豐富，所引名人格言及書本警句，將近有十次之多，可見該生平日勤讀書籍，涉獵深廣，腹笥甚富！第二名李宜藍寫得一手好字，文辭精鍊，舉例解說，堪稱允當。這一組有幾篇落選的文章，係採「默誦作文」的方式與賽，全文所寫與題旨無關緊要，

或是牽強附會，令人不知所云，甚至有的人連題目都寫錯了，也在那大做文章。

國中組作文題目是〈母親的禮讚〉，前三名依次是林麗羨、歐陽晟、洪篤欽，這一組與賽諸生的素質相去不遠，所寫文章皆能就身邊瑣事，娓娓道起母親對家庭的貢獻，有幾篇彷彿是受了胡適之〈我的母親〉一文的影響，連遣詞造句都有些類似，這可算是將國中國文活學活用。

國小組作文題目是〈我生長在金門〉，前三名依次是陳慧琪、李金溪、莊美珍三位同學，這一組的水準也是參差不齊，有的學生將金門的光榮戰史、名勝古蹟、特產及重要性，介紹得很詳盡；但有的學生寫不到三百字，且錯字不少，塗塗改改。個中印象較深刻的第一名陳慧琪所寫，該篇作文字體清秀端莊，文辭清新流暢，遣詞造句的能力不亞於國中學生，但文中於敘寫金門風光時，竟然出現「稻香」「禾苗」等字眼，令人覺得與金門的實景有些出入，但總觀全文瑕不掩瑜，該文在各方面與他篇比較起來，仍然應享有首獎而當之無愧。

以上拉雜寫來，純屬印象批評，只是野人獻曝，若有不當或得罪之處，還盼海量包涵！尤其是作文方面，想到文章一事，有譽之為經國之大業，亦有藐之為雕蟲小技，然持平來說，該是：「文章千古事，得失寸心知。」因此，也就無需筆者冗詞贅說了！

（刊於《金門日報》七十二年十一月十六日副刊）

赴台瑣記
——給敬愛的長官及師長

登船時刻

　　一月二十五日,赴台渡假的公教員工及眷屬,備妥了行李集合於碼頭候船室;閒談的閒談,看電視的看電視,聲音嘈雜,忽然有人說到:「縣長來了!」候船室頓時靜下來,大家心裏都在疑惑——縣長來送行嗎?

　　縣長谷鵬先生笑容滿面地踏進候船室,親切和藹的說道:「各位老師好!司令官要我代表他來向大家送行」,「這次各位老師坐船到台灣,奉司令官指示,已替每位乘客,無論大人小孩,每人都送一盒點心,裏面有一些蛋糕、兩個蘋果、加上酸梅、暈船藥,表示我們的一點心意!」

　　接著又說:「各位老師獻身戰地教育工作,很辛苦!每年到台灣的次數,只有在寒暑假一兩次,我們儘可能地照顧各位!」當縣長講完話時,我看到在場的六七十位老師都用感激的眼光注視著我們的縣長,甚至有些女老師眼角潤濕了,那大概是衷心感激自然流露吧!

　　過了不久,大家很順利地登上了船,縣長和文教科洪科長等有關人士,仍然不放心,上船來看看大家是否都有床位,結果所

有的老師都有床位，甚至有部分男老師和所有的女老師都住在四人一間的小房間裏，四男或四女一間，能夠享有一點隱私權。

谷縣長和洪科長四處查看，當他看到金門高中的王先振老師攜家帶眷地六個人混雜在統艙裏，他唯恐王老師因隨行的四位小孩都小，照顧不來發生危險，於是很熱心地向船上的負責主管先生要求給這位老師較寬敞而獨立的一個處所，結果縣長等人上樓下樓地上下交涉，終於在洪科長的奔走力爭下，金中的王老師一行六人住進二人一間的高級套房上等艙，裏面有兩張大床，全套浴廁，各式設備齊全，房門可鎖，不怕小孩亂跑，安全無虞！

王老師得到了這樣一個好所在，心中的感激當然不是三言兩語所可表達的，道謝時說話都還結結巴巴！後逢人就稱讚長官的德政，感謝長官的費神關心及照顧。筆者亦任教職，恰巧同行，雖然是住在統艙，但目睹到這一片情景，格外動人，其實受惠者又豈獨王老師一家人呢！相信當日同行的教職人員都有深刻的感懷。長官的愛心伴著我們安抵高雄，這是一次美好而令人感激的搭船經驗！

見梅可望校長及其他

一月二十三日國內大學校長來金演講，並參觀訪問，我奉命接待東海大學校長——梅可望博士。

梅可望博士是湖南省人，美國密西根大學政治學博士，曾任台大、師大、中興等大學教授，及中央警官學校校長，青輔會祕書長，國防部司長，亞洲太平洋文化中心執行長等職。

梅可望博士出身宗教世家，父親為牧師，他本人亦是虔誠基督徒。一生獻身教育工作，兼具教學及行政經驗，自民國六十七

年六月二十七日接任東海大學校長以來，大事整頓，建設良多，不論是教授待遇之改善、校舍之興建、與省府建教合作，加強師資陣容，延攬大師前來講學、提高學術風氣等等，都對東海有很大的貢獻，單是經費的籌措爭取，在他就任以來不到四年之內，據稱就高達二億台幣之多，把東海從「沒落的貴族」角色中起死回生，賦予新血，讓東海給社會一個嶄新的形象。

於一月二十四日在榕園舉辦的「歡迎大學校長來金訪問」的接待園遊會上，我和幾位軍中的東海學弟共同來歡迎東海的大家長——梅校長，大家異口同聲地讚揚梅校長領導有方。梅校長就任時，我雖已畢業，但常從報章雜誌及《東海校友》月刊，知道梅校長的很多作為，也深表欽佩之意，在席上我向梅長打趣地說道：「我今天是以東海大學金門校友會會長的身分，向您表示感謝！謝謝您的領導，使得東海在頹敗中逐漸復興！不過我得事先聲名，我這個會長是自封的，是會長兼工友一人包辦！」在接待會上大家交談甚歡，並合影留念，臨行時梅校長邀我返台時，一定要去台中東海找他，他要派車子接我，我說：「謝謝您的好意，派車接我不敢當，但是我一定應命前往！」

二十九日上午在校長室，晉見梅校長，他很高興我如約而來，邀我午間至校長公館參加午宴，談話中，電話不斷，我見他事忙，不便逗留太久打擾他辦公，於是告辭退出校長室，出門又幸遇熊、劉二位同窗，他們均留校服務，彼此交談言歡，甚是興奮，已多年未見面了。

校長公館的午宴，同桌者除了校長伉儷外，還有周聯華博士、馮滬祥博士，及一對不知名的外國夫婦、一對不知名的中國年輕夫婦，和我以及作陪的熊同學，周聯華博士是名牧師，先總統蔣公逝世時的追思禮拜，即由他主持，此次乃是應東海大學哲

學系主任馮滬祥博士之邀，在「哲學與宗教」研討會上演講。周牧師口才甚佳，又善各地語言，在席上，他與校長夫人因交談而知彼此均是浙江人士，於是用寧波話談笑，笑語不斷，風趣橫生。

　　馮博士則是舊識，讀大學時聽過他的哲學課，講課時頭腦冷靜清晰，內容紮實並富有批判性，授課內容他後來整理成書，為「哲學與現代世界」一書，由先知出版社出版，當時他方由台大哲學研究所畢業沒多久，年紀才二十五、六歲卻已著有《青年與國難》、《易經之生命哲學》、《哲學與現代世界》等書，後來出國進修，於六十七年美國波士頓大學得哲學博士學位，再返東海大學任教，至今又寫《文化哲學面面觀》、《華夏集》、《自由民主──中國的道路》（合輯本）、「中國人的人生觀」（譯作）等書，是青年輩中最富勇猛精進的學人，梅校長慧眼識英雄，拔擢他為哲學系主任，哲學系開辦兩年，每年寒暑假定時籌辦「中國文化研討會」，邀請海內外大師共襄盛舉，提倡學風嘉惠學子，並編輯發行《中國文化月刊》、傳播宣揚中華文化、馮博士功不可沒，堪稱是國內最有幹勁的系主任。

　　馮滬祥博士是方東美教授晚年時從讀七年的弟子，亦是方教授交代後事時指定為編審其書著作的人士之一，可算是方東美教授的嫡傳弟子。方東美教授的「中國人的人生觀」中文本即由其翻譯而成，方東美先生的著作甚多，計有《堅白精舍詩集》、《科學哲學與人生》、《生生之德》、《東美先生講演集》、《人生哲學總論》、《中國人生哲學》、《輔仁講學錄音》、及三本英文著作（這些英文著作，最近由「聯經」出版了），由其著作可知方東美教授是學貫中西的大哲，梅貽寶博士嘗言：「中國近數十年，哲學師資多出方東美門下。」方教授其可敬之處不僅於此，更在其熱愛國家民族，至死不渝，病危臨終時猶頻呼

「中華民國萬萬歲」，遺囑請化行先生（王昇將軍）將其骨灰海葬金門，以示不忘復國，如此愛國情操，令人感佩，我們金門有幸，能有忠靈長伴斯土，志士報國之志當益振奮。全國各界人士為了紀念哲學大師方東美教授海葬金門，在金沙鎮金沙水庫東畔，建有「東美亭」一座，於民國六十七年七月十二日落成。由總統蔣經國先生題額，王昇將軍撰記，劉象山書丹，魏立之雕像。我戰地軍民同胞，倘有餘暇，不妨抽空一遊，一方面藉此觀遊水庫，了解政府所興建金沙水庫之工程設施及效益，一方面瞻仰大師遺像，「哲人日已遠，典型夙昔在」，仔細回味方大師在言教身教各方面所給我們立下的榜樣。

（刊於《金門日報》七十年三月七日副刊）

東海大學老校長梅可望與在金校友合影

東美亭
──憶大師

緣起

新春正逢假期，趁暇再度驅車前往心慕已久的東美亭；二年前，路過沙美，曾順道瞻仰，然當日來去匆促，未能久留仔細觀遊，事後心中總感遺憾。

駕著機車由金城出發，沿著環島北路向金沙前進，正是春寒料峭，車速不快但仍有幾分寒意；過了盤山，朔風襲面，身子因衣薄忍不住抖索，但想到此行是專程前往恭謁哲人之紀念亭，也就無懼於此。

約三十分鐘，車抵金沙橋，再轉金沙水庫東側之水泥大道，前行二分鐘，東美亭已在望，亭之周圍是方圓約一百公尺的黃土廣場，前面是淺海沙灘，遠眺便是故國山河──大嶝小嶝，亭之右方及後方是樹林，左方則是金沙湖庫。

亭之正面上懸蔣經國先生於六十七年四月所題「東美亭」二字之匾額，亭中有一紀念碑，正面是魏立之先生所塑方東美先生半面浮雕像，背面刻有碑銘，茲將全文恭錄於下：（該銘本無標點，為便於閱讀，筆者不揣淺陋試加標點）

東美亭紀念碑

先生諱珣，字東美，方姓，方氏桐城望族，自望溪以文章表率天下，數百年弗衰。

先生誕膺天衷，三歲讀詩成誦，十有六齡入南京金陵大學，二十三赴美威斯康辛大學，二十六歲完成博士學位，自是以中西哲學教授武昌、中央、台灣等大學，並應邀赴美講學，五十三年始終無間。先生之學，主旨在中華文化慧命，貫穿今古，統攝百家，而歸本於大易生生之德；其於儒家，則顯揚聖賢氣象，揭示中和創造之生命精神；於道家，則贊明其詩藝化境，宣揚高瞻遠矚之生命氣魄；於墨佛諸家，則直透其苦行慧心，啟迪悲智雙脩之生命境界；其於西方哲學，則遠溯古希臘，對近代各宗派之長短得失，無不疏通博照，批評融攝，要皆以生命哲學為依歸。先生痛馬列主義邪說之惑世誣民也，輒闢斥不遺餘力，重以悲憫心態，憂患意識相呼籲，期能消弭厄運，挽救危機，其氣識之深宏，姿度之廣大，汪洸浩瀚，奧乎莫側，人謂先生乃今之陽明，良有以也。

先生瞻泊寧靜，剛毅沉潛，直若砥矢，言若丹青，生平中英文遺著都四百餘萬言，壹是皆人重振創造精神，復興民族文化為本願，其所以儀型倫類，詔示來茲者，未有艾也。先生以民國紀元前十三年二月九日生於安徽桐城，民國六十六年七月十三日卒於台北市，享壽七十有九。夫人高氏，秉禮習勞，合德相莊，子三，女一，皆有成。昔仲尼將萎，夢奠於兩楹之間，先生易簀之頃，猶呼：「中華民國萬萬歲」，弟子王昇受遺命，海葬先生於金門水域，成禮如儀。金門各界為思念先生志業，建亭樹碑於金

東沙美，以先生之字名其亭，蓋所以昭紀鴻懿，垂範百世，嗚呼偉矣！倘金石之可鏤必彌久而常新，銘曰：

嶽嶽太武，金海湯湯，沉潛高明，象德斯藏，於皇先生，有受自天，敦厚淳懿，明道通元，孰是綱維，大易厥旨，如海如山，貫穿百氏，講學中外，五十三年，沿聖垂文，四百萬言，嗟呼！為國為族，再創再造，唯我軍民，是則是效。

弟子　龍南王昇敬撰

後學　太原劉象山書丹

中華民國六十七四月吉日勒石

　　我站在碑前謄錄了三十多分鐘，始將這一段文字抄妥，又繞到下面參觀，回途，心海思潮起伏，想到大師一生熱愛國家，發揚民族共命慧，時時以憂患意識提醒國人，臨終猶不忘金門，囑海葬於金門與台灣之間；我們山水有幸，料羅灣得大大師忠靈庇佑，金東之沙美又有亭碑以紀念大師，金門軍民理應對大師風範及學術貢獻有所認識，筆者乃不自量力淺薄，參考有關文獻，介紹大師的傳略事蹟及著作，期能有助讀者諸君。

方東美先生大事簡介

　　先生於民國前十三年農曆二月九日，出生於安徽省桐城縣大李莊楊樹灣，方氏三族之大方族。原名珣，長大後以東美字行（按珣字《爾雅釋地》有謂；「東方之美者，有醫無間之珣、玗、琪焉。」）

　　十四歲時考入桐城中學，酷嗜莊子書，頗憾桐城文章長於敘

事而短於談亦說理。此時，文學家朱光潛先生與先生同窗交契，由是訂交。

民國六年九月，先生十八歲考入金陵大學預科第一部，入住學生宿舍，一年後升入文科哲學系，於十年夏畢業。在學時，曾任學生自治會會長、金大學報「金陵光」總編輯、學生社團「中國哲學會」主席。九年六月時譯成D. L. MURRAY之《實驗主義》一書，同年十一月，由中華書局出版，此為先生第一本也是唯一的一本譯作。

先生入文科哲學系，因黃仲蘇而識趙叔愚，又識主修政治而喜哲學的杭立武。初入哲學系時，在詩經專書課堂上，曾以國學根柢之深厚壓倒了國文教授；在用英文本的宗教哲學課上，又以英文文法的分析，指出了留英博士講解的錯誤。從這兩件小事可以顯出方先生在少年時期已經是膽識俱足，機智和才氣都是超人一等。

民國八年，五四運動由北大學生發起後，首由南京金陵大學學生起來響應，整個運動始由京而滬，進而擴大至全國。先生時為金大生自治會委員，整個東南（京滬）之學生運動，係由先生及金大「少年中國學會」會員與北方學生代表羅家倫、段錫朋、周炳琳等取得聯繫後，一面積極發動金大同學響應，連絡京滬區「少中」同仁（南京高等師範之陳啟天、吳俊升，交通大學之惲震），運籌帷幄，指揮部署，終使此一青年愛國的學生運動，獲得空前的成就。但是先生生平從未以「五四」人物自居，亦從未誇過自己以往在學生運動中的表現。

按「少年中國學會」是民國以來最為可貴的一個社團，存在時間自民國七年至十四年，前後會員共有一百二十多位，其由結合到分化的過程，實為現代中國知識份子受外來思想的衝擊而改

變的最佳寫照。該會的宗旨是：「本科學的精神，社會的活動，以創造少年中國」；並標舉「奮鬥、實踐、堅忍、儉樸」四項為同仁遵循的信條。會員公推王光祈先生為領袖，會員中如左舜生、余家菊、陳啟天、李璜、沈怡等先生皆為出類拔萃之輩，

方先生係於八年十一月一日與左舜生、趙叔愚、黃仲蘇、蔣錫昌等十二人成立「少年中國學會南京分會」，先生深喜其有學術文化之理想，超然獨立於政治權力之外。先生於《少年中國》月刊上載有〈柏格森《生之哲學》〉、〈唯實主義的生之哲學〉、〈詹姆士底宗教哲學〉等篇文章，後又創刊「少年世界」，先生為總編輯，刊載有〈美國群學會的年會〉、〈國際間兩大學術團體〉兩篇著作及〈一九一九年之俄羅斯〉、〈羅素眼中蘇維埃的俄羅斯——一九二〇年〉兩篇譯文。由以上幾篇文章，可大略看出方東美先生的主要興趣之所在。

民國九年，杜威訪問南京，先生代表中國哲會致歡迎詞，金陵大學第一位教方先生西洋上古哲學史的就是杜威。方先生起初對杜威還很欣賞，後來就發現與杜威無緣，尤其不喜歡他所提倡的實用主義，所以師弟兩人很早就分道揚鑣了。

民國十年，方先生坐船自上海、檀香山，橫渡太平洋，到美國留學，同船赴美者有蒲薛鳳、吳國楨、顧翊群等知名之士。赴美後，先在威斯康辛大學當研究生。翌年夏，以論文〈柏格森生命哲學之評述〉獲得碩士學位。此論文被同校名教授麥奇威博士一再讚揚，傳觀其他教授和研究生，並說：「像這樣的哲學文章，你們美國的研究生寫得出來嗎？」

十一年秋，時值美國哲學界一窩蜂反黑格爾，威大也不例外，先生就轉學俄亥俄大學從藍賽教授研究黑格爾的重點及主要脈絡；於十二年七月又回到威大，隔年夏，以論文〈英國及美國

唯實主義的比較研究〉通過博士學位考試。民國十三年起，方先生開始了他的教學生涯，從武昌高等師範，再到東南大學、中央黨務學校（後改為中央政校及政治大學）、金陵大學、中央大學等教授哲學，三十七年起。先生到了台灣，任台大哲學系主任，一直到六十二年以七十四高齡退休為止，其間五十四年如一日，沒有離開過教育工作崗位一步。退休後復應輔仁大學之請，在輔仁大學任講座教授，直至民國六十五年病發前夕為止。在上述教學其間，他曾於民國四十八年至四十九年赴美國南達科他大學任訪問教授，民國五十年任美國密蘇里大學訪問教授，民國五十三年至五十五年任美國密希根州立大學訪問教授。由於先生服務教育時間久遠，成績卓越，教育部曾於民國四十五年及五十三年兩度頒贈先生教學績優獎章。

方先生與蔣公

　　方先生與先總統蔣公有深厚友誼，蔣公對方先生相當尊敬，而方生先對蔣公亦至表崇敬擁護之忱。早在民國十六年冬，由於寧漢分裂，革命軍總司令蔣公為謀求黨內團結，毅然下野，當時南京國民政府暫由李烈鈞主持，時先生在中央黨務學校任教授，段書貽先生乃邀先生共同領導黨校學生，向當時政府請願，籲求蔣總司令復職。李烈鈞竟下令軍隊開槍鎮壓，當場打死黨校學生袁大煦；次日先生乃與谷正綱、段書貽二位先生，三個教授抬著學生的棺材再次遊行請願，終於使李烈鈞知道暴力之不足恃，而向真理低頭，自動下台，改由譚延闓先生接掌國民政府，蔣總司令亦在眾望所歸下復職，國民革命軍之北伐乃得順利完成。

　　民國二十六年初，蔣公在西安蒙難歸來不久，返回奉化原籍

休養，當時蔣公即有意敦請方先生赴奉化講哲學，先生亦欣然應命。詎料正要準備赴約之際，蘆構橋事件爆發，蔣公銷假視事，赴盧山主持國是會議，而方先生亦應邀參加此項會議，會中，方先生即席起立發言，據同時與會的吳經熊博士回憶說：「東美先生大聲疾呼，力言民族精神與文化命脈之重要，半小時的講話中，慷慨激昂，聲淚俱下，自蔣委員長以下，與會人員皆為之動容。其忠憤之氣，耿介之性，於此流露無遺。」

講學之事雖因抗戰開始而暫緩，但抗戰到了後期，政府駐守陪都重慶，蔣公再度敦請方先生講授哲學。計方先生先後為蔣公講授黑格爾哲學、王陽明哲學及易經哲學等。當時蔣公身任軍事委員會委員長兼行政院長，為全國最高軍政首長，且年齡亦較方先生為長，但每次方先生為蔣公授課時，蔣公總是執弟子禮，一時傳為佳話，這不單表示蔣公對方先生的禮遇，同時也顯示了蔣公謙虛的偉大胸襟。

來台以後，方先生與蔣公仍有見面機會。約在民國三十八、九年左右，方先生拜會蔣公，蔣公曾面請方先生主辦一雜誌，闡揚中國文化思想，以闢共黨唯物論邪說。由於辦雜誌需牽涉到行政上的瑣碎事務，方先生因不慣於處理行政業務，乃婉謝了蔣公的好意。民國四十年，先生應蔣公之邀請，在蔣公宴請大專教授席上演講「辯證法與黑格爾哲學」，其後此文復經整理發表於四十五年出版之《黑格爾哲學論文集》中，題為〈黑格爾哲學之當前難題與歷史背景〉。

據杭立武先生說：蔣公對方先生一向很器重，國家辦理高級行政人員的訓練，如革命實踐研究院，都曾請方先生擔任哲學講座。而方先生對蔣公也極表崇敬。在方先生心目中，蔣公是一位在國家多難時，抱著孤臣孽子的心情來挽救國家危亡的民族偉

人。後來蔣公突然於六十四年四月五日崩逝，當方先生初聽到這消息時，便衷心悲慟而流淚，他對記者發表談話說：他平生不輕易流淚，但為蔣公卻流過兩次淚，一次是在西安事變的時候，當聽到蔣公脫險的消息興奮而流淚，從驚醒中奮發團結，才能報答蔣公。

鄭彥棻先生回憶說：方先生對蔣公備極崇敬愛戴，看方先生在幹校（中央政治幹部學校）同學所辦的紀念刊物《青泉》上的歷次題詞，便可窺見一斑。又如方先生在輓蔣公的聯語中，以周文王（西伯）和軒轅黃帝比擬蔣公，且於聯後附句表明蔣公「精神偉大長垂宇宙」。六十五年紀念蔣公誕辰的題詞，則以「天降達德，救國救民……」等語相稱頌。六十六年的題詞，亦盛稱蔣公為「幾千年來一人而已」。凡此皆足以看出方先生敬愛仰慕蔣公的深心，同時也充份流露出先生對國家民族的深厚情懷。

據方先生早年弟子華仲麐教授的轉述方夫人高芙初女士說：當先生彌留以待安息之際，呼喚方夫人把國旗掛出，說將有奇蹟出現，又斷斷續續說：「國民政府萬歲！萬萬歲！……中華民國萬歲！……偉大的國民政府……偉大的蔣總統……」當方先生說了這些話的第五天，也就是范園焱義士駕米格十九起義來歸的大好日子，方先生所說的奇蹟果然應驗。而可愛可敬的方先生，在一息尚存，還念念不忘國家、蔣公。華教授讚嘆方先生終其生布衣一襲，傲睨軒冕，敝屣尊榮，孤忠耿耿，不求人知，遺囑無一語及於私事，可謂偉矣。

方東美先生與金門

六十三年四月二十九日起，方東美先生應早年弟子王昇將

軍之邀，在復興崗講述「當前世界思潮概要」，連講三次，講稿全文經整理後發表於青年戰士報。在六十四年，方先生以七六高齡又應化行先生的邀請，來到金門擎天廳發表大氣磅礡的勞軍講演。當時他特別列舉武王伐紂的例子，說明武王那時（也就是文王「作易」之後）雖然有種種艱難困苦，但因為大家深具文化理想，能夠戒惕謹慎，奮發創進，終能得到最後勝利！

　　方先生來金演講參觀，對戰地的各項建設成果，很驚訝也很高興，尤其喜愛前線的淳樸風氣和「枕戈待旦，生聚教訓」的生活型式，返台後曾多次告訴學生及友人：當今的社會風氣應該多向金門學習，千萬不能因安樂而喪志。方先生的弟子馮滬祥博士曾推測方先生遺言在金門海葬，或許與此有關係。

　　方先生的安葬，據其弟子黃振華博士回憶說：六十六年七月二十一日清晨，方先生公子天華博士及方氏好友王藹雲先生、弟子劉孚坤教授及黃教授等人先到達松山軍用機場，隨後王昇將軍亦到達，不久登機起飛。在起飛前登入飛機時，由黃教授抱持方先生遺像前行，盛靈骨之罐有兩個，一為盛骨灰之罐，由王昇將軍扶持，另一為盛骨片之罐，由方天華博士抱持。由於王將軍平日公務繁忙，備極辛勞。盛骨灰之罐原擬由劉孚坤教授代為扶持，但王將軍堅持須親自持送，故仍由其持行，由此可知王將軍對方先生之崇敬。

　　飛機抵達金門，金門各界人士由譚紹彬縣長率領在機場舉行莊嚴的迎靈儀式，並舉行公祭，儀式至為肅穆莊嚴。然後乘車赴料羅灣舉行海葬。出發時由導車前行，次為指揮車，再次為靈車，再次為家屬車及長官車與其他車輛。當車隊出發時，由於靈車之車身較小，僅在前面有一座位，此座位由方先生公子天華博士坐，車廂內則放置靈骨，並無座位。化行將軍原可乘長官車在

後隨行，但他堅持須親自護送靈骨同行，因此便與數位扛送靈骨的金中同學坐在靈車車廂內兩旁無座位之處。王昇將軍這種尊師重道的精神，令在場的人都非常感動！

抵達料羅灣後，下車登上事先準備好之運輸艦，艦上已布置妥舉行海葬典禮之靈堂。艦先出發開航約二十分鐘，抵達海灣內預定海葬之處。此時舉行海葬典禮，由王將軍化行先生主祭，全艦官兵與祭，向方先生遺像及靈骨行三鞠躬禮，然後由王將軍將盛骨灰之罐打破，在蛙人之協助下將骨灰灑入海中，葬禮宣告完成。從此一代哲人長離人世，歸於永恆之境。

方東美先生的學術貢獻

方東美先生是真正學貫中西，博淹經史的一代哲學大師，在學術文化上的宏偉業績，自非我輩小子的管窺蠡測，所能妄作評讚，在此謹作介紹。

胡一貫先生曾說：我國當代哲人，其以中國哲學宏揚於世界，名聞於世界者，除了熊十力先生，便是方東美先生。而熊先生因其不通外文，不能讀外文原著，不能以外文講學著書，較之方先生嫻於英文，兼通德文、法文、希臘文和拉丁文，尚有不及之處。方先生既融會中國儒道釋墨諸家哲學，復能對希臘乃至於歐美近代哲學，精研詳析，遠紹旁蒐；且又受西方邏輯及印度因明學之訓練，故能究天人之際，通中外古今之變，成一家之言。

方先生之著作除了早年的碩士、博士論文外，單冊的專書計有下列幾種：二十五年二月由上海商務印書館印行之《科學哲學與人生》；二十六年應教育部之邀，在中央廣播電台，向全國青年講中國人生哲學，後輯為《中國人生哲學概要》，仍由上海

商務印書館印行。四十六年發表英文著作《中國人生哲學》，此書原由香港友聯出版社出版。六十九年時由方先生弟子馮滬祥博士譯為中文，改名稱為《中國人的人生觀》，避免與《中國人生哲學概要》一書同名，由「幼獅」公司出版。先生因感於國內哲學教育之不足，於民國五十五年起，摒謝一切西洋哲學課程，專開《中國哲學之精神及其發展》講座，並開始以英文撰寫此一鉅作，於六十五年完成，此書乃先生最具有代表性之著作，全書從論數千年來中國各期哲學之生命精神，堪稱劃時代之里程碑。更為中國哲學見重於國際學術界之不朽經典。此書與先生英文版之《中國人生哲學》以及新印之英文論文集《生生之德》，皆由聯經出版社於六十九年及七十年分別出版或再印。近閱報得知《中國哲學之精神及其發展》已由方先生生前指定翻譯的弟子孫智燊博士譯為中文，孫博士歷時三年譯妥，將由成均出版社出版印行。

方先生參加歷年哲學會議發表之中英文論文亦有多筆，加上其他的演講記錄，經整理為論文集《生生之德》、《東美先生講演集》，而先生之文學造詣亦深厚，遺有詩詞文稿上千首，身後由弟子彙編成《堅白精舍詩集》，此三書加上前此已出版之《科學哲學與人生》、《中國人生哲學》（此書本有「概要」二字）統由黎明公司於六十七年起陸續出版印行。

至於先生在台大與輔大多年來有關儒道釋哲學、華嚴哲學的三百捲講學錄音帶，已由先生之弟子們分別整理，已整理好並印行者計有黎明公司七十年出版之《華嚴宗哲學》上下二冊，黎明公司七十二年出版之《新儒家十八講》，至於單篇刊行或見於《哲學與文化》、《新天地》、《中國文化月刊》等刊物，參加校訂或記錄之弟子有郭文夫、方武、楊政河、任慶運、傅佩榮、楊士毅、談遠平等先生。

旅美研究中國思想的杜維明博士嘗言：就思想而言，對台灣最高學府影響力最大，而且最具震撼性的，即是方東美先生。方先生最大的影響，可以說是在「傳道、授業、解惑」上，他直接把學術內涵及水準，為學方法及態度，提昇到國際會面。方先生的另一個特色，是他把中國哲學置放在宇宙性、全球性地位的精神。對思想、文化有感觸的台灣年輕一輩學人，多少總受到他的影響，跟他讀書而且繼續從事哲學探討的學生很多，杜博士就其所知，介紹了劉述先、傅偉勳、成中英這三位方先生的高足。

　　其實，早在十幾年前，哲學家梅貽寶博士就曾說過：「中國近數十年，哲學師資多出方東美門下。」方東美先生早期的弟子唐君毅、程石泉、華仲麐、陳康，加上中晚期的學生如陳朋、劉孚坤、黃振華、劉述先、成中英、周春堤、傅偉勳、何秀煌、孫智燊、張肇祺、許逖、郭文夫、傅佩榮、馮滬祥、游祥洲、陳曉林、楊政河、談遠平等先生皆是學術界有名的人物，其中有多位先生在目前的哲學界裏具有相當重要的地位及影響力。受教於方先生門下的弟子，有一共同特點，即他們無論個人成就如何，在道德與知識上永遠秉持著真誠。

　　方先生的弟子對大師都非常崇敬，從他們所寫紀念文字的題目便可看出，例如：華仲麐先生寫〈形同草木，名堅金石，先生之風，山高水長〉，劉孚坤先生寫〈國喪大賢，學失宗師〉，劉述先生寫〈山高水長懷師恩〉，何秀煌先生寫〈而未嘗往也〉，張肇祺先生寫〈大哉！夫子！德有遠兮聲無窮〉，許逖先生寫〈雪涕終宵哭先生〉，馮滬祥先生寫〈先生之德永不止息〉，陳曉林先生寫〈滄海橫流更有誰？〉，傅佩榮先生寫〈一代大哲方東美老師〉，蕭毅虹女士寫〈大方無隅〉等，由這些題目之尊貴

貼切，方知方東美先生在弟子們心中的份量，而其對學術文化，對國家民族的貢獻，我們也可由此間接地體會與瞭解。

後語

　　方東美先生的夫人高芙初女士於六十八年，曾親筆題贈金寧國中二套黎明公司出版方東美先生著作，計有《堅白精舍詩集》、《科學哲學與人生》、《生生之德》、《方東美先生演講集》等書，聞戰地他校亦同獲贈書。

　　方大師賢伉儷對我們前線如此看重，大師海葬金門於先，夫人又贈書於後，深情厚意，我們戰地軍民豈能不報。又「東美亭」在金設立已有多年，然迄今似尚未有專文報導介紹大師風範，故筆者不揣學疏才淺，乃有斯文之作。

　　本文內容之來源，除了個人平日所聞加上師友相告者外，並參考沈怡、吳經熊、杭立武、華仲麐、黃振華、劉孚坤、劉述先、陳朋、孫智燊、許逖、馮滬祥、傅佩榮、金恆煒等先生分別發表於中央日報、中國時報、青年戰士報、哲學與文化、中國論壇、時報雜誌、中國文化月刊等報刊之文章，加以摘錄或改寫鎔裁而成，為適應報章刊載及行文流暢便於閱讀，沒有一一詳加註解資料來源，謹此說明。又本篇重點在史實介紹，疏於哲學分析，讀者若有興趣，可自行參閱劉述先教授於七十二年在《中國論壇》」所寫之論著。（寫於方大師誕辰紀念日）

　　（刊於《金門日報》七十三年三月二十三至二十五日副刊）

東美亭之全景

蔣經國總統為東美亭題額

談文
論藝

楊樹清青柳色新
——介紹《小記者獨白》及其他

　　楊樹清先生的大著《小記者獨白》出版了，於民國七十年九月一日，由聯亞出版社初版印行，該書為三十二開本，大康米色紙印刷，共有序文八面、正文二百五十三面，附錄十七面，封面為樹清之兄楊樹森先生所繪之小記者畫像。

　　每一位認識樹清的朋友，談到這本書時，都為樹清感到高興，因為這本書是他交給朋友們的一份成績單，他雖然拒絕了學校教育，但是他離開高職之後，在社會中受教育。《小記者獨白》這本書的內容，敘述了樹清在台文化園裏奮鬥一年的所見所聞及心路歷程。

　　「楊樹清」這三個字，對於關心文壇動態的讀者來說，並不陌生，因為樹清是位勤奮的筆耕者，我們可在甚多的報刊雜誌上，看到他的大作。他的作品總產量驚人，他年紀不過二十；然據其自稱，已刊出的作品篇數約有四百多篇；而其筆名據敝人所知，亦有甚多，如燕南山、燕去非、揚俠、浯湘等都是他常用的筆名；因為他自幼長於昔年朱熹曾設帳講學，文風鼎盛的燕南山（即今之古區），頗以為榮，因此便以「燕南山」做筆名；又因他父親是半生戎馬的三湘子弟，母親則為浯島人士，所以他便拿「浯湘」以之代號。

　　樹清寫「小記者獨白」，其行文技巧採用小說方式，他在自

序中說道：「《小記者獨白》的篇章並不完全發生在我身上，有的是來自朋友身上，耳濡目染，為求真實感起見，用第一人稱的手法貫穿全書，它們全然是以事實為底，我也願意它是一本創作的書，如此，它的文學生命當能持續更久罷？」由此可知，這本書值得一讀；因為書中情節，大抵說來，還算不離事實太遠；雖然作者在序文曾自謙：「這是一本看了會後悔的書。」但是我們寧願把它想做是，作者唯恐讀者不滿意的預作退路之辭。

正文的最後一篇《小記者獨白》，是小記者楊樹清向其女友傾訴，向她解釋他為何選擇記者這一行業，侃侃而論多采多姿的新聞工作個中甘苦，表白自己的清白，向女友解釋自己的名字，乃是取「樹正本」「清道源」之義。並回溯簡述其獻身新聞事業以來，所遇到的一些令其深刻難忘的往事。

樹清的好友陳思為在本書附錄〈落拓江湖行〉（原刊於正氣副刊）說道：「打從數年前起，樹清與我對文學的熱衷，就使我們成了共談典籍、共話文藝的知己良友，燕南山的林木在我們的吟詠謳歌下，益顯得蒼翠盎然，書室的一角也留下我們秉燭夜耕的身影。對文藝的狂熱，以及辛勤地創作，已經讓文學深入了我們的心，成了根深蒂固、不可輕易拋棄的形式，而對文學的執著，也使我們改變了我們對人生的看法，使我們更具信心、更勇敢地去跨出人生的步履，……。」

樹清與思為，都是燕南山的好兒郎，他們倆自從少年時代，就在金門文藝園地辛勤耕耘，是正氣副刊的常客，在歷任編輯的愛護及栽培之下，漸漸茁壯成長，並將其步履跨過台海，將金門的光輝帶到台灣；樹清以未屆雙十之年，即以作品實力榮膺台灣多家報刊編輯之青睞，邀為特約撰述，並曾任多家刊物之總編輯；而思為又以「千江」之名，力撰詩作，勇猛精進，思有以一

番作為，赴台就讀景文高中時，參加北市高中徵文比賽，榮獲散文組第一名，返金之後，去年以高二學生的身分，得到國軍文藝金像獎的新詩組佳作。兩人年事正屬青春歲月，來日前途無可限量，盼能繼續努力。

楊樹清赴台奮鬥之後，雖小有成就，但仍不忘栽培他多年的母親——正氣副刊，不時投搞回來，他擅寫懷友之文，對朋友的感情，正像青春的柳樹，多情地以其繁密柔細的柳條兒，輕輕地撫觸著每一位朋友的寂寞心坎，大家都想念他，因為只要有他在的地方，就有歡笑聲，他以敏銳的才思和憨笑的臉孔，換來了大家的笑聲。

前些日子，收到樹清來信，得知他已從戎報國，身在柳營中，心中不禁暗自祝福他，希望柳營的生活，能使他更成熟，經過柳營的這番磨鍊，他能更堅強，盼他能更上層樓地表現出柳營神色、丈夫氣概，發而為文，分享我們這些友好！

最後，謹以彭歌先生於七十年十二月二十三日中央副刊，所刊之方塊〈道在其中〉一文的幾句話，做為讀過楊樹清的《小記者獨白》之後，與樹清共勉的一些警語，彭先生說道：「新聞記者為世人詬病者，一是淺嘗輒止，對甚麼的瞭解都不夠深入，因而就難免以偏概全，甚至捕風捉影作文章。一是缺乏設身處地的精神，甚或自以為一筆在握，高下隨心，褒之九天，貶之則可下十八層地獄。所謂過猶不及，皆失其允當。『善未易察，理未易明』這兩句話對新聞記者而言，應該是可以終身奉行，時自誡惕的箴言。」

（刊於《金門日報》七十一年四月三日副刊）

勤奮的筆耕者
——從《少年組曲》談起

　　楊樹清的《少年組曲》於七十二年五月十五日，由水芙蓉出版社初版印行，序四頁、目錄三頁、正文二二五頁，彩色封面的設計者是黃石先生，「少年組曲」四字由名書法家李超哉先生題署。

　　該書出版之初，據聞在台北文藝圈裡蕩起了一陣漣漪，因為《少年組曲》的作者是那樣地年輕，如同該書作者簡介所說的：「特別喜愛『我見青山多嫵媚，料青山見我應如是』這句話的楊樹清，這本書是他告別青衣歲月的代表作，融合各種文思於一集，舉凡鄉土的懷念，情愫的迸發，生活的掠影……等，無不刻繪得淋漓盡致。它叫人對作者的『年輕』感到奇異，也佩服他有勇氣拿它們來面對時空的考驗。」

　　楊君誠然年輕，因他今年才二十出頭，但他年事雖輕，卻有超乎年齡一倍的體驗和心境。他棄學投身社會的歲月裡，在文化界活躍得像一頭初生的乳虎，曾先後編輯過：金門文藝、台中一週、北縣報導、中華兒女、書櫃……等不同類型的雜誌。

　　樹清是金門園地誕生成長的一株奇葩，注意《金門日報》《正氣副刊》的讀者，沒有不認識他的，楊君除了用本名外，間亦用「燕南山」、「楊俠」。「燕去非」、「全台人」、「浯湘」等筆名寫稿，所寫的作品種類繁多，散文、小說、報導文

學、詩歌,論述皆能筆隨意到,各種作品體裁均可揮灑自如,據其自稱作品經報章刊登者,已有五百篇以上,以他如此年紀,創作量之鉅不可謂不驚人!

他結集出書或單本發行的已有三書,第一本是《小記者的獨白》(聯亞出版社),接下來是《燕南情長》(鳳凰出版社),近者則為《少年組曲》(水芙蓉出版社),其中《燕南情長》一書,筆者尚未閱及,無法置喙;至於《小記者的獨白》是楊君以小說筆法,敘寫他在台擔任某家週刊記者時的所見所聞,前此一士先生曾於七十八年四月三日之《金門日報》撰寫〈楊樹清青柳色新〉介紹《小記者獨白》及其他,此處不贅!

《少年組曲》則為楊君近年之作品集,據作者自分為〈自序〉、〈曲之一:鄉土篇〉、〈曲之二:情愫篇〉、〈後記〉;其中〈鄉土篇〉計有二十篇,〈情愫篇〉亦有十一篇,這些作品均分別發表於《金門日報》、《青年戰士報》、《中華日報》、《大華晚報》等報紙。

仔細拜讀過楊君這本書《少年組曲》後,心中不免有些感觸,尤其驚佩其對寫作的狂熱;他終日孜孜不倦地搖筆為文,終於寫出了一些成績。當眾人正沉湎於電影、電視、錄音機、電唱機等各式各樣聲色之娛的當兒,楊君卻能耐住寂寞在孤燈下從事文藝創作;透過他的理智和感情,他將所見所思化為黑字,所寫之內容不論是對親人的懷念,或是對朋友的描述與期盼,抑是敘寫這一時代金台兩地的風光面貌,及旅台期間的心思片羽,都透過他那熱情如炬,洞燭周邊的銳眼,經過一番觀照玩味,然後寫定下來,這本書有三分之一的篇什在《正氣副刊》發表過,是他十七歲至二十歲期間所發表的作品,他自喻為「跌跌撞撞的青澀組合。」他在書的扉頁上,簽贈朋友自謙道:「這是一些鄉土和

現實的碎片。」由些可見，他是很虛心的；在自序中，他特別提到一些人士，這些人有他的父母兄弟，也有他的老師，更特殊的是副刊編輯及曾與他共同開墾寫作園地的文友，他一一的把他們的姓名寫出來，表示出懇切真摯的濃厚情意。

這本書的內容，樹清將它分為兩大部分，第一部分〈鄉土篇〉中，〈風土人情〉、〈吾鄉印象〉、〈歸去來兮〉、〈文化城淺唱〉、〈年的滋味〉、〈風情萬縷〉、〈故鄉月〉、〈「楊大力傳奇錄〉等八篇曾於六十九年至七十一年，先後發表於《正氣副刊》。第二部分〈情愫篇〉中〈燕歸去〉、〈春去幾時回〉。〈失落的影子〉等，篇亦曾發表在《正氣副刊》，可知他一直在金門的文藝園地耕耘，而《正氣副刊》的編輯亦以青眼相待，大力提拔之下，他才有今日的成就。

這本《少年組曲》的紙張、印刷、裝訂、封面設計都相當不錯，究竟不愧是以「品質精良風評最佳」自許的「水芙蓉」出版品，但美中不足的，筆者以為幾點：

一、書中部分篇節在報紙刊載時皆曾附有精美插圖，例如：在《正氣副刊》登載之作品即有蔡海清、孟英、楊樹森等人繪製的精美插圖，然結集時可能是考慮製版不便，因此劃去；若能採用，當可收圖文並茂之效。

二、書中篇章既然作者自云皆曾在報章發表過，為何結集出書時，不在書中各篇文後附加說明？前述該書部分篇章曾發表於《正氣副刊》，是筆者以自己剪貼簿所存揚君作品，與「少年組曲」逐一核對而知的。

三、楊君平日行文，習慣在文後附注寫作日期及地點，這是好習慣，因為此可幫助讀者了解作者的時空背景，但不知為何，此次出書卻將各篇文末的時間地點一併省去。

四、《少年組曲》一書各篇體裁有點雜亂，有散文隨筆、鄉土或人物報導、自傳或童年往事，也有一些言情小說，個人以為「情愫篇」中的幾篇言情小說，若非有特殊紀念意義，當可不必收錄於書中，因為這幾篇言情小說的義涵不夠深刻！不過，這也難怪，因楊君畢竟年少，以上所舉四點，或許可算是雞蛋裡挑骨頭，因為以楊君若般年輕，卻已能有出版三書的成績，著實不易。筆者期望他殷切，難免有求全之心。其實他已是相當傑出的寫作人才，尤其當我再仔細拜讀其近年投刊於《正氣副刊》的作品後，深覺其境界又提高不少，無論是字詞運用、造句組合、意念表達都能再上層樓，創造他個人的特殊風格。他就像一塊充滿吸收能力的海綿，能將他所遇到的一切，鉅細靡遺的附著起來；然後，經過一番融合再創造出新成品。

他所寫的內容，令人看了有時忍不住要低迴細思，他道出人們的心聲，例如：〈渡〉（刊於六月二十五日《正氣副刊》）一文寫道：「船隨著一波一波海水往前滑動。每滑動一步，心就要跟著不定的動。在啟航的光景，是否發覺兩種心情人，一是在船艙內打地舖躺平什麼也不去想也不去憂慮，一是在甲板上用眼珠濃情往船開的方向想要抓取最後的映象。我是屬於後者的，甚至故鄉的山影已在視野中化為空茫了，依然努力的要突破層層的雲霞去喚回瞳孔深處存藏的鄉景。」這些句子很長，彷彿是風箏的線，也牽動了每一個人長久以來記憶在心的一些苦痛。

由於樹清目前仍處軍旅生涯，因此最近所寫文章大半是他在外地服役戍守的感觸，近半年來所寫的，〈渡〉、〈浮雲遊子〉、〈夢裡常見舊金城〉、〈平安家書〉、〈憶家鄉中秋

夜〉、〈儂也是出外人〉、〈那年冬至〉、〈金城古銅色的夢〉、〈憶石叔叔〉、〈平安就是福〉皆屬此類，讀了這些篇章，我們也都分享了他的愁鄉思緒、思親情懷，一位滿懷憶鄉思故的青衣少年，正在我們心目可及的彼方踽踽獨行，耳畔也依稀可聞他訴不盡的呢喃心語。

除了以散文篇章抒寫他的心思外，報導與金門有關的藝文動態，也是樹清的專長，在近半年來，他寫了十來篇，在〈藝文人贅語〉（刊於九月十六日正氣副刊）他說道：「我曾付出了許多時間和心力期許著它的持久性，感情的要它不斷多而且深的提供金台藝文的訊息，搭一座有情的心橋。」由於他的努力，使得金門藝文氣氛熱鬧了，增加大家關懷、參與、開展的心。

但，由他下筆太快，往往是耳食他人的道聽途說，未經查證未蒙當事人允許，就率爾下筆，造成了一些小疵，例如他將徐茂珊寫成徐文珊（見八月十二日藝文）王觀漁先生明明是男性，卻將他去世之事稱「駕返瑤池」。（以上之例是十一月三日藝文）

或是因為他的接觸面有限，所以「藝文」專欄的名人往往拘限於那少數幾位好友或他所熟悉的人物，以致有人說他替朋友打廣告，提高知名度，小圈圈裡互相揄揚標榜；但是敝人在此要說一句公道話：任何事有利有弊，楊君寫「藝文」專欄，固然不無小瑕，但顯然功大於過，尤其他的報導，牽引了無數的孤寂創作心靈，發揮出共同執著的熱情，以文字報導了這些藝文人物的成果，肯定他們在歷史上的名份，古云：「君子疾沒世名不稱」或曰：「自三代以下，未有不好名者。」即是此義，我們讀書人更應摒除狹隘的島民心胸，來欣賞讚同別人的成就。

所以我們感佩他撰寫「藝文」專欄的心意，希望他能繼續不斷地寫；就如同他在〈孤獨投注的代價〉（刊十月二十二日正

氣副刊）一文中所說的：「走筆至此，再次念及少數朋友給我掌聲的頌贊，多數朋友給我噓聲的責難，想來，這些都不是很值得掛懷的。文藝之事，道在情戀、狂求，如是，即然失卻了終極的岸，苦之過程不恨不悔，已屬至高的享受了。」

另外，他在〈溫握這一片豐饒〉（刊十一月九日正氣副刊）有一段饒富深意的話，很值得浯島所有寫作的文友細思，他寫道：「在我們百多平方公里的面積，在我們上迄兩漢，下迄六朝即有先人浮海泛舟來拓墾，及至今日硝煙劃過，島在廢墟裏另一次的成長，多少汲汲於田塍，多少負笈南洋，台島的遊子，或廝守舊家園，或發宏異城，島人厚道的、剛韌性格依然，島上砲火洗禮過的風景更形翠綠。凡此種種，經過心靈的律動，寸筆躍然，無一樣不是生命的象徵，是生命，就不讓它在沙河中沉沉寂寂，筆耕的心，正是納下這一片廣袤富庶的有情。寫吧！我們不是在一貧脊的海島。」

看到這一段文字，令人既感且愧，因為自己也荒疏許久了，希望所有的寫作朋友們，都能積極的執筆上陣，使我們的文藝園地更豐饒；尤其，近來《正氣副刊》一再刊出「徵稿啟事」，鼓勵大家投稿，對於楊君的心意及編輯的盛情，我們豈能辜負。盍興乎來，文友們！

（刊於《金門日報》七十二年十二月三十日副刊）

看讀書寫

我愛看《金門日報》

　　我愛看報紙，尤其愛看《金門日報》，如有一天未見它。總覺得若有所失，因為它所報導或刊登的內容，能增進我對家鄉人事物的了解，雖然我讀報並不仔細，有時只是匆匆掠過，但遇著感興趣的文章，我還是會撥空再閱，有時影印留存。

　　讀過郭堯齡所寫〈我與正氣中華報〉一文的人，應該了解《金門日報》歷經波折變化，《金門日報》可說是正氣中華日報的化身，而正氣中華日報原是國軍十八軍發行的《無邪報》此報創刊於民國三十七年河南遂平，是張油印三日刊，三十八年初，胡璉將軍在江西任第二編練司令官，將《無邪報》易名為《正氣中華》，旋因大陸情勢逆轉，於同年十月隨軍遷來金門，發行四開日報，隸屬金門防衛司令部，四十七年元月一日，奉行政院核定，對民間發行，兩報除了第二版內容不同，其餘均相同。

　　八十一年十一月七日，金門地區解嚴，政委會功成身退，《金門日報》改隸金門縣政府，發行人由政委會祕書長改為金門縣長，有人說軍報換官報，換湯不換藥，也有人說層級似乎變小了，以前報社社長可與縣長平起平坐，對縣府施政偶亦提出批評，但往後社長卻得接受縣長領導及縣議會監督，若有報導不合

「長官」心意，難免動輒得咎，這些問題至今是否果真應驗，有賴讀者細心檢視，但筆者也發現近幾年的《金門日報》愈來愈多樣化，而包容性甚強，對蠻橫無禮的少數軍人也敢指名糾正，而且透過駐台特派員，在台發生的有關金門事加以報導，使讀者能更瞭解一些問題，並得窺全貌，知道誰為金門仗義執言，誰在吞吞吐吐，透過鄉訊版（星期六刊出），大家知道不少人和事，而言論廣場（星期二刊出），也讓有話要說的人，一吐為快，這些專欄的開闢，豐富了《金門日報》的內容，也使讀者增加了。

個人以為《金門日報》今日能如此已屬不易，因為它畢竟是一份政府出資的公營報紙，所受拘束甚多，它不屑以煽色腥的新聞報導來吸引讀者，也不願以聳人聽聞的政海祕聞來刺激銷路，只是平平實實的走它可走的路。

《金門日報》的副刊，現在名為《浯江副刊》，以前曾名為《料羅灣》及《正氣副刊》，數十年來，它提供園地，讓不少愛好寫作的人藉此發抒感情、記述見聞、發表研究心得，主編據悉歷經白昶高、顏伯忠、李錫隆、陳其分等先生，其中讓我印象較深刻的是古靈兄執掌編務時，常以幾乎滿版的篇幅刊登作品，這對作者激勵甚大，而且他又以「胡迷」的筆名撰寫每月詩文評論，這對於當時嚴重缺乏評論的金門文壇有其不可磨滅的貢獻。而投稿作者中，楊樹清君是個中翹楚，是一位勤奮的筆耕者，他在青少年時期有幾百篇作品，大多發表在正氣副刊，他至今仍念念不忘那些當年曾培植他、鼓勵他的編者及文友。

我曾寫過幾篇文章

我喜歡看書，但卻懶得提筆，以前當學生時，也曾想要當作

家、文豪之類的人物，但之後由於生性疏慵，也就不了了之，於今想來，不免有些汗顏。

記得在民國六十九年左右，地區校園正流行一首曲子〈金門之歌〉，旋律動聽，聽說是由當時服役中的民歌手葉佳修譜曲，歌詞是由政委會祕書長曹興華將軍作詞，歌詞雅雋，但詞中蘊涵了一些典故如「裹革星文與家驤」「設帳燕南院」「觀兵夏墅崗」「獻台坡前隱魯王」，剛好有學生問我，我查索了一些資料之後，也順便整理成文，交正副發表，這是我與正副結緣的開始。

之後，因讀朱西寧《將軍令》一書，對書中人物有些好奇，朱氏雖是以小說筆法來寫，但所刻劃的人物卻呼之欲出，所以我在好奇心的驅使下，陸續寫了〈借問大將誰〉等篇，共介紹了王和璞、高魁元、王昇、蔣緯國、戴雨農、勞建白等將軍，這些文章刊登於六十九年至七十年。

又六十九年，民俗文化村剛整修好供人參觀，我在觀覽之餘，也曾稍做報導，並寫另文介紹台灣鹿港民俗文物館。七十年，研究杜牧〈秋夕〉一詩略有心得，又應邀撰文介紹陳臻超《金門隨筆》一書，七十一年以後就很少寫了，記得曾分別寫文介紹楊樹清《小記者獨白》、《少年組曲》、討論〈孔雀東南飛〉的成書年代，研究諸葛亮、介紹方東美大師、談鼎鼎軒畫展，這些作品都曾得到編者的禮遇善待，隨即發表，但此後，我因沉湎於居家生活，每天除了看報、教書、回家與親人共享家庭樂趣，無暇也較無心思搖筆為文，但看到別人有好文章，仍是敬慕不已，常常再三拜讀。

日前，李總編來校，囑我撰文共襄盛舉，筆者因久未撰作，不知如何下筆，本想不了了之，但李兄又來索取，只好率爾以此

蕪文相報，謹此萬祈恕罪。

　　（刊於《金門日報》八十三年十月二十五日副刊）

文化局長李錫隆。當
年主編《金門日報副
刊》，鼓勵了不少人

從傳奇到詩話
──談洪春柳其人其文

　　洪春柳老師的《七鶴戲水的故鄉》一書於民國八十五年六月出版，隔年六月，又出版《浯江詩話》此書。這兩本著作，風行藝文界，讀者反應特佳，對於洪老師的文才益加欽佩，前書以傳奇故事為主，敘寫金門宗祠、鄉賢、寺廟、風水、禮俗、土產、文物等傳奇，對陳淵、朱熹、鄭成功、蔣中正、胡璉等人的事蹟也有所描述。至於後書，則是以唐、宋、元、明、清、民國來分朝介紹先賢之詩。這兩本書可稱得上是金門文學鉅製，書的文詞運用及圖片攝影、編排設計、紙張印刷、裝訂皆屬上乘，可知作者用力甚勤、甚深，讀者翻讀之餘，莫不再三讚賞。

　　其實，洪師二書之文，有些早己在《金門日報》、《中央日報》副刊及《明道文藝》刊載過，而筆者對於有關金門論述文字一向偏愛，當時即加以影印剪存，如今見文集出版，方便取閱，更是欣喜，除了訂購數冊，分送同好外，在此亦本獻曝之意，略述感想。

　　近二十年前，筆者曾於圖書館看到《浯潮》（金門旅台大專同學會刊）拜讀洪春柳大作，之後，在《金門日報》正氣副刊，又見她寫「尋幽訪勝」系列文章，深覺其人文字清麗流暢，對於浯島勝蹟有美妙描述及歷史感悟，內容令人悠然神往。後來，她赴台攻讀研究所，此時，她仍創作不輟，台金兩地的報章雜誌，

仍不時見其大作。

　　其後，她為了所愛的人，又回到這片她所熱愛的土地，婚後，相夫教子之餘，仍是佳作頻頻。除了教學及寫作，她又指導學生編輯金中校刊，有一陣子，她寫了不少教育方面的讜言宏論，這些議論至今讀來，仍然發人深省。而且，她以「三春」的筆名，也曾譯述了不少短篇小說故事，筆者閱讀之餘，非常佩服她的外文功力。

　　我自民國七十八年，因調校服務，才與洪師相識，曾與其多次共同指導學生編輯校刊，或撰述有關專題報導，她為人聰慧，能執簡馭繁，個性溫婉，待人親切，與其共事，心情愉快。

　　在很多人口中，洪師的種種，也是一篇傳奇，據說她以前讀書，從國小即常得書卷獎，參加高中入學考，是金中女狀元，但為了一探台灣的教育環境，她搭船赴台參加北區高中聯招，又高中北一女，是金城國中畢業生首位考上北一女；以後，她又以高分，順利考上台大中文系日間部，她在學業上的傑出表現，屢被人所津津樂道。

　　「傳奇」一詞，從唐傳奇，經明清傳奇戲曲。到如今的歷史傳奇故事，可說同中有異，而「詩話」一詞，原是詩之評論，如今亦有新義，洪春柳《浯江詩話》，雖是譯注為主，但所寫詩家簡介，簡要明白，可供原本對詩家不甚了解的讀者，有一目瞭然的功效。而透過她的「解說」，我們一方面可瞭解金門豐富的歷史文化內涵，一方面，吾人亦藉此領悟一位愛鄉的女子，一位纖細多情的浯江才女，正以其優美流暢的文學彩筆，向我們娓娓述說吾鄉先賢的清嘯與吟唱。

　　　　　　　　（刊於《金門日報》八十七年八月十八日副刊）

為《金門真美》作註

　　楊清國校長的《金門真美》一書，出版迄今已六年，書中所輯文章大部分皆在《金門日報》或《青年日報》刊載過，當初刊登時，我即拜讀，深感欽佩，因為楊校長對鄉土的愛是那樣的真誠，對蔣公及經國先生是那樣的崇敬，對教育工作有一份狂熱。

　　很多人都知道楊校長是金門名作家，他下筆很快，往往一日即可撰作數千言，過去金門在軍管時代，有很多長官都很欣賞他。有何讜言高論，都特別敦請楊校長加以申論，寫成大文發表在《金門日報》，以收政宣效果。可說是長官們相當倚重的筆政長才。

　　《金門真美》這本書分為八輯，計分別是蔣公與金門、經國先生與金門、戰鬥的金門、歷史的金門、美好的金門、金門的特色（但內文又寫是「金門的教育」）、金門試辦十二年國教、金門該往何處去？等八輯，每輯都收有四篇文章，最後並附錄一篇作家小民女士所寫〈紫色書簡—給金門金湖中小學〉。

　　據我個人粗略的印象，楊校長的文章未收入此書的，大概有數倍於此書，但那些其實也是很有價值的，他每次參加藝文或教育活動，或是讀了什麼好書，他都會很快的加以敘寫或是將心得分享給讀者，記得在民國六十九年十二月，地區有不少老師、校長參加在榕園舉辦的第四屆童軍木章基本訓練，我有幸與楊校長同一小隊，他擔任我們的小隊長，同隊的伙伴尚有陳百圖、吳

建業、蔡天福、蔡玉尖、許嘉和等人，我們小隊在他英明的領導下，一切工作及活動都很順利，晚間大家在帳篷內無所不談，對於他的真誠留下深刻的印象。我們那一期的露營期間，很湊巧的在二十一日那天上午八時半左右，總統經國先生率領好幾位高級長官來榕園，我們在那兒列隊歡迎鼓掌，高唱祝福歌曲，那也是我第一次親眼目睹經國先生，他就近在眼前，步履緩慢，表情有點嚴肅，若有所思。陪他前來的林洋港先生，時任台灣省主席，逕自走到楊校長面前與他握手，說：「你不是在縣政府嗎？」原來前幾年，楊校長任縣府民政科長時，曾率隊陪同金門地區的阿公阿婆遊覽台灣，曾在台北市接受時任市長的林先生邀宴，時隔五六年，林先生的記憶力卻那麼強，真令人驚訝！由此亦可知，楊校長當時的表現一定很優異，才會給他留下深刻的印象。

對於露營期間的種種，我回校後本想提筆撰寫心得感觸，但我才剛開始構想，卻已見楊校長大作刊登於報上，所寫詳實而不誇張，功力十足，真可謂健筆如飛。

之後，我開始注意楊校長的文章，發覺他實在很用功，每次參加活動，必有鴻文披露，到國內外旅遊，事後必有遊記分饗讀者。而且他個性敦厚、待人誠懇，對人通常是正面報導、隱惡揚善，對有恩於他的長官，他總是念念不忘，對其家人也是親情洋溢、真情流露，可說是筆鋒常帶感情，細心拜讀，常令我受益良多。

《金門之美》這本書，我認為每一位愛金門的人，都該一讀。因為作者楊校長是一位有情有義的筆耕者，他對金門的愛，是我們每個人都該學習的。

另外，我要附帶提出的是，楊校長這本書有一特點，即他在部分文章後面有註明當時的司令官或秘書長是某某人，這大概是

因為這些文章曾提到這些長官，而文中因禮貌，只寫其官銜，日後為了便於讀者了解究係那一位長官，楊校長特別註明。但第一三〇及一六五頁之趙萬福將軍，是趙萬富將軍的另名呢？還是手民之誤呢？

（刊於《金門日報》八十八年一月十一日副刊）

前排由左起為王金鍊、楊清國、王先正、周鳳珠，第二排為陳延宗、吳鈞堯、洪春柳

新詩與金門
（一九四九至二〇〇二）
——「寫金名詩」與「金門詩人」

前言

　　以金門情景人物寫入新詩的名作篇數不少，曾住在金門或原籍金門的名詩人也有一些，今日金門既有詩酒節以事歡慶，金門人應知有那些詩作與名家。

　　暑假筆者趁暇搜集資料，尋訪作品與作家，將所得分類爬梳，以作品發表或出版先後為序，介紹一些寫金門的名家作品篇目，並略述金門籍或住金門的作家詩集概況，部分作家的詩作雖未結集出版，但亦在此稍作介紹，筆者才疏學淺，所知有限，刊出後，尚祈方家博雅指教補正！

「寫金門」及「在金門寫」的名詩

　　以金門為名，或以金門情景入詩，及在金門撰寫的名詩，有以下數篇：

　　一、〈金門之戀——題梁鼎銘先生金門寫生畫頁〉，何志

浩[1]，民國四十二年寫於台北，輯於《壯志凌雲集》。

二、〈金門四詠〉，李孟泉[2]，民國四十四年刊載於《創世紀》第二期。民國六十二年版國中國文第四冊選入此詩，國中學生誦讀多年。

三、〈古寧頭〉，鍾鼎文[3]，刊於民國四十七年十月三十一日《聯合報》副刊，輯錄於《聯副三十年文學大系》。

四、〈烈嶼一少女〉，覃子豪[4]，刊於民國四十七年十一月十日《聯合報》副刊，輯錄於《聯副三十年文學大系》。

五、〈石室之死亡〉，洛夫[5]，於民國四十八年八月來金在太武山坑道開始寫，首輯載於《創世紀》十二期，爾後

---

[1] 何志浩，浙江象山人，民前七年生，中央大學肄業，陸軍官校、陸軍大學，曾任首任國民軍事訓練委員會主委，總統府參軍，中將退役後轉任華岡教授，為國際桂冠詩人，獲國際各大學多種榮譽博士。

[2] 據文曉村查考，李孟泉，法號祥雲，遼寧海城人，民國十年生。長春師範高級部畢業。曾任教師、編輯、記者、公務員、海軍軍官、《覺世》、《獅子吼》等佛教刊物編撰委員、主筆，中國佛教會副會長。著有詩集《萍蹤詩草》、《佛門詩偈趣談》、《懺願室文集》等多種。

[3] 鍾鼎文，早年筆名番草，一九一四年生，安徽舒城人，畢業於上海中國公學大學部及日本京都帝國大學。抗戰期間，從事戰地黨政工作，之後任國大代表及聯合報、自立晚報、中國時報年報主筆垂四十年，歷任「藍星詩刊」發起人之一、中華民國新詩學會理事長，世界詩人大會會長及世界藝術文化學院院長。著有詩集：《行吟者》、《山河詩抄》、《白色的花束》、《雨季》等多種，出版英文詩集《商原》，法文及荷蘭文詩集《橋》，德文詩集《乘雲》、《人體素描》等。

[4] 覃子豪，四川省廣漢縣人，民國元年生。中法大學畢業，旋留學日本。藍星詩社發起人，曾主編《新詩週刊》、《藍星詩刊》。著有《海洋詩抄》、《向日葵》、《畫廊》、《詩的解剖》等，譯有《法蘭西詩選》。民國五十二年十月十日去世。現遺作編為《覃子豪全集》三冊。

[5] 洛夫，本名莫洛夫，湖南衡陽縣人，民國十七年生，政工幹校，私立淡江大學英文系畢業。歷任連絡官，英文秘書，東吳大學教師，歷任國軍文藝金像獎、時報文學獎、聯合報文學獎之決審委員，曾獲七十一年中山文藝創作獎、時報文學推荐獎，著有詩集《靈河》、《石室之死亡》、《外外集》、《無岸之河》、《魔歌》、《洛夫自選集》、《眾荷喧嘩》、《時間之傷》、《釀酒的石頭》及散文，評論、翻譯等文集多種。洛夫乃金門半子，娶東洲小姐陳瓊芳，曾多次來金，為縣運會獻詩。

幾年續寫，民國五十四年一月，《石室之死亡》詩集出版。此詩為描寫戰爭與死亡的六十四節長詩，詩作表現引人議論，洛夫對此詩頗為重視，在其創作生涯中佔有重要份量。侯吉諒將此詩與相關重要評論編為一書。

六、〈金門之歌〉，瘂弦[6]，刊於民國四十九年十二月《新文藝》第五十七期。此詩名句甚多，「如同我們擦亮一枝步槍，我們擦亮這新的日子。……在鋼盔中煮熟哲學，自鐵絲網裡採摘真理。堅定如一顆準星，燃燒如一條彈道……。」日後，朱西寧於《幼獅文藝》發表長篇小說〈八二三注〉，即在文前鈔此詩代序。

七、〈天狼星〉長詩中的一章〈大武山〉，余光中[7]，刊於民國五十年五月《現代文學》第八期，余光中在〈天狼星〉的附註六，說〈大武山〉（應是太武山）在金門。此章之「我」為當時駐守金門二位現代詩人之疊影。十五年後，余光中又把〈天狼星〉改寫發表。[8]

---

[6] 瘂弦，本名王慶麟，河南南陽縣人，民國二十一年生，政工幹校影劇系畢業，美國愛荷華大學作家工作室研究，威斯康辛大學碩士。曾任文化大學、東吳大學、中興大學教師，《聯合報》副總編輯兼副刊主任、《聯合文學》社長。著有《瘂弦詩抄》、《鹽》（英文）、《中國新詩研究》等。

[7] 余光中，一九二八年生，福建永春人。台灣大學外文系畢業，美國愛荷華大學藝術碩士，曾兩度以傅爾布萊特訪問教授名義，赴美講學四年。曾任政大、師大、台大、東海、東吳、淡江及香港中文大學教授、系主任，國立中山大學文學院院長。現任中山大學講座教授。《藍星》詩社創始人之一。余光中詩名與文名並高，兼擅翻譯與評論。著有詩集《舟子的悲歌》、《藍色的羽毛》、《蓮的聯想》、《白玉苦瓜》、《天狼星》、《與永恆拔河》、《隔水觀音》、《夢與地理》、《五行無阻》，及散文、評論、翻譯等四十多種。

[8] 余光中〈天狼星〉長詩發表後，洛夫曾撰〈天狼星論〉長評一篇，指出「此詩醞釀不足，率爾成篇，是一篇早熟的失敗之作。」余光中則回覆以〈再見，虛無〉一文。洛夫認為〈天狼星〉之所以失敗在於強

八、《燈船》中的第二輯〈佳人期〉、〈菜花黃的野地〉、〈馬纓花〉等十八首「情詩」，葉珊[9]，葉珊於民國五十二年來金服役，寫了多篇散文及詩作，其中〈料羅灣的漁舟〉文曾被摘錄，選入國中國文第一冊。至於〈佳人期〉等作品，葉珊在《燈船》的序中說明這些詩都在金門寫就。

此外，民國五十六年出版的紀弦[10]詩集《檳榔樹乙集》，輯有他於四十七年來金勞軍後所寫的〈金門高粱〉、〈橘酒與金門高粱〉、〈金門之虎〉等詩。

民國五十八年出版的商禽[11]詩集《夢或者黎明》，輯有他所寫的〈逢單日的夜歌〉。

調主題及語言太明朗，但余光中自己則認為「當日〈天狼星〉之所以失敗，是因為主題不夠明確。人物不夠突出，思路失之模糊，語言失之破碎，……。」

[9] 葉珊，原名王靖獻，一九四〇年生，台灣花蓮人，東海大學外文系畢業，美國愛荷華大學藝術碩士、柏克萊加里福尼西亞大學文學碩士、比較文學博士。一九六五年開始寫作原用筆名「葉珊」，三十二歲時改用楊牧為筆名，曾在台大、美國西雅圖華盛頓大學、東華大學任教。現任中央研究院文學研究所所長，詩集有《水之湄》、《花季》、《燈船》、《非渡集》、《傳說》、《瓶中稿》、《楊牧詩集工》、《北斗行》等十餘種。另著有戲劇《吳鳳》及散文評論等十餘種。

[10] 紀弦，本名路逾，，祖籍陝西，一九一三年生於河北，蘇州美專畢業，從事教育工作。抗戰勝利後來台，執教於成功中學，一九七四年退休，一九七六年赴美，常住加州，寫作不輟。一九二九年開始寫詩，迄今詩齡已滿七十，被譽為詩壇的常青樹。著有詩集：《行過之生命》、《飛揚的時代》、《摘星的少年》、《無人島》、《飲者詩抄》、《紀弦詩選》、《檳榔樹甲乙丙丁戊》共五集、《五八詩草》等十餘部散文集、《紀弦詩論》、《新詩詩論》、《紀弦論現代詩》等八部。生平得獎甚多，而尤以「中國現代詩獎」之特別獎為最重要－此乃詩壇對其成就與功績之肯定。

[11] 商禽，本名羅燕，民國十九年生於四川珙縣。中學肄業，曾任軍職、編輯。民國五十八年應邀到美國愛荷華大學作家工作室研究。曾任《時報周刊》副總編輯。他的詩集《夢或者黎明》被評為台灣超現實主義登峰造極之作。與瘂弦《深淵》並列六〇年代的經典性詩集。

民國六十一年出版的《現代詩導讀》，輯有羊令野[12]〈馬山望大陸〉二首，梅新[13]〈大擔島與二擔島〉（之二）。

　　除了前述名家名作，據悉尚有不少詩人過客來金服役任教或參訪，亦有詩作，如文曉村[14]、金筑[15]、謝輝煌[16]、衡榕、許丕昌、黃進蓮、梵靈[17]、廖鳳彬、吳順良、沈志方[18]。這些詩人作

---

[12] 羊令野，本名黃仲琮，民國十二年生於安徽，歷任軍職，曾任國軍詩歌隊隊長，並主持《青年戰士報》「詩隊伍」雙週刊。是現代派詩社同仁，著有《面壁賦》、《貝葉》、《必也正文集》。

[13] 梅新，本名章益新，民國廿四年生於浙江，中國文化學院新聞系畢業，曾任民生報編輯，中副主編，是現代派詩社同仁，著有《再生的樹》、《椅子》。

[14] 文曉村，一九二八年生，河南偃師人，台灣師大國文系畢業。曾在金服役，結識陳長慶等多位文友。美國加州世界藝術文化學院榮譽文學博士。現任《葡萄園》詩刊名譽社長，中國詩歌藝術學會名譽理事長，中國文藝協會、作家協會、新詩協會理事，世界華文詩人協會常務理事。著有詩集《第八根琴弦》、《一盞小燈》、《水碧山青》、《九卷一百首》、《文曉村詩選》，評論集《新詩詳析一百首》、《橫看成嶺側成峰》等多種。

[15] 金筑，本名謝炯。一九二八年生，貴州貴陽市人。台灣師大畢業。一九七六年至一九八二年曾在烈嶼國中任教。早年加盟「現代派」。曾任《葡萄園》詩刊社主編，現任《葡萄園》詩刊社社長，中國詩歌藝術學會秘書長，《中國詩歌選》年度編委，世界華文詩人協會創會理事。擅長新詩朗誦，舊詩吟唱及聲樂。有詩集《金筑詩抄》、《上行之歌》等。獲詩運獎，中國文藝獎章。

[16] 謝輝煌，一九三一年生，江西安福人。初中畢業。曾來金任軍職，做過台長、幕僚、專員、編輯等職，現為中國文藝協會理事、中華民國新詩學會會員，「三月詩會」同仁。曾出席第二屆、第十五屆世界詩人大會，及海峽兩岸詩學交流會多次。作品有散文、新詩、傳統詩、時論、詩論及詩歌賞析，散見兩岸三地及新加坡等報刊。出版有散文集《飛躍的晌午》。

[17] 衡榕乃民國六十年左右金中女教師筆名，偶有詩作刊於《龍族》，許丕昌、黃進蓮、梵靈乃當時在金門正氣副刊發表詩作的預官，以上人名皆轉引自張國治於民國八十四年八月四─六日《金門日報》浯江副刊〈一條河繼續流下去〉。

[18] 廖鳳彬、吳順良、沈志方三人為民國六十七、八年間經常於《金門日報》發表詩作的軍官詩人。沈志方乃東海大學中文系畢業，退役後讀中

品大部分刊於《金門日報》的副刊。

來金服務的詩人當然不只上述幾位，還有如彭明輝[19]，於民國七十年來金服役，曾以〈碉堡記事〉獲國軍文藝金像獎的長詩獎。蔡富灃[20]於稍後幾年在金服役，也偶有詩作刊於《金門日報》副刊及國防部所屬刊物《勝利之光》等。八十六年張輝誠來金服役亦寫了不少詩[21]。

至於民國八十九年，龔鵬程、楊樹清主編的《酒鄉之歌》，書中所輯鄭愁予〈飲酒金門行〉、白靈〈金門高粱〉、古月〈蝴蝶的記憶〉、向明〈飲金門高粱〉、辛鬱〈金門與酒〉、杜十三〈月亮之歌〉、李雲鵬〈沈醉〉、林煥彰〈親愛的，金門高粱〉、洛夫〈酒鄉之歌〉、商禽〈搖搖欲醉的星星〉、管管〈金門一個明朝小村裡的那棵梨花〉、鄭愁予〈四十年前的金門之美〉、羅鏘鳴〈何妨再醉這一杯〉等詩，這些詩大多為二〇〇〇年金門高粱酒文化節而寫，都是精心傑作。

民國八十九年十二月出刊的《創世紀》一二五期，輯有謝輝煌的〈金門詩抄〉十二首，小題計有〈飛越中線〉、〈風獅爺〉、〈木麻黃〉、〈鈕扣〉、〈擦身而過〉、〈莒光湖畔〉、〈西園鹽田〉、〈石鼓〉、〈翟山坑道〉、〈一條根〉、〈寶月泉〉、〈落盡繁華－題張國治油畫《金門之冬》〉，詩刊編輯

文研究所，創作不報，著有詩集《書房夜戲》（爾雅）。

19 彭明輝，筆名吳鳴，台灣花蓮人，民國四十八年生，東海大學歷史系，政大歷史研究所博士。曾獲第四、五屆時報散文獎，第十八、十九、二十屆國軍文藝金像（報導文學、長詩、散文）。

20 蔡富灃，一九六一年生，湖北陽新人。陸軍官校畢業，曾任排、連、營長，現任職國防部。著有《山河戀》、《三種男人的情思》（與張國治、藍玉湖三人詩合集）、《與海爭奪一場夢》等多種。

21 張輝誠，一九七三年生於台灣雲林，祖籍江西黎川，台灣師大國文研究所肄業，任教中山女高，一九九七年至一九九九年服役金門，著有詩集《坦誠》（自印），張輝誠在金服役作詩文不少，引起甚多人矚目。

說：「作者以相當精準鮮活的語言，彎曲而又創新的意象。使讀詩的人，倍感親切與酸楚，而帶有某些如飲金門陳高後的飄飄然。」[22]

金門寫新詩的名家

金門寫新詩的人不多，在《金門月刊》、《浯潮》、《金門文藝》等刊物偶有佳作的陽午（許永鎮）、曉暉（黃振良）、埃凡布（許維權）、心銘、顏森農（顏生龍）、楊子昇、吳承明、黃龍泉等人，如今已逐漸淡出，或是仍在沈潛中，俟他日再行復出。以下謹就目前仍勤寫不輟，得獎出有作品合集或詩集者，依年齒為序，依次介紹：

陳文慶，民國二十二年生於福建仙遊。民國三十八年隨軍抵金門，參與古寧頭大戰，之後換防台灣整編又來金，民六十一年退伍轉任公職。陳文慶在軍中即勇於創作，經常投稿，作品散見《正氣中華報》、《金門日報》等，出版有散文、小說、詩等合集《金翔鳥》，散文集《烽火下的山花》，小說集《戰地兒女》，《這條街》等書。

陳長慶，民國三十五年生於金沙碧山。讀完初一因家貧輟學。戮力自修，發表作品。民國六十二年與友人創辦《金門文藝》季刊，擔任發行人兼社長，之後經營「長春書店」，停筆多年。民國八十五年復出，自此新詩，散文、小說、佳作連連。陳氏擅長以寫實手法描繪金門風土民情，出版有合集《寄給異鄉的女孩》、《再見海南島　海南島再見》，散文集《同賞窗外風和

---

[22] 見《創世紀》一二五期三七頁。

雨》、《何日再見西湖水》，小說集《螢》、《失去的春天》、《秋蓮》、《午夜吹笛人》、《春花》，作品數量質量在金門均屬翹楚。陳長慶近幾年借用詩的形式，寫了一系列——咱的故鄉咱的詩，其詩誠如張國治所言：「他植根於對時局的感受，對家鄉政治環境的變遷，世風流俗的易變，人心不古，戰火悲傷命運的淡化等子題觀注，……選擇這種分行，類對句……、俗諺，類老者口述，叮嚀，類台語老歌，類台語詩的文類……鋪陳一股濃濃的鄉土情懷。」[23]

許水富，民國三十九年生於金寧榜林，台灣藝專美工科畢業，國立台灣師大藝術學院畢業，暑期美術研究所結業，曾任編輯採訪、廣告行銷、文字工作、書畫創作，現任振聲商中美工科教師。其創作理念是：傳統中取汲精華，在現代中反映生活。曾在國內台北桃園舉行畫展多次，獲國際水墨書法大獎七次，曾任第一屆金門畫會理事長。著有詩集《叫醒私密痛覺》，及論述《廣告學》、《廣告經營》、《基礎設計》、《POP基礎》、《POP廣告》等書。

許水富自道：「《叫醒私密痛覺》混合了視覺凝結，敘述某些年代我粗糙的活法，總是階段性的『立碑』。」[24]又說：「詩除了在語彙風格的建之外，我喜歡因為它來自生命生活的復醒。詩凝結了情性、思想。讓讀者動盪不安。」[25]新生代畫家翁清土以為：「綜觀水富兄的《叫醒私密痛覺》有多方面的詞彙語言，看不出風格方向。偶而是零星的意象，偶爾又是連環圖式的幻覺

---

[23] 見張國治〈在地情懷，在地詩－試讀陳長慶六首在地觀點的「金門話」詩〉。

[24] 見許水富〈因為這個人〉。

[25] 見許水富〈閱讀與學習之間〉。

情境。甚至參雜了一些感性札記。在閱讀的中間有時又讓你停格在一片空白糾纏的頓悟。總之，他是善用心情去思索字行間流露的慈悲。慢慢浸潤，慢慢化入作者思維原創過程中，我們更懂得詩可以是現實的昇華。」[26]書的封底印了一行文字：「一本生活　詩畫　廢墟出土的殘缺作品」，可知作者的謙虛。目錄頁則印：「翻幾頁　算幾頁　多翻無害　喜歡就繼續　讀　下去　不必有所謂的目錄」，可稱得上是創意十足。

藍茵，本名陳秀竹，民國四十年生於金城。實踐家專畢業，政戰學校教官班畢業，曾任高中職教官，現任職於金門國家公園管理處。藍茵寫作甚勤，作品大多刊載於《金門日報副刊》，單是詩作就有近百篇，詩中描述自然生態，詩題如〈鳥之情〉、〈花之茶〉、〈麻黃樹子〉、〈沙漠玫瑰〉、〈生機——花嘴鴨〉、〈熱情——風信子〉、〈含情——鬱金香〉、〈犁頭草〉、〈楓〉、〈蝶之旅〉、〈鳥的畫面〉、〈與花有約〉等，一看就知主題，另外，亦有歌頌家庭甜蜜，職場心得等詩作，聞近日將結集出書，值得期待。

黃克全，筆名金沙寒、黃啟、黃碩、黃盡歡、浯江二十四劃生，民國四十一年生於金沙。就讀輔仁大學中文系時即有詩作〈砲擊夜〉刊於《中外文學》，寫作不輟，是專業的作家，作品的深度與廣度，一向被人所稱道，舉凡論述、詩歌、散文、小說，劇本皆是所長，出版有詩集《流自冬季血管的詩》，散文集《蜻蜓哲學家》、《一天清醒的心》，小說集《玻璃牙齒的狼》、《太人性的小鎮》，論述《永恆意象》。曾獲第十八屆國軍新文藝短篇小說銀像獎、埔光文藝獎、新聞局優良電影故事

---

[26] 見翁清土〈複合式的心情孤旅〉（此為《叫醒私密痛覺》的序文之一。）

獎、吳濁流文學獎，第三十屆國軍文藝新詩銀像獎，短篇小說佳作獎，第二及第三屆台灣新聞報西子灣副刊最佳作家新詩佳作獎。

張國治，筆名荒原、張鄉等，民國四十六年生於金城。國立台灣藝專美工科畢業，任教職又讀國立師大美術系，之後曾到美國密蘇里州芳邦學院攻讀碩士，學成返台灣藝術學院任教，並任國立編譯館美術編輯，《新陸》現代詩主編，《長城》詩刊特約編輯。除繪畫之創作、視覺傳達設計、攝影專業外，亦從事現代詩、散文、評論之書寫。詩作曾獲藝專新詩獎，浯潮文學獎、師大現代文學獎、大專院校新詩創作獎，並連獲七十六、七年全國學生文學獎，七十八年榮獲全國優秀青年詩人獎，教育部八十年文藝創作獎新詩組第二名。

張國治著作有：詩集《三種男人的情思》（三人合集）、《雪白的夜》、《憂鬱的極限》、《帶你回花崗岩島──金門詩抄、素描集》、《末世桂冠－中詩英譯、版畫作品集》、《張國治短詩選》，散文集《濱海箚記》《愛戀季節》、《家鄉在金門》、《藏在胸口的愛》等。其詩被選入台灣《年度詩選》、《台灣文學選》、《新詩三百首》、《當代名詩人選》、《中華新詩選粹》、《天下詩選》等國內重要詩選。部分詩作選入國中選修國文教科書教師手冊。並在海內外文學報刊發表近一千首詩作，詩作曾被譯為多國語言，如英、日、韓、斯洛伐克語等。可謂是出生於金門的最傑出現代詩人。

張國治的《帶你回花崗岩島》是一部很特別的詩集，詩人大荒說：「整本詩寫一個小島，是一個創舉，儘管不是十分完美，但瑕不掩瑜，我甚至想：花崗石構成的太武山向來是金門的地

標，這本詩集將是金門文化上的地標。」[27]詩人辛鬱說：「國治深愛這座島，因此，他用詩讚美、用詩感激、用詩懷念、用詩歌頌，透過詩的具體或抽象的表現方式，他要讓金門更加光燦，更加展示它在大海中不屈的生命意志。另一方面，〈帶你回花崗岩島〉也是國治的一首頗具代表性的獲獎作品（獲民國七十七年第八屆全國學生文學獎大專組新詩第一名）。這首詩充滿了陽剛之氣，但不失其藝術的柔美，全詩以抒情與敘事並行的表現手法，把金門的歷史風物、地理背景作了精確的刻劃，為金門精神作了動人的註釋。」[28]兩位對張國治的稱讚當無過譽。

歐陽柏燕。民國四十九年生於金門。金門高中畢業，曾獲優秀青年詩人獎，教育部文藝創作獎，台灣新聞報西子灣副刊散文獎，年度最佳作家小說獎，耕莘青年寫作會小說獎，散文首獎，出版詩集有《飛翔密碼》（內附碧果插畫）、《歐陽柏燕短詩選》，小說集《失去季節的山丘》、《變心季節》等。最近幾年，歐陽柏燕創作甚勤，在很多報刊如《中央日報》、《中華日報》、《自由時報》、《世界日報》、《台灣日報》、《金門日報》等都可見詩作，是一位筆耕勤奮的女詩人。

陳慶瀚，民國五十二年生於金沙陽宅，法國孔德大學電機博士。曾獲中央大學金筆獎新詩類首獎、短篇小說獎，出版有《陳慶瀚詩文集》、《我和我的故事》等書，詩文集有（高粱家鄉）長詩一首三百多行。陳慶瀚的詩文集是自印送人，他讀金門高中時的老師，至今仍很讚賞他的寫作熱情。

陳思為，本名陳長達，民國五十三年生於金城古區，陸軍官校畢業。十五歲時開始寫詩，民國六十七、八年獲金門政委會

---

[27] 見大荒〈每字都凝結了砲彈聲音〉（此為《帶你回花崗島》的序文之二。）
[28] 見辛鬱〈序〉（刊於《帶你回花崗島》）。

戰鬥文藝獎，六十九年遊學台北，獲台北市高中職組散文第一名，七十年以十七少齡獲第十七屆國軍文藝金像獎短詩獎，七十二年獲全國優秀青年詩人獎。出版有詩集《新花吐蕊》。思為在〈後記〉寫道：「我總認為寫詩是件莊嚴的事，不是隨隨便便就可寫，況且詩較一般文體來得凝鍊，在旨意的表達與字句的應用上，都較費思量，需要細細斟酌一番，……。」由此可見他下筆的嚴謹。

洪進業，筆名洪騂，民國五十三年生於金城，祖籍福建漳州，台灣大學歷史研究所博士班。曾獲《聯合報》新詩獎，多次教育部文藝創作獎，詩題有《追尋》、《老媽的新址》等。洪進業是寫作高手。偶而在《金門日報》寫〈私語錄〉道心事，有一次寫道：「一九九五年最後一個月，那正是我負債達到最高峰的時候，我記得清楚，在鉅大的經濟壓力下，我不得不全神貫注，努力拚命地為得獎而寫作，其問總計寫了四首詩，兩篇散文，至今統計下來，投六而中五，命中率和十四萬元的獎金，都比自己預估的多出一點。」[29]筆下功夫真是令人佩服，又為他慶幸得獎紓困。

石曉楓，民國五十八年生於金城，國立師大國文研究所博士班肄業，現為該校國文系專任講師。石曉楓得獎記錄如下：〈悲愴記事－觀攝影展有感〉得師大七十九年現代文學獎新詩組第三名，〈囚犯〉得師大第七屆文學獎新詩組第三名，八十一年得中央日報文學獎新詩評審獎。散文，小說亦多次得獎，如第四屆梁實秋文學獎散文佳作，八十七、八年教育部文藝創作獎第二名、佳作，第三屆華航旅行文學獎佳作，全國學生文學獎大專小說組

---

[29] 民國八十六年八月二十七日，《金門日報》副刊。

佳作。品學兼優，學術研究與文學創作兼顧得宜，是很多師長對她的評語。

旅居南洋的金門詩人

金門人無所不在，在南洋地區有一些祖籍為福建金門的作家，他們有些誕生在金門故里，有些則是生長在海外的移民後裔，以下依出生先後，稍加介紹，生年不詳者，放在最後。

馬田，原名陳來華，祖籍金門下坑，一九四○年生於新加坡。常用筆名尚有觀火、耕火等四十多個。小學沒讀完即步入社會工作，業餘從事職工及文化活動，自學不輟，於一九五九年開始寫新詩、寓言、散文等。曾多次獲獎，一九七二年榮獲新加坡大學中文學會主辦「星馬文藝創作比賽」詩歌組及散文組優秀獎，並曾出席一九八六年在深圳召開之「第三屆全國港、台及海外華文文學研討會」。馬田曾任新加坡同鄉會館聯合總會工委會屬下出版組《源》編委。出版詩集《多情的小子》、《南飛的箭》。

方然，名林國平，祖籍金門，生於一九四三年。學歷不詳，曾從事過許多行業，做過家庭教師。一九八八年八月為《赤道風》主編，亦是香港詩學會會員。勤於創作，作品散見於僑居地及中、港、台、菲等地報刊雜誌，並曾榮獲詩歌、散文徵文比賽優秀獎。出版有詩集《岩下草》，小說集《黑馬》、《大都會小插曲》。

寒川，原名呂基炮，又署名呂紀葆，一九五○年出生於金門榜林，五歲下南洋，先後畢業於華僑中學和南洋大學，中學時代即對文藝產生興趣，曾任一九六八年僑中文藝研究會主席。大學

期間曾主編《北斗》、《中文學報》等。一九七一年，與同好創設「島嶼文化社」，出版《島嶼季刊》和《島嶼叢書》，曾擔任數屆會長和出版主任。新加坡文藝研究會理事、宗親會館聯會總會副出版主任。浯江公會董事正秘書。出版詩集，個人的有《紅睡蓮》、《在矮樹下》、《樹的氣候》、《銀河系列》、《金門系列》，合出的有《火中的詩》、《山崗的腳步》、《島嶼五人詩集》，論述及遊記有《寒川文藝評論集》、《寒川文藝縱橫談》、《雲樹山水間》、《從新加坡到日本》。

黃念予，原名黃尚文，生年不詳，祖籍金門。早在六〇年代，當黃念予就讀中學時，便接近文藝，喜創作新詩，醉心於劉太白、宗白華、朱湘等人詩作。作品曾發表在當時的《南方晚報》晚園副刊上。七〇年代，在停筆一段時間，又重新執筆寫詩，作品陸續發表在《南洋商報》青年文藝版和《新明日報》新風欄。一九八三年，黃念予將過去所寫的一百一十多首新詩，收錄出版《微塵集》。

後記

八月初，自大陸返金，家人說國治兄一再來電，有事相商，經電話洽談，得知國治要我寫一篇詩學研究，參與詩酒研討會，筆者平日疏懶成性，對於新詩欠學，不敢答應，但國治一再邀請，盛情難卻，勉允盡力。

著手以來，到處借書，囫圇鯨吞，日夜搜尋，總算撰就，但所寫只能算是介紹名詩篇目及金門寫詩人，尚未就各詩堂奧深入探究，這只能俟諸高明，站在我這塊磚上，砌一座金門文藝創作史的殿堂。

寫金門的新詩，國軍駐防以來，早期大多為朗誦詩，愛國情長，音調鏗鏘。其後，有的夾帶抒情，有的強調知性，但因技巧繁複，讀來晦澀。金門詩人各家表現手法，亦有不同，就算是同一人，因成長蛻變，風格也有變化，但與其費辭強解，不如由讀者自加領會。

　　（此文乃應台藝大張國治教授之邀所寫，於2002金門詩酒文化節〈酒文化與詩歌藝術創作研討會〉發表，當日主持人為詩人白靈，我的論文講評人是中央大學李國俊教授，另兩篇，一是洪春柳發表〈浯江詩話導讀〉，講評人仍是李國俊教授；一是蕭蕭發表〈酒在現代詩中的文化意義〉，由白靈講評。在此稍做增補）

黃克全與筆者合影

寫作協會與會員著作

　　今年三月，金門縣寫作協會，召開會員大會並改選理監事，筆者承蒙會員推選，榮膺理事長一職。當選以來偶會想到，這出乎我的意料，因為自己輟筆甚久。

　　當天開會，一切照程序進行，選出理事長後，新任理監事隨即召開首次會議，我先向在場開會人士致謝，說我過去只當過宗親會總幹事，學校裡除了擔任導師，也只當過研究會主席，行政經驗不足，德望也談不上，來任理事長實在感到惶恐，而且自忖份量不夠，不可能當選，也不曾開口向人請託。

　　但沒想到朋友督勉之深，大概是怕我太閒，投票要我出來做點事，逼我成長，殆以為我退休了，較有餘暇處理各項事務，鼓勵我出面做事，多寫文章分享心得。

　　寫作協會是一群喜歡寫作的朋友組成，它沒有固定的經費收入，過去提案曾獲得公部門支援，出了幾本專輯，辦過一些活動。也曾自費出遊，到彼岸辦交誼或讀書會，地區各機關也或多或少提供一些援助，成員們都感念在心。我們會員中有很多位先進，出版了不少量質均佳的作品，比起他們，我的成績簡直是微不足道；自己揣想：朋友盛情，拱我出來為文友服務，造成事實。我想：既然做了過河卒子，也只能奮力向前。

　　本會名譽理事長溫仕忠，是金門著名文史耆宿，撰有《金門勝蹟采微》、《怡情文集》、《浯江隨筆》、《金門文集——浯

江瑣談》、《胡璉將軍與金門》等書。前任理事長、現任常務監事楊清國著有《金門真美》、《金門教育史話》、《兩門幾多相思苦》、《未來島嶼未來佛》、《山河壯麗頌和平》、《書法‧我的愛——北京師大書法研究生結業成果集》《海濱鄒魯朱子島》等書。常務理事中，洪春柳著有《七鶴戲水的故鄉》、《浯江詩話》、《金門島居聲音》、《不知春去》，近年她研究金門戲劇表演，是廈門大學新出爐的文學博士。許能麗曾擔任記者，撰寫文章無數，又主編《金門季刊》多年，執行主編《金門民俗文物》等作品。王建裕著有《我思我語》、《寄語山居》、《心香瓣瓣》、《心靈遙居》、《遙寄千里》、《心語》等書。

　　理監事及後補理監事中，他們的著作及風範貢獻，常在我心。李根樂以筆名，在《金門日報》寫過好多篇大文。蔡發色常幫名人修飾文章，也是指導學生作文的名師。許維權研究中外文學，著有《張愛玲短篇小說中對話之應用》，目前是廈大中文博士生，好學不倦。黃振良著有《金門古式農具》、《金門民生器物》、《掬一把黃河土》、《蠔鹽之鄉話西園》、《江山何其美秀》、《金門古井風情》、《無言的證人－金門戰地標語》、《浯洲鹽場七百年》、《金門古蹟導覽》、與董群廉合著《和平的代價－金門戰地史蹟》、與陳炳容合著《前人的足跡－金門的古蹟與先賢》、《浯洲場與金門開拓》，並參與指導多部金門影片製作，他是金門重量級作家，馳名兩岸。陳為學著有《下坑的美麗與哀愁》、《滄海一粟集》、《金門下坑史蹟源流》、《百樂客詩文集》。周成來早年勤於寫作，曾多次將戰地居民心聲投刊大報，是民主時代的意見領袖。

　　陳秀竹著有《滿園飄香浯江溪畔》、《浯島念真情－故鄉的水土》、《叩訪春天——前進金門》。李瓊芳（可至）時有佳

作刊諸報端。葉鈞培著有《金門姓氏分佈研究》、《金門姓氏堂號與燈號》、與黃奕展合著《金門族譜探源》、與許志仁、王建成合著《金門飲食文化》、《歲時習俗與生命禮儀》、《金門古文書》第一、二輯。。陳延宗著有《海上仙洲原鄉人》，未結集文章上百篇，主編《金門文學叢刊》及《金門文藝》，大力推動文學黃金島。陳榮昌著有《浯土浯民——浯島金門人的真情故事》、《金門印象三部曲》、《金門傳統匠師臉譜》、《戰地阿嬤》。陳添財是書法大師、民俗文物收藏家，常有名作析評藝文。陳志鈺是書法家，也是開會專家。許丕達熱心投刊讀者心聲。陳翔景參加作文比賽經常得獎。李經金是老友，也是行政長才。許雲英掌理本會財務收支，條理分明。

先進們的大作當然不止上述，我僅就所知稍加介紹，缺漏必多。另外如陳長慶、陳文慶、吳水澤、吳啟騰、林媽肴、洪明燦、林文鍊、李素娥、王金練、陳文經、倪振金、陳秀端（沐思）、楊天厚、林麗寬、洪明標、李榮團、陳為論、李玉鳳、許秀菁、李俊玲等會員，他們都是金門文壇健將，佳作連連，令人欽佩。筆者將效法大家，勤奮筆耕，為文學仙洲，略盡棉薄之力。

（本文大部分內容曾刊於《金門日報・浯江夜話》
一〇一年三月三十一日，今稍更動幾字。）

金門文壇　繁花盛景

　　我喜閱收藏金門籍作者的文藝作品，也喜悅拜讀寫金門的佳作。

　　近日得閱陳則鐸主編的金門本地作家選集，相當驚喜，據說此書從提案到印刷發行，只用了三、四個月，則鐸憑著她過人的積極精神，樂觀任事，不但忙著約稿、聯繫，張羅攝影，又辦了幾次活動，做了圖文記錄，書中內容精彩充實，此書共輯收十位作者的代表作，以下謹就各位作者其人其作，依其姓氏筆劃先後為序，略述心得與感想：

　　王金練是金門文學園地的播種者，一九七五年，他於文化學院中文系畢業返金，在金城國中執教近三十年，曾於聯課活動時間成立「文藝社」，義務指導學生寫作，講授現代文學，默默撒下文藝種子。青苗長大成樹，今日文壇有不少名家如歐陽柏燕、高丹華、楊樹清、徐月娟、陳榮昌、陳思為、洪進業、顏炳洳、石曉楓、吳慧菱，都是王老師的高徒。師生曾聯合演出，於民國九十四年出版了一本大作《星期三的文藝課》；此書是一本有情有義的著述，很值得推廣與探討，日後得暇再論；在此我先就陳則鐸所編書來論王金練作品。

　　陳編收王著〈夢回故園〉，此文，王金練介紹了家世、老村落及日後徙居地點，寫出自己在中蘭老家成長的點滴與感受，縷述鄉僑建屋、昔日軍民相處、戰地砲擊生活、坑溝游水的往事，

兄弟談詩引發他對文學的興趣。屋內屋外曾發生那些故事，他皆有敘寫；之後，金鍊兄從中蘭遷到金城南門、小西門，但魂牽夢縈的仍是中蘭老家。本文內容詳盡，文筆洗鍊，是篇力作。書中又錄有他大學的作品〈夕陽山外〉，寫他在陽明山、淡水海岸見景觸動了思鄉之情，情意真摯感人。王金鍊讀大學時，與李錫隆（筆名李隱）、顏生龍、黃克全、洪春柳等人，就經常在金門旅台大專同學會會刊「浯潮」發表大作，很早就是傑出的文藝青年。

林媽肴作品則以敘寫烈嶼為主，書中輯文以一問一答方式呈現，林的文字功力深厚，書中附陳為學校長的大作〈林媽肴印象管窺〉，參閱之餘，必可牽引讀者進入林媽肴的文學堂奧。林是金門成名甚早的作家，我讀大學時曾買過他於民國六十四年出版的《井湄的少年》，當時他才二十多歲，之前於六十二年，他曾出版《那夕迷霧》，之後又出了《鄉居草笛》、《金色驛馬車》、《焚骷髏的人》、《月光枯枝窗》、《浴在火光中的鄉愁》等書。近幾年來，他厚積薄發，然一出手，必定不凡。民九十一年參加時報文學獎，曾以〈邊際島嶼〉進入決審、隔年以〈穿越鐵蒺藜與軌條砦〉獲鄉鎮書寫獎。

洪春柳是金門才女，勤於著述，本書收其新作〈選擇與被選擇──我與金門書寫〉，講述她從小愛寫作，但常不守陳規，喜創新，因此參賽結果呈兩極化，不是首獎便落選。她讀文化研究所時到鹿港采風，曾以〈紅磚猶照色猶鮮〉，榮獲救國團徵文比賽散文金獅獎。由鹿港反思到金門也有古厝和人文，日後她開始觀照本土。平日，她喜遊浯江溪畔的公園地及慈湖附近，她努力筆耕，先後出版過名作《七鶴戲水的傳奇》、《浯江詩話》、《金門島居的聲音》、《不知春去》等書，她的作品質精而美，大陸有不少文人雅士研究金門，常拿洪書做為參考用書；洪老師

努力做學問，數月前甫獲得廈門大學文學博士學位，論文題目為《當代金門演藝之變遷》。

翁朝安的大文〈相約守候——大草原上的古老殿宇〉，將他前此出版的《峰迴路轉——回歸金門的有機心田》一書所闡揚的理念，濃縮在本文中，翁先生所提倡的心靈環保與綠色環保，是當下最紅的時髦議題，有識之士皆很重視。他不但身體力行，並且大力推廣，所作所為已帶動風潮，據聞，有不少人起而效法，正在金門各地從事有機的休閒農業。

陳長慶是金門重量級作家，早年因家貧，初一後輟學，日後努力自修，從事文學創作四十餘年，他寫小說、詩歌、散文都是一流，結構嚴謹，筆端流露真情，創作小說的質和量，在金門幾乎無人能出其右。他的小說刻劃金門的軍民男女，形形色色，擅用母語，遣詞用字獨到，敘寫深刻生動，宛如史詩。陳先生早年曾寫了《寄給異鄉的女孩》、《螢》，停筆二十餘年，復出後勤奮筆耕，至今已寫了短篇小說《再見海南島，海南島再見》、《將軍與蓬萊米》，中篇小說《春花》、《夏明珠》、《秋蓮》、《冬嬌姨》與《老毛》、《花螺》，長篇小說《失去的春天》、《午夜吹笛人》、《烽火兒女情》、《小美人》、《李家秀秀》、《歹命人生》、《西天殘霞》、《了尾仔囝》、《槌哥》，散文《同賞窗外風和雨》、《何日再見西湖水》、《木棉花落花又開》、《時光已走遠》，評論《攀越文學的另一座高峰》、《頹廢中的堅持》（另有一書《陳長慶作品評論集》乃艾翔編輯眾人對陳長慶作品之評論）及文史作品《金門特約茶室》等，擁有廣大讀者。

然而，陳則銘所編書因為是眾人合集，篇幅有限，以致只收錄了陳先生的詩歌〈阮的家鄉是碧山〉和散文〈太湖春色〉，但

單就這兩篇，已可看出陳氏的書寫功力及對鄉土的用情之深了。

陳秀竹是熱情的寫作者，寫植物、寫動物、寫人物都很認真，筆鋒常寓深情，讀者很難不被她的文字所吸引，本書收錄了她的〈綠色小鈴鐺〉，見微知著，常人看楊桃不過平凡水果，她卻能將觀察所得及分享家人的情形，寫得那麼細緻有趣。她已出版了《滿園飄香浯江溪畔》、《浯島念真情——故鄉的水土》、《叩訪春天——前進金門》、《浯島采風——原鄉情高山行》、《用熱情澆灌——金門》等書。

陳則錞的部分，她以多樣文字呈現，有〈世界眼中的則錞〉：其中雅雯寫〈我就是愛你的樣子〉、薛素瓊寫〈聽到花開〉、陳美芬寫〈我感知到的則錞〉、小煒寫〈學生眼中的則諄〉，加上〈則錞眼中的自己這個人類或其他〉，另外又附上幾篇則錞作品：如〈今天的夕陽特別美〉、〈空空的很孤單又滿滿的發火——人生處境啊我愛你〉、〈感恩家親摯友們這一路走來的深情相伴和祝福——父後四日〉。則錞的遣詞造句與句讀有時別出心裁，文章深情款款，愛心與巧思兼具，是位行動藝術人，也是身心靈的修行者，接近她、觀察她，讀她的文字，都可感受到她的柔情和愛心。

陳欽進是位才情高、情真意摯的文字工作者，知識豐富、見解卓越，議論和散文都是高手，本書所錄偏重在散文，如〈媽媽的希望〉、〈後悔沒你的日子〉，有父母對子女的愛和夫妻深情。〈伴我年少〉一文，述己身世、寫父母結縭因緣、日後做生意。文中有他從小住中蘭的種種回憶，父母日後開設食堂在小徑的一些趣談，祖母照顧他的辛勤往事，躲防空洞、看電視、院子中砲的經過。小徑的電影院和邱良功墓園，都是陳欽進寫作的素材和養份，他敘寫故事詳細曲折，引人入勝，讀來趣味十足，情

殷感人。陳欽進已出版的書，計有《金門人在廈門》，合著《風骨》、《擎天》等歷史故事集，並參與寫作《賢聚鄉賢事略》、《金門縣志》、《金湖鎮志》、《金門日報》社論。

陳榮昌也是深情的文壇高手，書中輯錄〈我的私房地圖──后浦老街〉，此文提要鉤玄地點出金城幾處特色所在，如癲癲島、莒光路、轎巷、橫街，在傾訴思古幽情的當兒，他也不時想起往日，親人在景點附近工作的身影。〈故鄉異鄉〉乃寫自己從小到大的複雜感受，因不擅運動，從小常不被同儕接納，很難融入群體。臉白淨被懷疑偷擦粉，曬又曬不黑。然而，課業成績、文字書寫與繪畫，讓他找到自信。高中讀理組，但仍執著文字創作，在繁忙的課業壓力下，曾寫〈香灰與其他〉、〈浯江溪水水長流〉等作品。他自省年少時急著遠離家鄉，讀了大學研究所後，又心慌想回故土療傷。陳榮昌至今已出版《浯土浯民──浯島金門人的真情故事》、《金門傳統匠師臉譜》、《金門印象三部曲》、《金門金女人》、《庶民列傳──戰地阿嬤》五本書。

楊清國是多產作家，也是文學健筆，在過去的歲月，有不少長官欣賞他、重用他，他擅長寫呼應政令的大文，這些專論、社論列於楊之近著書後，讀者不妨參閱，看後必可發現篇數驚人、功在社教。如今他儒佛雙修，悟道境界甚高，行文所語發人深省。書中刊文〈無常不一定不好〉，楊校長在文中自省自悟一生種種，幼年不學好，日後遭逢困阨，咬緊牙根、打落牙和血吞、危機即是轉機，不順亦無妨，化逆為順。若是門被關上，上天也常為自己打開另一扇窗，作品內容真誠無隱，例如講自己有戀母情結云云。

對於批評他的人，他不予深究、秉持恕道。古人說：「不念舊惡，怨用是希。」楊校長對此語深有體會。楊清國迄今著有

《金門真美》、《金門教育史話》、《兩門幾多相思苦》、《未來島嶼未來佛》、《山河壯麗頌和平》等五本大作,他的作品有一罕見聲明,即在版權頁寫著:「歡迎分享轉載,請註明出處,廣結善緣」。他參加徵文比賽,經常得獎,近年來在兩岸又得了幾項大獎,如二○一○年榮獲北京「中國時代改革創新先鋒人物獎」,二○一一年榮獲台灣「全國第一屆終身學習楷模獎」。

（刊於《金門日報》一○一年十一月二十三日副刊）

該書作者與讀者合影

金門文學黃金島

　　金門農工劉校長來電相邀，要我向學生做一文藝講話，起初不敢允諾，然盛情難卻，只好撿拾舊藏、整理思緒。

　　想了想，我能講什麼呢？講什麼能識鄉愛鄉，或有助讀書風氣？思考後，訂題「金門文學黃金島」，副題「讀書寫作樣樣好」，並擬大綱如下：一、住在金門，寫作名家知多少？二、讀書看書，益書善書不可少。三、金門歷史，有些知識要知道。四、勇於提筆，莫要誤認自己小。五、看圖作文，手機照像忘不了。

　　講話當天所言，大致不離上述。金門人好福氣，有《浯江副刊》培育寫手，住金門的高手亦多，我較熟悉的是寫作協會諸友，就從他們談起。其中，小說、散文創作、閩南語詩及評論均有偉績，屬陳長慶。鄉土論述質與量，黃振良名列前茅。他們兩位的鉅著我收藏不少，掃描封面投影，讓學子看看書之臉，鼓勵學生去閱覽，希望高職生知道住在金湖的鄉親不含糊，日後懂得去買借書來看，學習什麼叫認真。

　　名譽理事長溫仕忠是文史耆宿，文名早著。前任理事長楊清國佛儒雙修，熱心社教。洪春柳今年將博士論文改寫成《當代金門演藝的變遷》出版。另外如：許能麗、王建裕、李根樂、蔡發色、許維權、周成來、陳為學、陳秀竹、李瓊芳、葉鈞培、陳延宗、陳榮昌、陳添財等人出版的書籍及大作繁多，藉著投影，稍加說明。言及許維權，補充小故事，對他重新再來的求學精神特

別欽佩，希望有志者見賢思齊。

另外，就陳則錞所編書《心動了花開了》，印發〈金門文壇繁花勝景〉一文供來者參閱，再配合投影，簡介書中十位作者（王金鍊、林媽肴、洪春柳、翁朝安、陳長慶、陳秀竹、陳則錞、陳欽進、陳榮昌、楊清國）生平及其文特色。寫作會員如陳文慶、吳水澤、吳啟騰、林媽肴、洪明燦、洪明標、林文鍊、李素娥、陳文經、倪振金、陳秀端（沐思）、楊天厚、林麗寬、李榮團、陳為論、李玉鳳、許秀菁、李俊玲、邱英美、黃珍珍等人傑作，廣受讀者歡迎，就我藏書，抽樣幾本，將封面掃描投影，期勉學生不要錯過鄉籍佳作。

看書讀書乃學生份內事，我於事前備妥拙作〈書顛懺悔錄〉，請蔡海塔主任代為印製發送，以自己痛苦經驗告誡同學：書要慎選，不可亂看，以免分心勞神，少年易老學難成。精讀教科書，爭取升學機會，務必上課專心聽講，課後認真複習，若自覺容易分心，不妨藉著抄寫課文或整理重點來提高學習效果，這些都是老生常談，但力行方為要務。

金門歷史悠久，然近代以來，戰爭頻仍，吾人所處曾為戰地，民國三十八年的古寧頭大戰及四十七年八二三砲戰，發生時間千萬莫混淆，戰役的方式與內容要了解。我備文〈古寧血戰哀矜勿喜〉請學生參閱，強調：戰爭沒有勝利者，只有倖存者，同胞自相殘殺，是民族悲劇，不必誇耀。

談到戰史，過去常有誇大，八二三砲戰，說開打後四十四天內，金門每平方公尺落彈四發，然其實是一千平方公尺落彈三發。此事，二十幾年前，周成來即曾投書雜誌，訂正大將軍之錯誤統計，近幾年，羅德水也在報章撰文，勸政府單位發佈戰史，要力求精確。

提醒學生不可小看自己，只要肯拚，日後必會出人頭地。介紹前司法院長賴英照的故事，賴本是宜蘭農校畢業，在成功嶺任教育班長，自覺被人輕視，發憤讀書，考上中興法律夜間部。但別人仍瞧不起他，說讀夜間部不像大學生，賴又努力考上台大法律研究所，然而台大的學生又覺得他是矇上的。同學申請國外留學，他不甘示弱也申請，但賴不擅電腦操作，以手寫填申請表格，結果，哈佛大學通過賴的申請，之後賴順利取得博士學位，回國努力工作擔任要職。

　　除了勸告同學平日要進修，亦要提筆作文、勇於發表，舉高職校友楊樹清為例，說楊當年讀高一輪機轉農科，之後輟學，他雖自我調侃是「畢不了業的金中校友」，但因不斷努力書寫，得了很多文學獎，日後高中、高職都頒獎，說他是傑出校友，社會大學的學力亦被佛光、金大肯定，禮聘為駐校作家。

　　至於看圖作文，所言不外乎要善用工具幫助記憶，告訴有心寫作者，若欲敘述繁複內容如：出遊或競賽，筆記太慢，不妨以相機適時捕捉畫面，助己日後追憶敘寫，說來，這仍是野叟獻曝，但簡單的事做久了，就是專家；文章發表多了，讀者恭維您是作家。

　　　　（刊於《金門日報‧浯江夜話》一〇二年十二月十八日）

陳若曦來金門

　　日前，名作家陳若曦來金講演「生活與寫作」，親聆的人，都可感受到她的真誠與深情，她將一生經歷擇要講述，內容生動引人，雖然已七十四歲，耳聰目明，事前還寫妥演講大綱，依序來敘說往事，有條不紊，面對觀眾提問，亦機智適切回應。

　　記憶中，她曾來金門三次以上，第一次在民國六十九年八月某日，由中國時報副刊主編高信疆及林清玄等人陪同，她曾寫文登在聯合副刊六十九年九月八日。

　　文中說她在松山軍用候機室，初見穿灰藍色中山裝的曹主任，她以為是經常往返台金的軍需官，聊天後知曹君見多識廣，講鬼故事也有一手。因天下大雨，飛機遲飛六小時，久候之後，曹君通知說：金門縣太爺將在金門機場迎接，當天曹的熱誠接待，讓陳若曦甚為感動。

　　到了金門，與笑瞇瞇的石縣長見面，石縣長全程陪同到處參觀，而且「爭分奪秒」照表行事，去陶瓷廠、擎天廳、民俗村等地，看到擎天廳的舞台，陳若曦想起林懷民和他的雲門舞集，轉達林懷民心聲，說林願意來金演出。

　　離開民俗村時，石縣長說曹主任要請吃飯，陳才知曹主任官比縣長大，曹、石兩人皆是軍職，起先陳「以為金門縣長是民選官員，原來是欽差大臣」，對於三民主義的模範縣，在此稍作揶揄。對於曹主任是什麼主任，還是不知道，也不感興趣。

中午吃飯，曹健談善飲，陳若曦不覺也跟著乾了兩杯。回想她二十年前，頭回在詩人覃子豪家喝高粱，那「入口有如酒精點火的東西，如今只覺芳香撲鼻」。主人曹高興之餘，無所不談，連其個人戀愛史，也說得眉飛色舞。又殷勤勸酒，以一杯換陳若曦一口，陳女士很快又乾了兩杯，「耳朵發熱，臉頰發燙」，飄飄然之後，為曹言「酒逢知己千杯少」所感動，又乾了兩杯，身子彷彿置身在搖船渡海，只好掛起免戰牌。

但陳若曦不甘這樣敗下陣來，慫恿高信疆、林清玄繼續與曹君對拼，喝到後來，白面書生高信疆臉色越白，但主人卻「越戰越勇，應付裕如」，對於曹將軍酒量，客方「心悅誠服，甘拜下風」。陳若曦「整個人綿軟無力，而且舉步維艱，由飯店到飛機，全靠人扶持」，但心中也毫無怨悔。上飛機，身子落座，人事不知，睜開眼，飛機已降落在台北機場。

這篇〈金門和金門高粱〉刊布以來，享譽不衰，據說文章尚未寫成，中時與聯合兩大報就爭取刊登，陳若曦老友瘂弦（聯合副刊主編）想方設法，捷足先登；使得接洽此行金門遊，全程陪同陳若曦來金參訪、拼酒的高信疆（中時人間副刊主編），介意甚久。文中所言之曹主任即當時的金防部政戰主任曹興華，曹將軍能文能武能喝酒，名噪一時的〈金門之歌〉，歌詞開頭「鎮敵一柄劍、戍邊一桿槍」這首，即曹作品，由名歌手葉佳修譜曲，此歌金門文化工作隊赴國內外演出，常做為開場序曲，曹日後又高升為中將，擔任陸總政戰部主任。石縣長即石政求縣長，官聲亦佳。

陳若曦第二次來金，殆在民國八十四年一月十日，當天是縣籍畫家李錫奇邀請兩岸三地藝文人士、學者專家來金遊玩，順便在金門高中圖書館舉辦「文學心金門情——金門文學之旅」座談

會，我在校，亦前往聆聽高見。陳若曦當天在會中所言，令人印象深刻，大意是說：她去過的地方很多，但很少看到像金門這樣綠油油的好地方，到處充滿綠意，令人流連忘返，日後金門應建設為大大的公園。說她十多年前來金，此番又來，感覺金門還是乾淨漂亮！如今金門已解嚴了，大家要集思廣益，使金門旅遊的品質更加美好，金門想廣增客源，首先要與大陸三通，又說她回到香港，將寫文章呼籲大陸停止武力犯台。

至於陳若曦於十一月二十五日於浯江書院的演講內容及她與觀眾的互動，若讀者有興趣，筆者將以另文披露。

（刊於《金門日報‧浯江夜話》一〇一年十二月十二日）

陳若曦在書院演講後與眾人合影

談往事說文壇

　　去年七月，余光中來金講演，文化局聽講人不少，購書請余簽名的場面也頗為熱鬧。余妻范我存女士隨行，我趨前致意，說我是其女珊珊等人四十年前就讀光仁中學的學長，並說了些八卦往事，她及友人在旁聽聞，感到有趣又詫異，說這些是她未曾知曉的。

　　民國六十二我讀光仁高中高三，同班盧同學英文成績與我一樣不甚了了，然而唱起英文歌曲呱呱叫，他與當時廣播電台西洋歌曲主持人余光（與余光中一字之差），甚為熟稔。班上同學好此道者自組樂團，於學校園遊會時，將教室改裝成演奏會場，高唱熱門歌曲；欲欣賞者須買票入場，盧同學是主唱，聲音優美。余家有女初長成，就讀同校初中，也進場聆聽。盧心情特別好，看見伊人姍姍前來，還特別致詞歡迎，並送她一顆大蘋果，女孩捧在手上，心情愉悅。

　　之後，我入東海大學，某夜余光中來校演講，在此之前，我曾見余主持中視「世界之窗」節目，余先生端坐椅上，面無表情講述，當時我年輕無知，感覺無趣。但此番住校無聊，信步前往，但見銘賢堂內座無虛席，余講什麼題目，我忘了，只記得余氏當天演講又吟詩，以中文為主，偶有外國詞語。余春秋鼎盛，吟誦其詩，詩的節奏快慢及押韻，都恰到好處，觀眾不時給予掌聲。他個子不高，但詩文氣勢盛大雄渾。講畢有外文系魏講師提

問：「余先生，為何你的詩中喜歡用七這個字？」余光中不急不徐回答說：「那只是一個偶然！」

民國六十八年十二月二十九日中央日報副刊，登了篇〈父親素描〉，盧美光憶寫其父盧光舜（外科名醫曾任榮總副院長），說其父當年關心子女青春期的小故事，說其弟（即我盧同學）在高中時期認識了某人的兩位女兒，回家時常談到那位姐姐如何，妹妹又是如何，盧父記不清她倆名字，便取她倆名字諧音，姊姊取名「酸酸」，妹妹取名「臭臭」，以此說笑。之後，其弟談到她們時，也忍不住會笑了起來，不再苦哈哈的只是單戀。

友人說范女士曾解說余光中與陳映真之往事，友人詢我知否？我說此事在陳芳明書《鞭傷之島》（自立報系民國七十八年出版）的〈死滅的，以及從未誕生的〉長文中有提到，說鄉土文學論戰時，余光中發表〈狼來了〉，呼籲當權者必須「抓頭」，使文學巷戰聞到了血腥氣息。陳芳明當年留美，收到余光中寄自香港的一封長信，並附寄了幾份影印文件，余光中特別以紅筆加上眉批，並用中英對照的考據方法，指出陳映真引述馬克思之處。余光中倡言的「抓頭」，帶給陳芳明無比的震撼。

余說要「抓頭」，文壇的看法紛歧，日後，有些人對余光中有負面的看法。十幾年後，陳芳明寫〈古典降臨的城市〉（此文刊於《印刻文學生活誌》二○○七年四月，也收於《昨夜雪深幾許》一書中），陳寫道：「余光中的觀點，事後證實是正確的。余光中的用詞誠然過於猛烈，但陳映真的信仰與行動卻吻合〈狼來了〉一文的描述。我只是無法苟同『抓頭』的提議，否則陳映真的馬克斯主義及其中共的立場還需要懷疑嗎？」

陳映真和余光中，是很多人喜愛甚至崇拜的作家，陳芳明自言在蒼白無助的大學生時期，陳映真和余光中「他們像極暗夜裡

的兩盞車燈,在顛簸的旅途為我開路。」

　　近日,陳芳明來金演講,我好奇問他,成大歷研所陳明成,二○○二年為何寫《陳芳明現象及其國族認同研究》此碩士論文,而且又是由陳之好友林瑞明指導,陳答覆,殆因他不贊成河洛文化獨大吧!然事後有關人士均曾向他致歉。

　　林瑞明(筆名林梵),是詩人兼學者,研究台灣文學有卓越成績。余光中、陳映真、陳芳明等名家,是文學殿堂的巨人,也是雄辯滔滔,下筆萬言的大學者,三人著作在華語文壇,皆享有崇高聲譽。

　　(刊於《金門日報・浯江夜話》一○二年四月二十九日)

筆者與陳芳明教授合影

談鼎鼎軒畫展

　　吳鼎仁、吳鼎信賢昆仲經一年的準備，於新春期間在原金門社館展覽室，再度舉辦畫展，使得愛好藝術的朋友在春節期間，能有機會前往觀摩學習，並藉此陶養性情，提昇生活境界。

　　筆者於繪畫是外行，但對吳氏兄弟在畫藝上的造詣一向欽佩，所以，不避附庸風雅之嫌，曾先後兩次專程前往覽會場；仔細瀏覽之餘，獲益不少，茲將個人對於這次畫展的所見及心得略述於次：

　　此外「鼎鼎軒畫展」，事前的籌備工作比往年都要完美，不管是參展作品或是會場布置及宣傳工作的推展，都比往年更好；今年吳氏賢昆仲在展覽之前，便將精心設計的請柬分送各機關學校及好友，請柬上印有他們的作品及簡歷，見到請柬的人都急盼能早些見到畫展；另外，吳鼎仁所設計以紅色及桔黃作底色的木刻版畫報，貼在各交通要道的壁上，這張充滿了傳統民俗趣味的海報，也吸引了無數的軍民同胞；至於畫展期間豎立在金聲戲院的巨大招牌，更發揮了招徠觀眾的效用。

　　展覽會場入口右側，除了張貼著請柬及海報外，懸掛著吳鼎仁所繪之木板墨畫「消暑圖」，畫中有八名裸女，吳君以簡單線條鈎勒出他們或坐或立或臥的美好曲線，供人鑑賞，樂而不淫，名曰：「消暑圖」，其實不僅可消暑亦可暖冬，迎春當亦適宜。

　　會場入口下面為大幅國畫〈仙山海印巖〉，左方則布置成

兩個均等的長條「ㄇ」形會場，兄弟各佔其半，空間充份利用，我約略地統計了一下，吳鼎仁所展示的作品種類繁多，國畫、水彩、油畫、木板墨畫、書法、竹筒刻字皆有，其以國畫技法繪製現代山水人物的作品，大幅的除了〈仙山海印巖〉外，尚有〈古榕〉（擎天山莊），中幅作品有〈浯島城隍〉、〈蜈蚣座〉、〈吳其昌的大玩偶〉、〈古庭院〉等，傳統之國畫則有〈花之富貴〉、〈水仙〉、〈一片冰心在玉壺〉、〈一蓑煙雨任平生〉、〈不盡山河萬古流〉等。

「夜壺系列」共有七幅，其中有國畫也有油畫，畫名但稱之一、之二云云，水彩畫亦有多幅，皆自署「習作」，油畫像，又名「從反省中建立自我尊嚴」。書法則甲骨文、篆、隸體各一至二幅，並有行書對聯「非名山不留仙在，是真佛只說家常」，隸書對聯「飲酒莫教成酩酊，看花慎勿至離披」等。

綜觀吳鼎仁先生之作品，個人有一些印象，即吳君頗富創意，無論是以國畫的筆法來從事寫生，或是取材範圍擴大，皆令人有耳目一新之感，其畫法兼用細筆白描與潑墨渲染，對物體的結構和輪廓的掌握都相當精確。在〈仙山海印巖〉一圖中，有實境也有造境；〈古榕〉有景有人，透過盤根錯節的巨榕，彷彿聽到在擎天山莊遊玩嬉鬧的兒童歡笑聲；由〈浯島城隍〉，可知畫者具備了線條的訓練，又有寫生的基楚，以致使畫面產生了較有空間、遠近的實感；〈蜈蚣座〉亦是如此，畫面充滿了民俗趣味。

至於其他國畫，或物或為屋舍山水花草之描繪，皆令人有栩栩如生、生意盎然之感。吳氏水彩畫雖謙稱「習作」，然觀其所畫之民屋、舊舍、靜物，皆能熟練應用重疊、平塗、縫合……等水彩技巧；以油畫自畫之像，可知油畫是相當難以驅使的繪畫材

料，而吳君又題稱「從反省中建立自我尊嚴」，當亦有其引人深省之用意。

「夜壺系列」的七幅作品，民間趣味十足，在一幅題識「夜夜除非好夢留人睡」的畫中吳君畫了七個形狀不一的夜壺，又見另畫題署「藏壺豢龜……」，可知吳君對收藏民俗文物有雅好，難怪能將夜壺畫得如此維妙維肖；敝人以為即便是夜壺俗物，只要畫得好，畫仍然是傑作。在「夜壺系列」中亦有一幅以風獅爺為主，夜壺為襯的畫作，將這充滿傳統風味的彫刻，摹寫得相當逼真。而以裸女將夜壺置於肩上倒水之油畫，不但趣味十足，而且也令人聯想到弗洛伊德的學說，但裸女小腿之陰影似乎稍嫌過濃，此是不才筆者的一點外行話！

吳鼎仁之書法作品，或仿鄉賢呂世宜（祖籍金門的名書法家，工篆隸）的筆法，或綜合他家之長，揮灑自如，有其獨到之意味，尤其條幅及對聯所寫之內容，可知吳君性喜楚辭章句，是落拓不拘、性情恬淡的藝術工作者。

由吳君之書畫，令人想到中國傳統繪畫的書畫關係密切，此則一方面是因中國文字是象形，而象形即是繪畫；再者工具同是毛筆，造成若干影響；加上書法藝術主在線條組合變化，而我國畫亦以線條為重，線條雖然每個人都可畫出，但運用在繪畫上面，仍需再具備筆意及筆趣，在書法上有涵養的人，才能在繪畫的筆意中表現出生命和修養；所以傳統國畫中線條之工整者，大都與篆楷筆意相近，寫意者則類行草；吳鼎仁君書畫兩擅，不但善畫亦能書。

吳鼎信之作品則可分為原本彩繪、木板墨畫、水彩、金繪、及圖案等五大類，原木彩繪有〈昭君出塞〉、〈瑞龍呈祥〉、〈歲朝〉、〈宜男宜歲〉、〈嬰戲〉、〈奔月〉、〈瓜瓞延

綿〉、〈宜子孫〉、〈鎖陽城〉等，此是以民間藝匠的手法將一些歷史傳說或吉祥故事，繪製於原木表面或木頭切片上。木板墨畫計有〈達摩〉一幅，〈鍾馗〉、〈仕女〉各二幅。水彩則有〈漆匠連作〉（一）至（四），〈神女生涯〉、〈基層工作者〉、〈風景〉各一幅及〈小孩〉二幅，傳統圖案設計有〈驅鬼〉、〈麒麟送子〉各二張，此種圖案係以墨色為底，五彩繪製再題上金字，似乎專供廟宇或祠堂使用。另有一大幅之金繪，乃畫大肚能容四海的巧匠的手筆，雖有點商業氣息，但此無礙其創作才華的表現。從吳鼎信作品之內容及處理手法，可知他專事於廟宇祠堂的彩繪工作，已有相當成就。

由吳君之水彩畫，了解他對油漆匠的生活有深刻的體會，對玉臂千人枕的神女及幼童，亦有幾分浪漫式的臆想和憐憫以及關愛。

聞吳鼎仁君為師大美術系畢業，目前任教金沙國中，吳鼎信君則於小學畢業後，曾服役軍中，退伍後曾在台灣一家廣告公司任職，近年返金專營彩繪及油漆工程，對於他們賢昆仲近五年來出錢出力舉辦畫展之盛事，敝人內心實感佩服。

戰地金門的文教建設，在各級長官的英明領導及精心擘劃下，已有相當輝煌的成就；然而，我們若想「金門要更好」，便應多鼓勵更多的人向吳氏昆仲學習，讓類似的藝文活動，來提昇戰地軍民的精神生活，像「鼎鼎軒畫展」的舉辦，一則可藉機提倡正常娛樂，增進生活情趣，一則是提高生活品質，以美育來陶冶人生。

很高興能在春節期間於社教館，看到「鼎鼎軒畫展」，並看到同一場所展覽剪紙作品，琳琅滿目，美不勝收，還有地區畫法名家張奇才、傅子貞等人所寫春聯作品展示，深覺今年的春節過

得很充實，收穫也很豐碩，因此爰本「野人獻曝」之意，將筆者所見之「鼎鼎軒畫展」作一簡介，並略述心得求教於博雅方家。

敝人於繪事並無研究，對吳氏昆仲的作品只是走馬看花，憑個人記憶來寫文章，與吳氏平素亦乏交往，暸解不多，未能深入探討其畫中結構、著色、佈局等特點，行文若有淺陋或謬誤之處，恐所難免，尚祈讀者鑒諒！

（刊於《金門日報》七十三年二月十八日副刊）

吳鼎仁與大陸友人及筆者合影

左起為黃承中、吳鼎仁、陳滄江

遊台大聽講演

九月中旬赴台，與家人共度秋節，又因他事盤桓在台。

三十那天上臉書，見鄉親洪玉芬貼圖文，說金門畫家李錫奇將於十月三日晚間在台大開講「我的學思歷程」，當日剛好得暇，決定前往聆教。

我住北台多年，但台大於我相當生疏，三日下午提早到台大瞭解環境，進入大門右側是傅園，故校長傅斯年長眠於此，想傅大砲若知今日國事，不知又要發表何等壯言。欽佩他當年不懼權貴、聲討不平的道德勇氣，我遶墓追思，卻聽見附近有年輕女子低聲偷問男伴：「誰是傅斯年？」

墓旁其實有文字說明，但她似乎視而未見，聽其腔調、觀其穿著，殆是大陸遊客自由行。本想趨前告訴她傅斯年與毛澤東的故事（此事大陸作家岳南《陳寅恪與傅斯年》敘寫頗詳），又怕多嘴討男嫌，而且片刻說解不清，於是悄悄走開。

散步文學院，見舊識楊肅獻教授研究室，冒昧敲門，楊教授湊巧亦在，美意延入沏茶接待，共話鄉情往事，相談愉快忘了時間，差點誤其下個課目。獨走小路到新生南路，找麵館裹腹，回程細雨加夜幕，在台大校園迷路。

終於找到文學院演講廳，引言人張慶瑞副校長話已說完，李大師正開講，謙稱能來台大演講是莫大榮幸。李邊講話，邊請人投影簡介、相片及畫作，首張封面寫著：藝術向前衝、走過台灣

現代藝術、李錫奇的藝術生命。

　　第二張寫著：傳統為人們準備了各種可能，誰要是讓這些可能擁有具體型態，那麼誰也就成了個體。下為編年大事：一九三八年出生於金門古寧頭北山村。一九五五年入台北師範學校藝術科就讀。一九五八年組織「現代版畫會」。一九五九年代表我國參如「中日美術交換展」、第一屆「巴黎青年藝展」，及第五屆巴西聖保羅國際雙年展」。一九六三年正式加入「東方畫會」為會員，並成為該會中後期重要成員之一。一九六四年代表參加日本東京第四屆「國際版畫展」，曾經以方、圓變奏的哲學思考，開創了「本位」系列，獲得日本東京青年藝術家評論獎。二〇一二年榮獲國家文化藝術基金會第十六屆「國家文藝獎」。

　　李錫奇回首少年時代在金門讀初中，因喜歡繪畫、擅長打格子畫偉人肖像，因而獲得保送台北師範藝術科，畢業後原應回金，到基隆臨上船時，轉念將行李託同鄉帶回金門交家人，八二三砲戰開打，更有理由留台，從此展開人生奇旅。

　　李是師範生，分派到宜蘭，但自己又不想到鄉下，某日到板橋找小學同學，無意中走到浮州里新設的中山國校，毛遂自薦向殆是校長的人（其實是女校長的丈夫），彼此對談如下：

　　「我們新學校是需要美術老師，你畫得怎樣？」

　　「不怎麼樣！但我一定會讓學校享有美名。」

　　「是李龍甫老師介紹來的？」

　　「是的！」

　　初任教學校就這樣說定了，但李錫奇回北師後趕緊拜望、請罪於李龍甫老師，向他說明，得到諒解。李錫奇教課之餘，積極藝事，師法楊英風，參加版畫會，與陳庭詩、江漢東同為會員，

參加何鐵華在北投政工幹校辦的「自由中國美展」。李錫奇製木刻版畫〈倩影〉（一九五九）、〈海印寺〉（一九五九）、〈戰地金門〉（一九六二）、〈萊茵河-1、-2〉得到好評，日後到德國親睹萊茵河，覺得自己當年作品，還真的有點那種氣氛。

　　何政廣作品刊在香港《祖國周刊》，李老師羨慕之餘，也將作品投《祖國周刊》，有時一個月竟被刊用多張做封面，稿費超過半個月薪資。楚戈（袁德星）說李錫奇是畫壇變調鳥，李自言當時受外國畫風影響，又看到降落傘的布質好，拿來沾上顏色拓印在紙上，此顏色肌理是一般繪畫所無法表現出來，這種單張版畫被很多收藏家珍視，至今仍常來詢問、高價收購。這類畫作因當時李師在中山國校任教，浮州里住處淹大水，作品甚多浸水毀壞。

　　大師娓娓道出心路歷程，也把創作技巧無私分享。說搞創作必須走出自我，創造出自己的風格。他的本位是指民族本位，創作年代正是抽象藝術的理性時代，他將傳統中國牌九，依點數多寡重新加以排列創作，成為耐人尋思的現代畫，為了兼顧社教，取名「戒賭系列」。

　　　　（刊於《金門日報‧浯江夜話》一〇二年十月十八日）

我愛看電影

我從小愛看電影，但常未能如願，因沒錢入場。

八二三炮戰後，家人遷台，住在中和積穗的金門新村，記憶中沒看過電影；之後舉家遷往太武山莊，山上是經理學校（後改名國防管理學院，如今該校又遷到復興崗）。當年，家父在金任公職，慈母張羅老少衣食已夠憂煩，無力約束浪蕩幼子，我常偷跑上山，在軍校遛達，遇有張貼「本晚放映電影某某某」，必呼朋引伴，當晚上山看電影，有時在室外大操場，有時在大禮堂。

讀板橋國小時，每天徒步五公里上學，母親給的午餐錢，節省使用，存了幾天，有二塊半，週六中午放學，想去板橋菜市場附近的「新都劇院」看《萬夫莫敵》，半票要三塊半，我央求撕票小姐通融，她說開演半小時後才准我特價入場，我只好犧牲片頭。

有一年，聽聞埔墘「亞洲戲院」正在放映《梁山伯與祝英台》，難得家母首肯，帶我們遠足去看電影，沒想到已下片。春節，父親赴台休假，母親要父親帶我們去看電影，我說《哈泰利》這部片子聽說畫面很精彩，大家搭公車到板橋「環球戲院」，結果該片已下檔，嚴父說他片不宜，大家敗興返家。

民國五十六年，慈母怕我學壞，送我返鄉，由嚴父督導，讀金城國中的成績稍有起色，我與二哥被恩准可在週六看電影；那一年，所看的片數超越前此在台總和，記憶猶存的片名有《大醉

俠》、《獨臂刀》、《香江花月夜》、《坦克大決戰》、《將軍之夜》，當時金城有兩家戲院，育樂中心尚未營業。

讀大學時，東海僻處大度山，到市區不便，學校電影社接洽片商，偶於週六或假日來校體育館放映名片，記得看過《單車失竊記》、《巴頓將軍》、《計程車司機》、《我倆沒有明天》、《飛越杜鵑窩》。電影社也曾邀請導演李行、徐進良及校友王曉祥來校演講，王與外文系學長劉森堯等人當時在報刊寫影評，小有名氣。

大學畢業返金任教，買了機車之後，經常遠赴山外，每逢週六或日，在「僑聲戲院」連看兩部洋片，看了很多名片，也買了很多電影書和雜誌。結婚初期，與妻常在金城三家戲院看電影，但隨著孩子降臨，漸無暇上戲院。電視轉播站在金設立後，看戲的人口銳減。日後兩岸情勢不再緊張，駐軍減少，寥落的戲院雪上加霜，我有時去捧捧場，發現諾大的座位區坐不到十人。僑聲戲院關門歇息那一天，我還特別前往道別。

沒上戲院的日子，想看電影，只好自己放映。早期錄放影機，租或買錄影帶來觀賞。隨著科技進步，錄影帶又被淘汰，改買光碟，從VCD到DVD，DVD從D5到D9，買了數百片影碟，但如此看電影，興致大減，總感覺獨樂樂不如眾樂樂。

近日欣聞電影院明年將在金門的商務旅館重新設立，心中很期待，相信屆時有一流的影片、頂級的聲光畫面，供大家同樂。對於導演有意來金拍片，也熱切歡迎，心想若缺乏臨時演員，說不定老王也可偷閒支援，粉墨登場、軋上一角，權充路人。

（刊於《金門日報・浯江夜話》一〇三年一月三十日）

高椿獅子舞

　　五月十一日晚間，友人來電說：金城體育館的高椿舞獅相當精彩，說這種揉合武術和舞蹈的表演藝術，金門以往少見，囑我隔日決賽千萬莫錯過。

　　少年時，我愛看武俠小說，嚮往武學，曾想到武館拜師學藝，但因乏機緣，只能在家自練拳腳，在紙上比劃招式。日後曾結交國術館朋友，承他們指點，略知舞獅由來。

　　舞獅這種表演藝術，不但兩岸三地盛行，中南半島、日本、朝鮮半島、琉球也都能找到。星、馬地區經常比賽，是華埠民間活動的盛事，但各地獅子舞的樣貌，殆有不同。據說中國早年原無獅子，獅子的引入大概在中國的漢朝時期。天竺、獅子國的外使朝貢，使得宮廷的藝術部門有了靈感，加以發揮，模擬獅子的演藝遂應機而生，白居易〈西涼伎〉詩中即曾提及獅子舞，說是西涼舞種的一支。

　　到了明、清以來，這項表演藝術經常與武術聯結，表演者裝扮成獅子的模樣，在鑼鼓音樂下，模仿獅子的各種形態動作。中國的民俗傳統，認為舞獅可以驅邪辟鬼，因此每逢喜慶節日，迎神賽會等，都喜歡敲鑼打鼓，舞獅助慶。舞獅可分北獅與南獅，金門此次的獅王爭霸賽，事先講好是以南獅的規定來進行。

　　十二日上午，我準時前往體育館，站在二樓看台邊看邊攝影。仔細觀賞來自海內外的各獅團大秀才藝。看著各隊依次進出

場，豪邁不亂，裝飾華麗的獅身在椿前擺弄雄姿，昂首或低俯，之後上椿。各獅上椿的俐落身段，皆有巧思，爭奇逗弄，在二十一根高低不齊的椿上跳躍舞動，時而迅捷撲進，時而聳立顧盼；偶而搖耳擺尾，有時搔首自摸；獅首獅尾双人組，人獅合一，合作無間，將獅子的喜、怒、哀、樂、睡、醒、動、靜，表現得淋漓盡致，神乎其技。每當我拿起相機，想為獅舞留下英姿，牠又變化另一美姿，美不勝收。場邊觀眾也看得非常過癮，驚呼連連。

決賽冠軍由馬來西亞關聖宮龍獅團奪得，該團成立至今已榮獲海內外一一五次的冠軍榮銜，獲得馬來西亞政府的認可，於二〇〇七年將其高椿舞獅列入國家文化遺產。當天難忘之景是：獅之舞者首尾合力、表演甚多高難度動作，獅首有時躍起聳立，有時折身翻滾；在高椿上，獅子埋首啣取置於低處之套圈，取得圈後，獅玩套圈，套頭又卸下，套圈內有電池燈泡，熠熠生輝，格外生動。

亞軍是台灣基隆的長興呂師父龍獅團，呂師父龍獅團成立迄今已有五十餘年，是賽場的長勝軍，曾榮獲二〇一三年新加坡國際獅王爭霸邀請賽冠軍、台北新光三越獅皇爭霸邀請賽冠軍、中華盃社會組傳統地獅南獅規定套路冠軍。獅團由美女掌鼓，加上眾鑼鈸手，敲鑼打鼓、氣勢懾人，獅子迅速上椿，在椿上前進、後退、轉身，時在單椿直立，獅身前俯採青、再提上，做些不可思議之高級動作，令人驚佩萬分。冠亞軍之爭，平均分僅差零點一分，兩隊高下，就我來看，難分軒輊。

季軍乃香港夏國璋龍獅團，夏國璋龍獅團成立於一九二四年，八十多年來打造國際舞獅品牌，該團曾勇奪八次世界醒獅比賽冠軍，是名震海外的醒獅團。獅身毛色黃艷，或俯或行，彷彿真獅，上椿踩椿，疾步趨伏，直立轉身，俱見高超技巧。平地獅

舞常見戲球，然而夏國璋龍獅團別出心裁，在危險的高樁上，智取酒罈、醉踩酒罈、脫卸酒罈，以戲劇增加張力，並展現深厚的舞獅功力。

　　今日金門以風獅爺的故鄉聞名世上，在迎城隍的連番好戲中，「獅王爭霸賽」登場，群獅助慶。十支國內外頂尖獅隊同台競技，讓地區觀眾大飽眼福，也讓大家知道什麼是功夫高手。

　　　　（刊於《金門日報・浯江夜話》一〇二年五月十九日）

來自馬來西亞的龍獅團奪得冠軍

小蔣梅花餐與御廚

　　前些日子閱報，金門救國團餐廳新近推出兩蔣特色菜，趁興前往嘗鮮，因與餐者只有六人，吃經濟實惠的「小蔣梅花餐」。

　　五菜是豆干爆韭黃、豉汁蒸黃魚、醬燒滾筒肉、百果膾蝦仁、皇帝豆燒雞丁，湯是雪菜黃魚羹，以兩千元的價位來論，菜餚味美有特色。但報紙刊載小蔣梅花餐，是白菜獅子頭，豆干木須爆香菇，福菜肉片湯，燒烤八寶鴨，梅干扣肉等，與當日所嘗，頗有差異。

　　臉書貼出嘗鮮圖文後，有臉友按讚問價，亦有來電議論小蔣御廚種種，臉友謂金門需要一座「兩蔣文化園區」，我則以為：金門既有經國紀念館，不妨結合太武山「毋忘在莒」刻石、莒光樓、中正公園、榕園，加上兩蔣特色菜，設計一套金門兩蔣文化之旅，藉此吸引大陸觀光客。

　　前年在台，趁暇到「國父紀念館」、「中正紀念堂」、「慈湖陵寢」、「慈湖紀念雕塑公園」、「大溪陵寢」、「頭寮經國紀念館」走走，發現大陸旅客對這些景點及設施相當感興趣。兩蔣與金門有很多故事可講，金門人擔任衛士亦多，曾留下不少口述歷史，這些故事都是賣點。

　　談到小蔣，他曾活生生出現在我眼前，那是民國六十九年十二月二十一日，當天我與金門地區五十幾位教育界同仁參加童子軍與幼童軍第四屆木章基本訓練，蔣經國總統身兼中國童子軍

總會會長，他在八時三十分率領參謀總長宋長志上將、台灣省林洋港主席、金門防區司令官、祕書長、縣長等長官來榕園營區巡視，臨走時，我們所有參加訓練的伙伴在道路兩旁高唱祝福歌，恭送長官，他以緩慢步履走向防衛部的廂形交通車，這是我親見也是唯一近距離看到蔣經國。

至於小蔣御廚，金門人較熟知的是桃園縣金門同鄉會理事長楊榮煥，他曾受訪多次，民國九十四、五年間，《金門日報》駐台特派員許亞第採訪他，寫〈御廚、總管與同鄉會理事長〉一文刊於《金門日報》鄉訊，此文輯收於洪國興主編之《兩位蔣總統身邊的金門人》（二〇〇八年）。中時名記者楊肅民亦曾訪楊，寫〈從衛士到御廚的楊榮煥〉一文刊於《時報周刊》，此文收在楊肅民書《君自故鄉來一些金門人金門事》（民二〇一一年）、楊榮煥《躬耕履痕楊榮煥回憶錄》（民二〇一〇年）。

前兩書敘述楊榮煥在七海官邸擔任廚師、與蔣孝勇家總管的部分，許亞第所寫較隱約，楊肅民則較詳細。〈從衛士到御廚的楊榮煥〉文中引述楊榮煥的話說：「做菜給一國元首及夫人吃，有人可能覺得是畢生榮幸，但對我而言，是沉重且吃力的工作，尤其在負責做菜的日子，幾乎每天過著提心吊膽的日子，深怕做菜的時候出了差錯，讓經國先生吃出問題，那時我跳到黃河都洗不清。」此三書皆獲金門縣文化局贊助出版，有興趣細讀的人可到圖書館借閱。

洪敏珍亦曾寫〈在台金人：楊榮煥〉一文刊於《金門文藝》二〇〇八年一月，該文對於楊榮煥在大直蔣家做廚師較少著墨，卻寫出他在蔣孝勇家服務的後期，因為長期受到不甚合理的對待，雖然他已是年薪近百萬的職業軍人，再熬兩年，便可領終身俸，但楊先生放棄了。洪敏珍文中並未詳述這些「不甚合理的對

待」，反而是楊肅民的文章可看出端倪，在此恕我賣個關子，煩請讀者自行查閱楊書《君自故鄉來一些金門人金門事》。

（刊於《金門日報‧浯江夜話》一○三年二月十一日）

梅花餐之菜色

戰史
戰士

古寧頭大戰知多少

先解人數之謎

　　發生在民國三十八年十月二十五日至二十七日的古寧頭大
戰，戰勝之初，東南行政長官公署即有戰訊公開發表，各家日報
亦刊新聞。二十七日《中央日報》宣稱「兩萬犯匪無一生還　俘
匪四千擊斃投海近萬」二十六日《新生報》說「犯匪五千鎩羽落
海　生俘匪軍兩千軍官二名」，隔日則說「金門殲匪兩萬　匪軍
長朱紹清亦被生擒　俘虜增至四千戰果輝煌」。[1]

　　民國四十六年，國防史政處編印《金門戰役》一書，列為
登陸及反登陸戰史叢書之一，此書僅供將校參考，不公開對外發
行。該書對戰役之起因及戰前一般情況、作戰計劃、作戰經過、
戰後檢討均有詳述，並附匪軍指揮系統判斷表、匪我參戰兵力比
較表、匪我傷亡統計表、我軍鹵獲統計表、匪情資料，此書寫匪
軍傷亡七六五九人，被俘七三四一人，合計有一萬五千人。[2]

　　民國四十八年金門縣政府印行《新金門志》大事記之第二篇
「近二十年大事記」─三十八年十月二十五日寫：

---

[1]　請參閱《古寧頭大捷四十週年紀念文集》，紀念圖片中各報影本，國防
　　部史政編譯局民國七十八年出版。
[2]　《金門戰役》頁五九，國防部史政處編印民國四十六年。

零時三十分，匪步兵四師，總計兵力約二萬八千餘人，附砲三十餘門，向我進犯。以猛烈砲火掩護，在隴口古寧地區強行登陸，企圖一舉佔領金門。時我守軍倉猝應戰，眾寡不敵，拂曉五時三十分匪遂突至後沙、湖南、浦頭一帶。五時四十分，我軍乃以步兵三師，戰車一連。約一萬五千人，併力反擊。七時，克復林厝

二十七日寫：

晨八時，我軍大捷，匪大部就殲，生俘者約六千餘人，有匪軍長一、師長二、團長三、輕重武器彈藥極夥。後查出犯匪為陳毅葉飛所部之二十八師、二十九師等。國軍團長李光前於是役陣亡。[3]

《新金門志》是胡璉第二度來金任司令官兼戰地政務主任委員時所編印，書前有其作序。此書所寫中共來犯兵力是空前絕後的多，高達二萬八千餘人，而我軍只有一萬五千人，如此寫有宣揚我軍以寡擊眾，提高士氣的功效。

民國五十八年金門縣政府印行《金門縣志》卷一大事記，三十八年十月二十五日寫：

匪兵四師，約二萬八千餘人於壟口、古寧頭地區強行登陸，與我守軍激戰兩晝夜，匪全部被殲，俘七千餘人，並鹵獲武器彈藥甚夥。（詳兵事志）

---

[3] 《新金門志》頁二十，金門縣政府印行，民國四十八年。

此書所寫來犯兵力不變，但俘獲增為七千人。

看了以上敘述，或許有人以為我軍故意誇大戰果，其實不然，因我們若閱讀胡璉將軍所寫於民國六十四年發行之《泛述古寧頭之戰》，該書第七章〈檢討事項〉「第一節敵我得失之機微」即寫道：

> 陳毅匪軍，驕滿已極，不特一個船團，一點登陸，一萬餘人竟無一個統一指揮官。戰爭結束後，予以為必可俘得一、二師長，結果僅得隸屬不同軍師之五個團長。」[4]

曾任十八軍軍長的高魁元將軍在〈金門保衛戰之回顧〉一文寫道：

> 陳毅悍匪萬餘精銳之眾，片甲不回，被我全殲。生俘者七千有餘。[5]

可見兩位將軍均知來犯共軍頂多只有萬餘人，可是以前為何宣稱來犯共軍人數有二萬、二萬八千人呢？有人以為是當年情報不確，未查其詳。但共軍來犯人數究竟有多少人。根據中共國防大學徐焰所著《金門之戰》寫道：

> 金門戰鬥從其規模上看，只是一次小仗，但是對於一直取

---

[4] 見該書頁二九，不過胡將軍此處言俘得五個團長，不知是那五位，據田興柱《金門戰役－古寧頭大捷 五十周年紀念專輯》書中頁一○○之「國共兩軍直接參加作戰部隊一覽表」，只有看到三位共軍團長被俘，一位陣亡。

[5] 見《近代中國》第二十期頁一一一，民國六十八年八月出版。

得輝煌勝利的中共解放軍來說，堪稱是國共戰爭期間的一次重大損失。解放軍共損失兩批登島步隊三個團另四個連，總共九〇八六人（其中軍人八七三六人，船工民夫三五〇人）。在海島作戰的特殊條件下，因無船則不能撤退，所以遭受覆沒性的損失。當時據說有三千人被俘，據此推算其餘五千多人已犧牲。[6]

徐焰轉述俘虜有三千人，而我方則宣稱俘抓共軍四千、七千多人不等，但據田興柱查考《中華民國三十八年年鑑》說該年鑑記載如下：

民國三十八年十月三十一日，匪軍俘虜三七一九人，由「啟興」「海黔」兩輪運抵基隆，其中營長六人，連長五

---

[6] 見《金門之戰》頁八二，中國廣播電視出版社出版，一九九二年二月，此書《中國時報》於民國八十一年六月曾摘錄刊載，其後「風雲時代出版公司」亦將此書刪去前言及部分內容，並修改少部分字詞，易名為《臺海大戰——上編：中共觀點》，以繁體字於一九九二年十月初版印行。

表古寧頭戰役國共軍力對照表

共軍（第二八軍）	
第一梯隊（八千餘人）	第二梯隊（一萬一千餘人）
第八二師第二四四團 第八四師第二五一團 第八五師第二五三團	第八二師第二四五團，第二四六團 第八七師第二五九團 第八六師第二五六團

國軍		
守島	守島	增援
第二二兵團 （約二萬人）	第一二兵團第一八軍 （一萬多人）	第一二兵團第一九軍 （一萬多人）
第二五軍第四〇師 第四五師 第五軍第二〇〇師 青年軍第二〇一師	第一一師 第四三師 第一一八師	第一三師 第一四師 第一八師

資料來源：徐焰《金門之戰》頁六一。

人，指導員一人。[7]

　　此數字與徐焰所言吻合，但我方當年記載，為何高達七千多人，田興柱說：「有的共軍是原來國軍士兵，因為是自己人，沒有當俘虜處理。還有一種情形，在作戰中不願替共軍當砲灰，而掉頭協助國軍作戰，也沒有把他當俘虜後送。」[8]

　　田興柱的說法是很可靠的，因他當年（三十八）服務於青年軍二〇一師六〇一團。另有類似見聞的，如當年的十八師五四團的文立徽團長，其屬下第二營突入西一點紅陣地時，曾發現我十一師之三一團在大嶝作戰被俘士兵十餘人，（據稱係昨夜增援前來），倒戈向敵，助我攻擊。[9]

　　《中國時報》記者李金生於民國八十七年曾訪問一位老兵－郟雲秀，寫了一段新聞，道出忽爾國軍、忽爾共軍的故事：

　　　　從小在安徽鄉下長大的郟雲秀，二十七歲那年在馮玉祥的「西北軍」吃軍糧，三十八年中到上海剿共，卻被共軍的三十一軍俘虜，不到三個月跟著共軍來到浙江，找到了機會開小差，跑到福州投靠國軍三一八師，恢復了國軍的身分。

　　　　未料，師部的一個團長拉著部隊投共，跟著團部走的郟雲秀，一下子又變成「共匪」，而在藍旗與紅旗之間，

---

[7] 此乃引自田興柱《金門戰役——古寧頭大捷》五十周年紀念專輯頁一〇六，民國八十八年自印。

[8] 田興柱書頁一〇七至一〇八。

[9] 文立徽《金門古寧頭大捷作戰之追述》，民國六十八年十月國防部史政編譯局出版《古寧頭大捷三十週年紀念特刊》頁六四。

只是軍帽上的「國徽」摘上摘下，身上穿的還是國軍那一套。

十月二十二日，郊雲秀跟著部隊從福建的福清縣來到金門對岸的大嶝島，只知道有重要的任務要幹，卻不知要去那裡？一直到二十五日凌晨坐上木船，才知道要渡海打金門！

郊雲秀回憶說，當時他已下定投誠的決心，在安歧附近的「東一點紅」據點上岸以後，只見雙方打得火熱，……負責扛六〇砲戰的郊雲秀約莫到了上午八、九點時，終於找到機會向國軍六十八師投降，馬上又被編入國軍中，任務是扛輕機槍的彈藥箱，跟著機槍士往古寧頭「北山洋樓」據點挺進。[10]

郊雲秀的故事讓我們了解，古寧頭來犯的共軍有一些原來就是國軍，俘虜中也有不少又加入國軍。

---

[10] 見《中國時報》民國八十七年十月二十三日離島新聞版。
先正補述：郊雲秀說他向六十八師投誠，然民國三十八年並無六十八師，但有一一八師和一八師，正想赴養老院請教郊老先生，卻不幸聽聞郊老先生已在民國九十二年十一月八日往生，謹此表示哀悼！

古寧血戰　哀矜勿喜

長輩辛酸烈士血淚

余生也晚，古寧頭戰役之後五年，才降臨人世。但關於這次戰爭的軼事，常聽父老提起，母親和二嬸的娘家都在南山，戰役甫結束，兩人懸念親人安危，不聽公婆勸阻，結伴出門循著湖尾小路，經安岐、沙崗、林厝、北山回家探親，途中偶見尚未掩埋的屍體，傷痕累累、血肉模糊，兩個弱婦嚇得直哆嗦，臉色慘白，腿軟無力，踉蹌回到娘家。

親友餘悸猶存，說三姨丈擔任甲長，被迫看顧海口，休息時想回家探視妻兒，被人射殺。三舅擔任南山保長，不懂國語，兵來需索，窮於應付，家中物品搬吃一空，無路可走，每天坐困愁城。戰後，又被檢舉戰前涉入疑案，嚴刑拷打，元氣大傷，後來判決無罪，但終生籠罩白色恐怖。

父親時任金盤區保幹事，說兵團進駐金門之後，地方各級機關負擔之軍差日繁，尤其隨時要陪同部隊檢查戶口，預防共諜潛伏，部隊徵用木材，甚至搬取外門門板與派壯丁，業主和當事人抗拒，軍民衝突不斷，當時長官常勉民眾：「破產保產，拚命保命。」全民備戰，公職人員隨時待命。戰時搬彈藥、抬傷患；戰後與區公所人員及壯丁清理戰場，野地遺體殘缺不全，被草草棄

置於溝渠或荒野中，腐化不能移動者乃就地埋葬，當時無衛生配備，屍味難聞，只用萬金油擦在毛巾上聊當口罩，工作辛苦，膽子較小的工作人員，夜裡噩夢連連。

母親說戰前有很多軍人駐守在村子裡，借住祖厝大廳當作連部，戰士都很年輕，有的待人客氣，大嫂大嫂叫個不停，但出去作戰之後，部隊只剩一半回來，據說陣亡者有的被敵人所傷，有的被友軍誤傷。我查考戰史，觀《李樹蘭將軍紀念集》有其所著〈古寧頭戰役實況說明〉，得知國軍機動部隊一一八師〔師長李樹蘭〕的三五四團〔團長林書嶠〕以後半山（后盤山）為駐地，村中高地也曾為師指揮部。戰後檢討會，二二兵團司令李良榮推一一八師為首功，因該師為機動打擊部隊，傷亡多，俘虜也多，但胡璉婉拒，把首功第一讓給二〇一師；十二兵團參謀長楊維翰向李樹蘭道賀，李說「仗是部下打的，我不願居功。所遺憾的，是友軍協調聯絡不夠，使我軍傷亡增多，……。」

戰爭無情和平有待

李師長的話，引發了我的好奇，之後收集金門戰史文獻，得知古寧頭大戰，我軍雖然戰勝，但軍人死傷高達三千兩百五十一員（此據田興柱《金門戰役——古寧頭大捷五十周年紀念專輯》所寫），兩軍廝殺，狀況必然慘烈，但有些卻是我軍自相誤傷，當年參戰老兵沐巨樑說他親聞十八師尹俊師長說：「你們戰車真利害，三分鐘，我一個營打得只剩幾十個人……。」（見沐巨樑歐陽濟撰述《金門大捷戰鬥經過寫真》）

民國六十四年國防部史政局出版《金門保衛戰》，第七章檢討國軍缺點，其中之一即指出步、戰、砲協同不夠，陸、空連絡

欠佳，步兵多有被砲火及戰車火力誤傷者。第一線部隊運用布板不當，且多有未攜帶鋪設，以致誤遭空軍炸射者。

至於共軍來犯及投降和陣亡人數，也耐人尋思，民國四十六年國防部史政處編印《金門戰役》一書，寫共軍傷亡七千六百五十九人，被俘七千三百四十一人，合計有一萬五千人來犯。民國六十四年國防部史政編譯局出版的《金門保衛戰》說共軍登陸金門約一萬零四十四人，其中被國軍生俘者約六千餘人，由此推斷共軍陣亡人數約為四千餘人。

中共徐焰於一九九二年所著《金門之戰》則寫道：「金門戰鬥、解放軍共損失兩批登島部隊三個團另四個連，總共九千零八十六人（其中軍人八千七百三十六人，船工民夫三百五十人）。據說有三千人被俘，據此推算其餘五千多人已犧牲。」

徐焰轉述俘虜有三千人，而我方則宣稱俘抓共軍四千、七千多人不等，但據田興柱查考《中華民國三十八年年鑑》說該年鑑記載如下：「民國三十八年十月三十一日，匪軍俘虜三千七百一十九人，由「啟興」「海黔」兩輪運抵基隆，其中營長六人，連長五人，指導員一人。」（引自田興柱民國八十八年《金門戰役——古寧頭大捷五十周年紀念專輯》）

此數字與徐焰所言吻合，但我方當年記載俘虜，為何高達七千多人，當年（三十八）服務於青年二〇一師的田興柱說：「有的共軍是原來國軍士兵，因為是自己人，沒有當俘虜處理。還有一種情形，在作戰中不願替共軍當砲灰，掉頭協助國軍作戰，也沒有把他當俘虜後送。」

另有類似見聞的，如當年十八師五四團的文立徽團長，其屬下第二營突入西一點紅陣地時，曾發現我十一師之三一團在大嶝作戰被俘士兵十餘人，（據稱係昨夜增援前來），倒戈向敵，助

我攻擊。（見文立徽《金門古寧頭大捷作戰之追述》，民國六十八年國防部史政編譯局出版《古寧頭大捷三十週年紀念特刊》）

當年一一八師三五三團的林子山營長說：「其實當時這些敵兵，有的是我們在大陸上國軍部隊的弟兄，大陸撤退時被共匪俘獲過去的，現在又回到國軍的懷抱中來了，由於本來都是自己弟兄，所以，我們就把他們帶回來，用他們來把各單位的缺員都補齊，補齊之後剩下的，才交到上面，大約是六千多人；以後上面又把這六千多人調撥給第五軍，後來的六八師和六九師裡，有很多也是這些人補過去的。」（見林子山《〈金門古寧頭一戰定江山〉，民國六十八年國防部史政編譯局出版《古寧頭大捷三十週年紀念特刊》）

二○○一年在香港出版《血祭金門》的上海師大洪小夏教授說，一九八七年台灣開放老兵回大陸探親，中共才知有許多人當年並未陣亡，曾加入國軍。書中又說解放軍有百分之六十以上是「解放戰士」：國軍降共，尤其中共一○兵團進軍福建，福州、漳州、廈門，連打勝仗，俘虜特多，補充也特多，有的攻金解放軍的軍齡僅僅一周。

看到這些戰史文獻，令人感慨萬千，國軍共軍同是中國人，但在毛、蔣兩氏主導的拚鬥下，人民被迫選邊站，兄弟骨肉自相殘殺，真是痛苦又可悲。

古寧頭戰役就中共來說是慘痛的教訓，中共記取教訓，日後做好各項準備，於一九五○年五月一日解放了海南島。但當年風雨飄搖的國民政府藉著金門大捷，鼓舞民心士氣，穩住陣腳，以金、馬屏障台、澎，努力圖強。加上韓戰爆發，美國國際政策改變，美國軍隊正式介入台海，美援滾滾而來，國府勵精圖治，歷經六十年的軍民團結合作，民主富庶自由的中國已成為中華民族

的目標，如今兩岸和解，金廈小三通，進而大三通，以台商建設大中國，兩岸合作，共創雙贏，希望戰爭遠離，讓金門成為永遠的和平之島。

（刊於《金門日報》九十八年十一月一日副刊）

金門和平園區之地面導引圖

和平園區之和平牆

胡璉與高魁元

　　胡璉與高魁元皆是一代名將，前些日子胡璉將軍的青天白日勳章被盜事件，登上國內要聞，幸好及時尋獲，送還金門，政府應會記取教訓，做好防盜措施。高魁元上將於今年五月七日因多重器官衰竭辭世，他是國軍最長壽的四星一級上將，享壽一百零五歲。六月二十二日則是胡璉將軍逝世紀念日，兩位將軍與金門關係深厚，同為一九〇七年出生，也同為黃埔四期畢業。兩人是好友，也有長官部屬關係。兩人對金門都有卓越貢獻，胡璉兩任金門司令官，高魁元在金門大捷任十八軍軍長，是反擊部隊的總指揮官，之後受到重用，累升至國防部長。將軍們都努力建設金門，但兩位將軍的仕途起伏境遇有些微不同。

　　民國十五年，兩人於軍校畢業，胡璉投入北伐戰爭，高魁元任革命軍總司令部獨立憲兵團第二連連長。以下列舉二人歷年擔任重要軍職及階級。

　　民國二十二年，胡璉任第十八軍特務上校團長，因所部勇敢善戰，蔣委員長特令晉升為第六十六團少將團長（先正補述：後來因有人反對，未升少將）。高魁元同年任第八十團中校團附，隔年升第五五九團上校團長。二十六年胡璉升六十七師少將旅長，二十八年胡璉升任十一師副師長，高魁元調九十九師少將副師長。二十九年高魁元升為師長。三十年胡璉調任預九師師長。三十二年，胡璉因石牌戰役，獲青天白日勳章，並升任第

十八軍少將副軍長。隔年奉調蔣中正侍從室任參軍，再任十八軍中將軍長。此時高魁元任十八軍附員，隔年抗戰勝利任一一八師師長。

民國三十七年，胡璉任十二兵團中將副司令，高魁元先後出任國防部部員、整編第十八軍副軍長、第十二兵團高參，三十八年胡璉任第二編練司令部司令，原自兼任十八軍軍長，再任十二兵團司令，接任福建省主席兼金防部司令官。高魁元於同年四月調十八軍軍長，金門戰役時高將軍指揮守軍殲敵，十二月任十二兵團副司令，隔年二月任金防部副司令官，兼十八軍中將軍長。

民國三十九年，蔣經國任國防部總政治部中將主任。四十年一月高魁元任九十六軍軍長，十月調四十五軍軍長。四十一年胡璉所部突擊南日島大捷，胡領上將銜（佔缺）。四十三年胡璉任陸軍第一軍團司令。四十四年高魁元任陸軍政治部主任，四十六年調陸軍副總司令。同年胡璉復任金防部司令官，並晉升二級上將。

四十七年蔣經國任行政院政務委員，八二三砲戰後，胡璉調陸軍副總司令，高魁元於八月調陸軍預訓部司令，十一月調陸軍第二軍團司令。民國四十九年蔣經國晉升二級上將，五十年高魁元任國防部總政治部主任，晉升二級上將。

民國五十二年蔣經國任國防部副部長，民國五十三年胡璉出使越南（八年），五十四年三月陳誠副總統病逝，蔣經國任國防部長，高魁元調任陸軍總司令。五十六年高魁元任國防部參謀總長晉升一級上將。五十九年高魁元任總統府參軍長。六十一年蔣經國任行政院長，胡璉歸國辭大使職務，任總統府戰略顧問晉升一級上將。六十二年高魁元任國防部部長，七十年辭職獲准，奉頒青天白日勛章，任總統府戰略顧問。

由前述可知，兩位將軍戎馬一生，作戰備戰，屢建大功，最後都晉升到一級上將四顆星的軍階，但高魁元比胡璉早升五年；至於軍人的最高榮耀──青天白日勳章，胡璉比高魁元早三十八年就獲得了。

至於兩人在戰場表現及境遇，早期及中期，胡璉擔任主官居多，從北伐戰爭打到湖北石牌之戰，因戰功獲青天白日勳章，之後奉調蔣中正侍從室任參軍。民國三十三年，胡璉與高魁元皆三十七歲，胡璉任十八軍中將軍長，高魁元先前任少將師長，時任十八軍少將附員。

民國三十八年金門大捷，此役發生時金門最高長官是湯恩伯上將，戰地指揮官第一階段是二十二兵團司令李良榮中將，指揮反擊作戰是高魁元少將軍長；第二階段戰地指揮官是十二兵團司令胡璉中將。之後胡璉在南日島大捷有戰功，國防部讓他領上將銜，但這只是佔缺，並未實授。直到四十六年，為了鼓勵他回任金防部司令官，派參謀總長王叔銘上將來金門佈達授階，升他為上將。

高魁元於三十九年二月，升任金門防衛部副司令官兼十八軍中將軍長。之後調任其他軍之軍長及要職，高魁元任陸軍副總司令比胡璉還早一年。民國四十七年八二三砲戰後，胡璉回台調任陸軍副總司令，並赴德國治療眼疾。回國之後，仍是擔任陸軍上將副總司令。中央研究院近史所曾於民國八十年出版《劉安祺先生訪問紀錄》一書，引述劉安祺任陸軍總司令的侍從參謀丁奇言，說胡璉與劉玉章將軍，在羅列任陸軍總司令時是不上班的，但在劉安祺接任陸軍總司令後，丁奇聽到兩人一起來向劉安祺報告說：「以後我們要按時來上下班。」（劉安祺是黃埔軍校三期，胡璉、劉玉章、羅列皆黃埔軍校四期）

高魁元受蔣氏父子提拔重用，四十七年八月任陸軍預訓部司令，十一月調陸軍第二軍團司令，五十年任國防部總政治部主任，晉升二級上將。五十四年調任陸軍總司令，五十六年任國防部參謀總長晉升一級上將，五十九年任總統府參軍長，六十二年任國防部部長（做了八年），可謂一路順風、屢受重用。

中共人民出版社曾於一九九四年出版《回顧金門登陸戰》一書，書中附錄四〈金門作戰蔣軍主要人物簡介〉說高魁元對蔣經國「畢恭畢敬」，說胡璉「長期追隨陳誠」，這似乎對兩人後期的仕途不同做了簡要說明。

（刊於《金門日報》一〇一年六月二十七日副刊）

胡璉與李光前

　　胡璉，原名從祿，又名俊儒，字伯玉，陝西華縣人，民國前五年夏曆十月十一日出生。早歲投身軍旅，奮志革命，民國十五年畢業於黃埔軍校第四期。十六年，任國民革命軍第二十師上尉連長，曾參加北伐戰役。二十一年，因膽量過人，善於統御，被擢升為營長。廿二年，升任十八軍（軍長陳誠）特務團團長，八月升任第十一師第六十六團團長，曾任江西剿共。

　　二十四年五月，國民政府任為陸軍步兵中校。後晉升上校。二十六年八月，淞滬之役爆發，時駐紮彬縣，率部馳援，攻克羅店；十月升任第六十七師步兵第一一九旅旅長。其後升任第十一師副師長。三十年三月，升任第七十軍第九預備師師長。三十一年，調任陸軍第十一師師長，與第十八師（師長羅廣文）、第一九九師（師長宋瑞珂）皆隸屬於第十八軍（軍長方天）。

　　三十二年五月，擊敗日軍于西石牌，獲得大捷；十月，獲青天白日勳章；調升第十八軍副軍長；旋調軍事委員會委員長侍從參謀。三十三年八月，升任第十八軍第七任軍長（前任軍長依次為陳誠、羅卓英、黃維、彭善、方天、羅廣文），其時年僅三十七歲。三十四年，與日軍戰於湘西；六月，晉任中將；八月，日本投降；十月，獲忠勤勳章及四等寶鼎勳章。三十五年八月，部隊改稱整編第十一師，仍任師長；十月，擊敗共軍劉伯承于鉅野。

三十六年七月，擊敗共軍陳毅部於南麻；九月，擊敗共軍于曹縣，獲三等雲麾勳章；秋，升任整編第十八軍軍長。三十七年秋，整編第十八軍擴編為第十二兵團，九月任中將副司令官（兵團司令官黃維）；十月，丁父憂，養病於滬濱；徐蚌會戰爆發，第十二兵團自平漢路東開馳援徐州，於途中被共軍圍困於雙堆集；十二月，乘飛機抵達被圍之地，軍心為之一振，後奉命突圍，於登上戰車突圍時，背部中彈負傷，以機智勇決，幸獲脫險，十八軍騎兵團適時前來接應，護送就醫。

三十八年二月，任第二編練司令部司令官，五月，恢復第十二兵團番號，仍任司令官，率部平定閩西及粵東叛軍；九月，集結潮汕，再度整編，十月，所部第六十七軍（軍長劉廉一）援舟山，第十八軍（軍長高魁元）、第十九軍（軍長劉雲瀚）於途中改赴金門，二十五日，共軍犯金門，第十二兵團與第二十二兵團（司令官李良榮）併力擊敗共軍，造成古寧頭大捷；戰後任金門防衛司令官；十一月，第六十七軍與第八十七軍（軍長朱致一）第二二一師（師長吳淵明）併力擊敗進犯登步島之共軍。十二月，兼任福建省政府委員及省主席。後又兼任福建游擊總指揮。四十年底，改兼福建反共救國軍總指揮。

四十一年十月，所部突擊南日島，因功加陸軍上將銜；同月，當選中國國民黨第七屆中央委員。四十二年七月，所部突擊東山島。四十三年六月，任陸軍第一軍團司令，奉調回台，金門防衛司令官由劉玉章繼任，福建省主席由戴仲玉繼任。四十六年七月，復任金門防衛司令官，並兼任金門戰地政務委員會主任委員；同月，晉升陸軍二級上將；十月，連任第八屆中央委員。四十七年八月，「八二三」之役爆發，力挫共軍進犯企圖，後調升陸軍副總司令。

五十二年十一月，連任第九屆中央委員。五十三年十一月，任駐越南大使。五十八年四月，連任第十屆中央委員。六十一年十一月，患病留醫免駐越南大使，出任總統府戰略顧問；同月，晉升陸軍一級上將。六十三年秋，入國立臺灣大學歷史研究所，專攻宋史以及中國現代史。其著作已問世者有《泛述古寧頭之戰》、《金門憶舊》、《越南見聞》（伯公逝世後由中央日報易名《出使越南記》，連載後刊印單行本。）六十五年十一月，連任第十一屆中央委員。六十六年六月廿二日，病逝臺北，噩耗傳出，朝野震悼。家屬遵奉遺囑，火化忠骸，安葬於金門水頭灣外之海底；九月，總統明令褒揚。

　　胡璉一生行誼有四忠流傳後世，這些事蹟在國共兩方的有關著作都有記載，例如：中共「和平與發展研究中心研究員」沈衛平所寫《8‧23炮擊金門》書中即寫道：「民國三十七年，第十二兵團被困雙堆集，形勢危殆。胡璉毅然搭乘小飛機降於陣地，誓與兵團共存亡，此可謂『忠不避險』」。

　　翌年一月，胡璉療傷於上海，接華中剿總最高長官白崇禧函，請其出任他之兵團司令。胡伯玉不理不覆，心想：黃埔子弟，豈能投靠桂系！此可謂「忠不事二」。

　　撤退前夕，接到降共將領（吳奇偉）來電，力勸胡璉向共軍投降。伯公當下即覆電：「蒼髯老賊，皓首匹夫，降匪媚仇，廉恥何在？」此可謂「忠不易節」。

　　民國六十六年，胡璉病逝，生前遺言：「予屍化灰，海葬大小金門間，魂依莒光樓。」如今，戰地軍民只要來到伯玉亭，便可真切感受到伯公的忠魂仍在冥冥中對眾人施以諄諄的教化，此可謂「忠以死鑒」。

　　伯公在金門遺澤深厚，金門各界悼念之餘，積極計畫為他建

立紀念館和銅像，呈報後，在蔣經國院長的指示下，莒光湖畔設有「伯玉亭」，中央公路改名「伯玉路」，太武山舊司令官辦公處設「胡伯玉紀念館」，山腳小徑伯玉路頭設立伯公銅像。

胡將軍的才華是多方面的，他在金門的戰場經營、政治設施、經濟建設、交通開闢、文教振興，可說是深謀遠慮、影響深遠，他是一位練兵，帶兵、用兵的全才，戰功赫赫，然因與老長官陳誠副總統關係太密切，又無意投靠他人，在軍中只幹到陸軍副總司令。但日後破格晉升陸軍一級上將，足見當局對他的重視與殊遇。

民國三十八年十月至民國四十三年六月，民國四十六年七月至民國四十七年十一月，胡伯公兩度以「金防部司令官」統領金門黨、政、軍務，把金門建成反攻大陸的前進基地。他曾計畫以二十萬大軍攻下四面接山的漳、泉盆地，鞏固年餘，再一舉出擊拿下整個福建，威脅贛、浙，完成二次北伐中原的雄圖。他在金門為了提升士氣，安葬了陣亡將士，建造了英雄館式的莒光樓，豎立起無名英雄像，以「毋忘在莒」的訓示為中心，把金門同時也塑造成一座精神堡壘。

但胡伯玉的高明處，不僅如此，他能武能文，所寫文章一如其人，有一股雄奇之氣。我們讀其書，如《金門憶舊》，可知他一生忠於國家，忠於主義，忠於領袖，忠於職責，敬事長官，愛護部屬，善待朋友。志行高潔，氣魄雄渾，規模宏遠，學識淵博。

名詩人謝輝煌寫〈團長的血，司令官的淚——留金歲月瑣憶〉（刊於《浯江副刊》九十一年十月卅一日），說他重讀胡將軍〈悼李光前團長〉，「讀到『回首前塵，都成煙霧，人非木石，殊難免嗚咽悲哽臨風飲泣也。』頓覺眼前一片血淚。」可見伯公此文感人之深。附錄於後，藉此向胡伯玉將軍表示無上崇敬。

〈悼李光前團長〉　　　　　　　　　胡伯玉

　　金門戰役中，我十四師四十二團團長李光前，也和我們許多成仁取義的官兵一樣；為黨國盡了大節！凡是識與不識的人，都非常惋惜，匪焰方張，良將遽喪，予身為主帥，哀情尤甚！

　　民國三十一年秋涼九月，我軍戍守宜昌三斗坪，予任十一師師長，一日薄暮，兩個英俊少年，攜介紹書謁予，得悉原在空軍警衛團任連長，由昆明來鄂投效，一為金少石，一即李光前，當詢以何故捨繁華就艱苦，答謂：「少年久逸不祥，願得一嚴整而富正氣的革命軍隊，冀能上進，免染時習，刻苦耐勞，衝鋒陷陣，乃男兒事業，固樂為之」。予聆其言，深感季世猶有賢哲，令石去三十三團任七連連長，留李任師部上尉參謀，此李光前來歸我軍之始，動機的純潔，胸懷的磊落，在予的腦海中留下深刻記憶。

　　血性男兒，坦直丈夫，在人類生活中，確實是無價瑰寶，任何人都會對他發生愛護和崇敬，李光前便是這一型人物，八年冗長歲月，他的職務雖多更變，可是無論上官同僚部曲對他的評論，異口同聲都是稱讚，因此在軍隊中就起了模範作用，上進的人有了準繩，差池的人有了警惕，這種道德向心力和道義裁判力的形成，使我軍永遠保持著一股正氣和朝氣，現在李光前戰死沙場，固然他的精神仍將照耀我將校們的心靈，但是模範主流的喪失，使人不能不有哲人日已遠之感念！

在予治軍的經驗中，總覺得青年將校的威嚴太甚，溫情太少，使部曲每受軍營冰冷生活之痛，屢經告誡，收效極微，常以為憾，三十六年七月南麻大戰之後，李光前和予不期而遇於傷患醫院，其時他任營長，予目睹彼對其傷患官兵溫慰備至，而態度的熱誠親切，尤為難能可貴，予念青年將校而能如此，異日必為名將，予固欣幸予部曲中能有名將之產生！今者李團長殺身殉國，天妒名將，不令長留人間，予至悲愴，然予又知其部曲之悲愴過予十百倍也！

　　徐蚌之敗，我將校陷匪者眾，四月之後李光前脫險歸來，沉默寡言，不怨不尤，其知恥圖雪之情，與劉次傑、段昌義相同，予固知其內心之痛苦與積恚！將放於疆場相見之時，擢為團長，所以順使其勢，初不料其勇難勒，竟至身殉也！壯士臨陣，以死博勝，成仁成功，都在意中，戰死馬前本不足介，然一念及英勇之成綿約之材與氣吞四海之志，終不能見大漢旌旗重返故都，予實不能自己而悽然淚落！

　　國民革命的事業，乃一偉大莊嚴的神聖事業，其成就的基礎，本是建築在碧血丹忱之上，沒有奮身捨命的志士，就難有輝耀燦爛的成績，參加國民革命工作的人們，原也是以死難為歸宿，以犧牲為志事，因此予對李光前團長的壯烈成仁，在公誼固然認為求仁得仁應無憾。然在私情則八年袍澤，情同骨肉，魂歸地府，相見無日，回首前塵，都成煙霧，人非木石，殊難免嗚咽悲哽臨風飲泣也！

今當李光前團長死國二週月之後，除為文如上外，謹以虔誠默禱之曰：「孔曰成仁，孟云取義，惟其仁至，所以義盡，讀聖賢書，所學何事，而今而後，庶幾無愧」。

〈悼李光前團長〉一文，胡伯玉作於民國三十八年，文末引述文天祥之衣帶贊：「孔曰成仁，……庶幾無愧。」三年後，胡伯玉為陣亡、公亡將士築墓，墓成，胡將軍深思以為「士氣是軍隊存亡的關鍵」，於是又修建「無愧亭」，亭中即以石碑鐫刻文天祥之衣帶贊，及國父遺著「軍人精神教育」中之一段文字。設亭地點及命亭意義，實甚深遠，除表明已故將士之哀榮，對屯戍官兵及往來行人，亦有精神啟示。

（刊於《金門日報》九十二年十月二十三日副刊）

李光前將軍之塑像

李光前團長殉國於此之石碑

向老兵致敬、致謝
——金門人談金門

　　金門是我的家鄉，舊名「浯洲」，又名「仙洲」，「仙洲」之名，以太武別名仙山而得。世人又常以「世外桃源」稱之，因晉代中原多變故，先民在金門復國墩與金龜山及浦邊等處見貝塚遺址之研究，島上有居民，殆在六千多出前。

　　明、清兩代，金門成為海疆重鎮，鄭成功曾以此為反清復明之基地，民國三十八年起，歷經古寧頭大捷、九三砲戰、八二三砲戰等多次戰役，金門躍為反共聖地。

　　八二三砲戰那年，我尚屬幼童，記憶中，開戰後到處是一片戰火硝煙。不久島上居民老弱婦孺奉命撤退轉往臺灣，學生寄讀各縣市，公務員及壯丁則留下與國軍並肩作戰，同仇敵愾，準備與共軍做決一死戰。

　　四十七年八月二十三日，中共砲擊轟金門，以至於一九七八年美共建交，砲擊停止，在這小小島嶼，前後共承受近百萬發砲彈，鐵犁般的翻動了整個金門的胸膛，使金門成為馳名中外的戰場。

　　自開戰首日下午六時三十分起，中共在短短的兩個小時內，對面積僅一七八平方公里的金門島群，發射了四萬七千餘發砲彈，毛澤東滿以為此舉可癱瘓金門指揮系統，摧毀我防衛工事。中共在八月廿四日宣稱：「金門死傷總數在三萬六千人以上。」

其實，我軍傷亡固然不免，但與中共所稱數目相差甚遠，然筆者日後翻閱史冊，印象較深的是當日有兩位將軍中彈殉國，此即吉星文與趙家驤將軍。

吉星文將軍乃抗日名將，民國二十六年率軍守護盧溝橋，英勇聞名全國，但八二三的砲火炸死了當年的吉團長。趙家驤將軍是著名儒將，據聞，趙將軍原可逃過一劫，當日共軍砲彈突襲，他如急速返身避入防空洞內，應可無事，但他基於責任心，仍向指揮所走去，不幸遇難，遂竟其少年時代戍邊捐軀之壯志。

八二三戰役其實不僅是砲戰，作戰行動早在當年七月二十九日南澳空戰時即已展開，此戰役從空戰開打到十月二十五日進入「單打雙停」的局面，我前線軍民一體，無論是反砲擊、空投或船艦運補、搶灘卸貨、船強防禦工事，都能圓滿達成任務。尤其，有很多竭智盡忠、浴血奮戰的官兵，皆成了英雄，所以，有人又稱金門為英雄島。

黃金四十年

民國四十七年八二三砲戰，至今已有四十年。四十年來，金門如浴火鳳凰，踔厲奮發，無時無刻不在進步之中，雖然飽受戰火洗禮，但金門在戰爭的考驗中，愈挫愈奮，每經歷一次蛻變，就向前邁進一大步。

金門原本林木茂密，遍野蓊鬱，此可從以往挖煤、掘塘發現大樹之殘株遺根，獲得佐證。然因歷代肆意砍伐，如元代伐木燒鹽，明代鄭成功砍木造船，清代焚木燒城，使得金門從昔日的樹海成為童山濯濯之荒島。

民國三十九年，先總統蔣公第一次觀兵前線，在風沙滿天中

檢查裝備，於是指示：「金門應即栽樹蓄水。」司令官胡璉將軍遵令積極提倡「綠化金門」。之後，成立之金門縣林務所，專司造林工作，經過四十多年，在全體軍民共同努力，獲得目前豐碩的成果。今日遊客驅車行走於「綠色隧道」，一路清涼，心曠神怡。

談到道路，不可不知「伯玉路」和「玉章路」，伯玉路原名中央公路，亦是胡璉將軍提倡舖設，開發修築時，官兵們以酒瓶擊土使平；由太武山肩石而來，以石擊石代替以後的碎石機；挖高墊低，都用肩挑，因無堆土機。那種苦況非現代人所能想像。中央公路完成後的第一好處是路不揚灰，行樹碧綠。第二受益是節省汽油，車輛損壞減少。另一個難以估計價值是八二三砲戰時，我軍在敵人砲火下將巨砲搶灘登陸時，最初是寸步難移，必須以鋼板墊沙而行，但一到水泥路上，砲車躍進，迅速加入戰鬥，並變換砲陣地，欺敵且有效壓制對方，使敵砲毀人亡。

「玉章路」則為劉玉章將軍所主持建築，他將水泥公路由山腳登上了高山，再越山頂而到陽宅平地。最高統帥特別指示樹立「玉章路」的牌坊，來表彰劉將軍之功勞。此後，歷任司令官也都很重視築路，此不單是經營戰場，也是民生建設，使金門昔日「蒙塵」的面容，成為明媚的清淨脫俗。

除了種樹與築路，守軍更在戰備之餘，積極從事各項建設，因為，自四十五年起，金門與馬祖分別成立戰地政務委員會，防衛部司令官兼政委會主任委員，在很多英明的長官精心擘劃及領導下，戰地軍民的生活，可說是安和樂利，豐衣足食，教育方面也有長足的進步。

軍民一心共促繁榮

民國三十五年，全金門有二十餘所私立小學，但此後因兵荒馬亂，很多校舍被佔用或建材被拆移作工事，學校有名無實。四十六年胡璉將軍第二度來金總綰軍政，鼓勵各地駐軍興建國小校舍，為了紀念，也為了鼓勵，胡將軍以各地部隊長之名為學校命名，此即今日「柏村國小」「多年國小」「安瀾國小」「開瑄國小」之由來。

至於金門中學，金門中學校址所在地，原係日據時代日人海軍司令部，抗戰勝利後，有鄉賢薛崇武等人在此辦金中中學，但僅辦初中，胡璉將軍於四十年秋，令私立金中與金東兩中學，合併為省立金門中學，高初中均有，設備及教員部分由軍隊支助。四十七「八二三砲戰」，校舍多處被毀，為顧及學生學業與安全，全校學生九百二十一人遷台，分別借讀於台灣之省中。借讀期間，一切食宿，由政府協助解決，清寒者由政府給予公費待遇。

四十九年春，金門日趨安定繁榮，九月金門中學復校，之後除設初中、高中，並曾附設特師科、漁撈科、農藝科。五十六年起停辦初中，五十七年增建國民實用技藝訓練中心，六十四年職業科連同附設技藝訓練中心遷往金湖成立高職部，七十年高職部增科獨立設校。七十三年省立金中奉命改制為「國立金門高級中學」。

金門高級中學培養人才甚多，現今金門各界名人均為該校校友。如國策顧問吳金贊、省主席顏忠誠、國大代表楊肅元、李炷烽、立法委員陳清寶、縣長陳水在、金門國家公園處處李養盛，及各高中職、國中小校長幾乎都是。

胡璉將軍當年主持興辦金門中學,為了使中正堂氣象壯闊,雄峙虎踞以臨大陸,把地點選定在高岡上。為防金門冬天北風強烈,建築擋風圍牆,胡將軍身先士卒搬運石塊的身教,早期校友至今仍津津樂道。

民國五十三年,金城國民中學成立,這是台澎金馬最早實施九年國民教育的學校。次年又設立金湖、金沙、金寧、烈嶼等國中,此五所國中,除極少數招商承建外,大部分由兵工協建,厥功至偉。

民國八十一年,行政院郝柏村院長來金視察,特別指示:「由中央傾力支援加強金門地區各項軟硬體教育設施,建設金門為全國國教示範區,以金門特有淳樸善良民風為師,扭轉時下社會諸多亂象。」在縣府成立專案規劃小組,邀集有關人員勘察規劃,實施以來,金門的國民中小學教育已有嶄新面貌,長官的德意,學子受惠,影響深遠。

國軍在金門,除了種樹築路與辦教育有傑出成效外,並從事各項實業建設,例如:完成料羅港碼頭、興建尚義機場,開發水資源:挖築太湖、慈湖、榮湖、蘭湖、莒光湖、陵水湖、田浦水庫,並養殖水產,為金門農漁發展奠定宏基。

今日觀光客來金參訪的景點,如莒光樓、古崗樓、延平郡王祠、忠列祠、魯王新墓、古寧頭戰史館、八二三戰史館、擎天廳、迎賓館、花崗石醫院等,也是工兵所構建開鑿。

展望未來感謝與期待

民國七十六年,政府宣布解除戒嚴,開放黨禁與報禁,開放大陸探親,一連串的開放,金門也受到衝擊,先是開放遠東航空

公司行駛北金航線，再來台金長途電話也開放，至今，台金之間的交通，堪稱便利快捷舒適。

縣長陳水在在先生秉持「我的家鄉我的家，萬事莫如建設急」的政治理念，積極推動各項縣政建設，以「跨越轉型期、開創新金門」為努力的目標，他說：「發展觀光事業是金門未來充滿希望的一個理想和目標。我們可藉以帶動地區各行各業繁榮興盛，提升教育學術水準，促進交通建設、開發水源及電力，加強各項社會福利、活絡金酒產銷市場豐裕縣庫，進而提供全縣建設的資金來源。」

走過烽火歲月的金門，歷經四十年的軍管，在管制的同時，國軍除了建設金門之外，也很有效率的保存了一些人文史蹟和動植物景觀，金門雖是小島，但自然景觀幽雅、生物特殊，鳥類分佈密集而品種繁雜，史蹟文物亦冠閩台，戰史地位，更為突出。

金門的史蹟甚多，斑駁的陳跡，是過往曾經輝煌的見證，島上隨處可見名宦故居、欽旌牌坊、宏偉古墓、肅穆宗祠、壯麗廟宇。至於戰役遺蹟及戰備工事亦星羅密布，日後若能全面開放參觀，不但可供民眾認識國防，亦可增強心防。金門國家公園李養盛處長表示竭誠歡迎國內外各界人士來金參觀，他說：「金門可看的地方不少，如日落日出，景致相當精彩；一石一村，如有技巧的解說，都有非常動人的故事。」

（刊於《勝利之光》八十七年八月，
係應友人周玉山教授推薦所寫）

左起胡璉長子胡之光、王先正、郝柏村（任行政院長時對金門國教貢獻卓著）

李炷烽縣長吳成典立委與戴華、郝柏村、許歷農、胡之光等貴賓一起主持開幕式

寫傳
訪僑

《續修金門縣志》
〈卷十二人物志序〉

　　民國首任金門縣知事左樹燮曾言：「金邑太武山脈，由鴻漸渡海，磅礡盤結，實關千古未有之奇，故宏才碩學，經濟氣節，輩出於明隆、萬、啟、禎間。降至前清中葉，而蹇節鉞，膺五等，復以武功焜耀史冊，即近代稍見消歇，然經商海外，亦能各自樹立，與陶朱、猗頓爭雄。」由此可知金門人才繁盛，地靈人傑，自古有之。

　　此次續修金門縣志，乃銜接民國七十七年增修，八十一年印行之金門縣志，所輯人物以近二十年往生之本籍金門及對金門有貢獻之各方人士為主，如果舊志有遺漏，在此一併補記。

　　人物志之撰述委員，民國八十九年曾由許維民主事，許維權、陳為學、李瓊芳、黃逸歆、洪春柳輔之，各委員皆金門文史俊彥，嫻熟人物傳記之撰寫，當年續修金門縣志編修委員會召開，曾請與會人士就人物志可立傳者寫出若干人名，彙整由撰述委員多次開會討論名單，轉承辦單位初核，再由總編修召集有關人員共同會商決定，最後選出六十六名，人物區分成：政治、教育、體育、醫衛、華僑、宗教、軍警、工商、文學、藝術、人瑞、其他等十二大類，由六位撰述委員平分撰寫，初稿撰就存放縣府，已寫人物約有五十四名，然傳主仍在世者佔大多數。

　　九十六年編纂會召開，會中議決生人不入傳，初稿傳主已逝

者如：呂水草、莊天炮、林克凱、李怡琛、黃成匣、李仁義、林德甫、歐陽毓章、顏天淵、葉華成、蔡金皮、蘇華鐸、郭堯齡、楊成榮等篇留用。許維民因公事繁忙堅辭主撰，改聘王先正任職，先正秉持繼往開來之原則，續請前述委員撰寫，並歡迎各界推薦可立傳之人選，於編纂會議提出討論，商洽各方賢達撰述，新加入之撰稿者有李仕德、張火木、許丕華、陳榮泰、盧如雪、楊延文、王建成、王振漢、倪國炎、張建騰、呂媽定、洪雪卿、李雯等教授、記者、名筆。

綜觀歷年之金門縣志，民國十一年成書之《金門縣志》列有職官表、選舉表、名宦傳、列傳、列女傳。四十七年定稿四十八年印行之《新金門志》有人物志，志分二篇，第一篇表，表再分：明以前、明、清、中華民國等職官表及科舉表，第二篇列傳再細分：職官、流寓、隱逸、忠烈、孝友、義行、循績、文學、武功、仙釋方技、婦女等列傳。六十六年重修六十八年印行之《金門縣志》職官志為卷十一，分三篇，第一篇職官表、第二篇名宦列傳、第三篇明鄭人物列傳。人物志為卷十二，分三篇，第一篇考舉表、第二篇宦績表、第三篇人物列傳，人物列傳再細分十三章，第一章鄉賢，之後依序為忠烈、宦績、武績、文苑、孝友、義行、寓賢、隱逸、技藝、方外、耆壽、列女等章。七十七年增修八十一年印行之《金門縣志》職官志卷十一、人物志卷十二的篇章名稱與六十八年印行之《金門縣志》相同。

參酌前列金門縣志之人物志篇章名稱，因應時代趨勢，考量金門曾為僑鄉、戰地，此次《續修金門縣志》以鄉僑為首篇，依次為職官、鄉賢、寓賢、軍政、學術、技藝、大陸金胞、耆壽等篇。總共寫出鄉僑十六位，職官七位、鄉賢十八位、寓賢久

位、軍政一位、學術一位、技藝三位、大陸金胞四位、耆壽一千
零一十一位，各篇之人物依出生年齒排序。傳文內容因各人資料
多寡、風範有別，長短不一。審查委員曾言部分內容敘述欠周詳
（但未明說那幾篇），建議統一體例找人改寫，但大部分委員覺
得傳主資料搜集不易，缺漏難免；傳主事功有異，撰者筆調多
元，彰顯其德，繽紛其彩，沒必要改寫，撰者署名負責即可。

　　或言職官篇之司令官應另列專卷以示尊崇，此事曾在編修會
議時提出討論，眾人議說，戰地政務時期，長官德政遺澤固然不
少，但因軍管箝制既多，武夫霸道使氣，縣民吞聲忍氣，民怨至
今難平，本次續修，職官志決議不寫列傳，人物志中敘述往生長
官生平事跡，表彰其人在金之國防與民生建設。

　　人物志續修編妥，送總編纂李博士仕德教授過目核定，李總
編以為若能加入前此舊編之人物，有助讀者一窺全豹，了解浯洲
人物之豐贍。是以將舊編所輯之考舉表、宦績表、名宦列傳、明
鄭人物列傳、人物列傳、先僑列傳、一併輯入，名為《人物志》
上卷，新撰續修名為《人物志》下卷，兩卷合為一書。

　　上卷《人物志》所輯表、明清人物列傳，大致沿襲明代洪受
《滄海紀遺》以及清代林焜熿父子《金門志》所錄，將前人所寫
再加增補修訂。民國以後，九年左樹燮回任縣知事，邀前清進士
劉敬纂修《金門縣志》，四十五年孫通縣長請許如中修纂縣志，
四十七年《新金門志》修成，五十二年王玉白縣長敦聘陳漢光任
總編修，五十六年印行《金門縣志》。之後又重修兩次，六十八
年及八十一年印行之《金門縣志》，乃郭堯齡任總編修，書中目
錄及郭老署名之編後記，寫出這兩次縣誌之考舉表、宦績表、人
物列傳，職官列傳乃盧錫銘編纂，先僑列傳則顏西林、李怡來先
後編纂。

讀者見了本書，幸勿見怪，名為續修，其實正續皆有，舊編所錄原為直行書寫，如今改為橫行排列，文字仍依舊編；至於續修新錄，若有缺失訛誤，亦盼讀者賜教。

《續修金門縣志》新書發表會，自左起為李仕德、李錫隆、李炷烽、蔡鳳雛、許丕華

王永仁傳（1919-2003）

　　王永仁先生，字有義，民國八年出生於金門後盤山。父九鐵公，秉承耕讀家風，敦仁睦族，從事黨政工作二十餘年，抗戰勝利後退隱家園，努力職責，曾獲地方行政首長頒贈「民之表率」榮額。太夫人陳氏，賢著閭里，樂善好施，曾兩次當選「金門模範母親」

　　先生於二十五年中學肄業，投筆接受軍訓，結業後奉派充任基層兵役幹部，積極組訓壯丁隊，巡邏保鄉。二十六年日寇侵佔浯島，先生率壯丁及家屬進入大陸，在同安馬巷成立難民收容所，任第五組小組長為金門同胞服務，之後奉命回鄉從事地下抗日情報工作。

　　民國三十四年抗日勝利，金門光復，先生奉派辦理保甲工作，再調縣府兵幹班受訓數月，結業後訓練壯丁隊；又調任珠浦鎮隊附，辦理征兵等業務，三十八年調升縣政府科員，古寧戰役後，金門縣治暫停，改為軍事管制區，派任金盤區長，四十年金盤區與古寧區合併為金寧區，調行政公署政務科衛生股股長，之後專職主辦人事業務。四十二年金門縣政府復治，先生主管全縣人事，也是戰地政務時期，第一位金門籍人事主任，服務至五十八年調內政部麻醉藥品經理處人事室主任，機關嗣又改屬行政院衛生署，先生晉升簡任存記及簡任待遇，於六十八年自願退休。乃著手編修本房家譜，奔走台金及星洲歷經三年完成。七十二

年承宗親會推舉，為金門王氏族譜編委會副主委兼總編修，領導宗親修譜，十年有成，竣工成書，發行島內外，木本水源，親者思篤，疏者思睦。

夫人李能寬女士，金門古寧頭人，與先生結褵六十三年，勤儉持家育有三男先振、先斌、先正，三女彩霞、彩慧、彩婷，均已成家立業，先生與夫人先後榮獲台北縣政府頒額表揚為「模範父親」、「模範母親」。子女媳婿，從事文教司法、醫療服務、工業界，孫輩努力勤學，榮獲博碩士多人，講學上庠，攻讀博士，或於大中小學受教，皆能勤奮向上，貢獻所學，服務人群，鄰里稱羨，黨政機構贈匾譽為「模範家庭」。

先生於民國九十二年清明節前，年邁壽終，享年八十又六。

民國四十九年陳誠副總統來金視察，與劉安祺司令官及家父等合影於坑道
第二排左起第一人為家父王永仁

楊媽輝傳（1946-2007）

　　楊媽輝原名楊豬，小名豬仔，讀中學時改名楊媽輝，父楊操，生母黃愛於楊豬四、五歲時去世，父再娶歐陽慈勤，育有弟妹多人。

　　楊媽輝，一九七〇年畢業於台灣省立體專，返鄉執教於金城國中，以從事基層體育紮根為終生志業。四十多年的體育生涯，以嚴格紀律造就英才無數，以深耕本土運動的使命，走過金門近代體育歷程，貫穿數十年縣運會史，自年少體健到年老病魔纏身，從縣運金牌選手、冠軍教練、區（全）運總教練、國家代表隊教練、國家級裁判到各級運動承辦人企劃者，在人生的舞台，扮演多重角色，賣力演出，曾獲行政院獎勵；專案考績兩次，大功七次、記功嘉獎無數，另獲全國優秀教師獎、全國精英獎賽最佳教練獎、中正國小及國立台灣體院（前身為台灣體專）傑出校友獎。楊媽輝是金門第一位「世界盃」國家運動代表隊教練，國際田徑總會（IAAF）觀察員，暨首位赴大陸執法之「中華台北」裁判，是「蹄揚台灣，奔騰兩岸，前進世界」的浯島拓荒者。

　　楊媽輝致力推動體育文物的收藏，曾參與協助出版兩屆縣運專輯─《典藏金門──第十三屆縣運體育饗宴》及《唐馬揚蹄──金門縣第十四屆運動會成果專輯》，這兩本編排精美、內容豐富充實的成果專輯，首開為金門縣運動會留史的用心。

除獻身體育外，楊媽輝又以文思創意，為體育開拓人文深度，首倡以運動為主軸，統整人文藝術、自然科學、社會語文及綜合領域，同時創作〈金門酒引〉、〈黃氏招娘〉、〈亞馬遜行腳〉、〈情牽同安渡〉及〈唐馬〉等組詩，發表於海峽兩岸、紐西蘭、星加坡、香港各地。作歌詞〈牧馬侯的傳奇〉獲選為「第十四屆金門縣運會歌」。

楊媽輝交遊廣濶，與名人常有來往，建有深厚友誼，亞洲鐵人楊傳廣於民國九十六年三月肝癌病逝，楊媽輝特撰〈CK！你沒有給我天國的電話〉，由飛躍的羚羊紀政在追思禮拜朗誦，感動多人。楊媽輝本擬親自赴台，但因自己在民國九十三年十一月就醫發現得了肝癌，醫生告知只剩三個月的生命，楊媽輝重披戰衣，勇敢與病魔對抗兩年多，身體虛弱無法遠行，在金作詩追念老友，邊作邊唸，努力修訂，友人常見他邊顫抖唸詩，邊流淚水。

民國九十六年楊媽輝赴台醫治，先後在台北醫學院附設醫院及亞東醫院治療，病情未見好轉，十一月二十二日上午，楊媽輝搭乘安寧直昇機回島鄉安息。這些新聞及特稿透過《金門日報》駐台特派員楊樹清及採訪主任陳榮昌，二人通力合作，將楊媽輝生前種種，做了簡要生動的描繪。楊樹清牽線，Discovery（探索頻道）為拍攝《Unknownlsland——金門》，在金城海邊取景，兩楊對話，楊媽輝遙望海天、帆影，說出：「金廈水城距離很短，對歷史的影響卻很長。」此語成為意義深遠的絕響，記錄片終了，如今楊媽輝的人生也終了。

十一月二十九日於金門殯儀館舉行告別式兼追思紀念會，李炷烽縣長及各界貴賓雲集，會上多人致悼詞並朗誦楊之詩作，會場時聞陣陣的啜泣，氣氛感人，很多人都認為這是一場有情有

義的追思會，不單追思楊媽輝，也反思自己的人生情義，連日亦有多人在報刊撰文懷念楊之種種！

楊媽輝寫的〈唐馬〉詩云：「唐馬　我要告訴你　不久的將來　我走後　不需再到　我的墳前稟報戰報　也別在墳前哭泣　因為　我在賽場不在墳場」詩如自輓的墓誌銘，令人動容，也令人佩服他的堅強及對生命傳承的關懷。

楊媽輝之賢內助為許麗芬女士，兩人育有四子。長子懷仁已婚，次子懷智、三子懷慶、四子懷璽皆未婚。（先正參考楊樹清、陳榮昌、陳慶瀚等人文章撰寫）

自左為作家吳慧菱、王先振、楊媽輝

王英坦傳（1952-2002）

　　王英坦，藝名金門王，小名阿坦、坦仔，金門金寧鄉后盤山人，從小被收養，養父很早就到南洋謀生，他與養母相依為命，家境貧困，每天都要撿草、撿木材維生。民國五十四年，十三歲，就讀金寧國小五年級，因為好奇，與同學王先森到東堡附近營區撿到軍中廢棄物，以為內有磁鐵可玩，拿到學校教室外敲打，結果引起爆炸，在場多人受傷，王英坦炸傷左手和眼睛，送軍醫急救，再後送台北市仁愛醫院治療，但只能保住微弱視力，此後斷續醫治多年，於十九歲時兩眼全盲。

　　之後，開始他浪跡台灣的歲月，他曾做過電話接線生，也曾到北投基督教音樂中心學吉他，民國六十四年，在李炳輝引領下，兩人搭檔，王抱著吉他、李手拉風琴，走唱於淡水各茶室。李炳輝雙眼亦幾近失明，兩人同病相憐，相知相惜。有一天，自立晚報攝影記者潘小俠經過淡水，聽到二人淒涼滄桑的歌聲，結識成為好友簽了合約，輾轉介紹給音樂家也是水晶唱片負責人陳明章。接拍了歐香咖啡的廣告〈媽媽請你也保重〉歌聲畫面在電視播放半年之久，之後又一曲〈流浪到淡水〉，歌由陳明章譜寫，搭配麒麟啤酒廣告，他們的歌聲橫掃全台，魔岩唱片發行兩人第一張專輯，以歌聲唱出小人物面對逆境的滄桑，但仍樂觀過活，有自我嘲弄和安慰。兩人紅了，綜藝節目模仿秀也常有人模仿他們，總統大選也幫人站台，賺了不少錢。

首張作品大賣近六十萬張，但王李二人和陳明章為了版稅分配的問題有了嫌隙，第二張專輯「來去夏威夷」，就少了很多陳明章的作品。第二張唱片賣得較差，只有十幾萬張。金門王調侃說：「可能是大家對小人物興趣已褪去，也有可能是才到淡水就飛夏威夷，轉變太大令人無法接受。」第三張唱片〈2002福爾摩沙〉，沒宣傳加上合約到期沒續約，很多人都不知他們有這張作品。

　　由絢爛歸於平凡，王英坦與李炳輝重回淡水走唱生涯，但是環境早已改變，茶室和酒家有KTV，不流行拿卡西走唱，兩人生活回復以往艱困。經濟不景氣，表演機會少了很多，主要經濟來源靠主持廣播節目的鐘點費及聽眾的樂捐，連計程車費都必須由電台負擔。每次從淡水到松山主持節目，都先打電話要求電台派人在樓下接送，民國九十一年五月五日凌晨前往台北南京東路國際文化廣播電台，準備上陳燕飛主持的「台北夜未眠」，因大樓電梯故障，王英坦爬樓梯，上到四樓電台門口，突然昏厥，送鄰近國軍松山醫院，當時已無心跳血壓，經一個多小時急救，仍然於一時十一分宣告不治，研判可能是心肌梗塞身亡，得年四十九歲。

　　王英坦嗓音悠揚，顫抖聲中流露出無限悲愴，成名曲〈流浪到淡水〉唱道：「有緣，無緣，大家來做伙，燒酒喝一杯，乎乾啦！乎乾啦！」歌詞透露出人世短暫，世事無常，歡飲及時。然而一語成讖，因心肌梗塞猝死，他留給人的不單是淒涼滄桑的歌聲，他那達觀幽默風趣，更是身心障礙者奮鬥不懈的典範。

談談「金門王」
——兼悼英坦

「金門王」究竟何所指？就字義上來推想，可說是金門王氏宗族，但如果詢問電視迷，他們可能會說是廣告中曾出現的盲人歌手—王英坦。其實，這二種說法皆通。至於金門王氏與王英坦有何故事可言，以下筆者略述一二：

金門王氏以山后派子孫最多，開基主瓏公卜居山后，派下子孫分居呂厝、東沙、中蘭、營山、浦邊、榜林、下湖、藥井、西浦頭、前水頭、盤山等地。國代王水彰、寧中校長王世宗、營造商王媽掌等人即屬此裔派子孫。

王氏第二大支派是珩山派，開基祖是定居珩厝的煥三公，子孫分居后盤山、西山及金城、沙美等地。王英坦和我皆曾住過后盤山，若按祖譜所排輩份來看，英坦是我的堂侄。高職校長王添富、前諮詢代表代表王維田、王永堂，及已去世的制憲國代王尚志、老國代王觀漁，皆是珩山衍派的知名人士。

金門王氏族人除了山后、珩山這兩大裔派之外，尚有后宅的二十七郎公裔派，劉澳的道民公、道英公裔派，舊金城的弘治公裔派，何厝的鳴衡公裔派，這幾個裔派的子孫也不少，至於其他零零星星的裔派子孫還有數十派之多。

歌手「金門王」——王英坦，早年父母即去世，由親人照顧，讀金寧國小（即今金鼎國小）五年級時，因敲打軍中廢棄

物，誤觸引發爆炸，因而炸傷雙手、雙眼，緊急後送台灣治療。有一陣子，他住在台北市萬華的愛愛救濟院，記得在民國五十幾年，他還曾到中和舍下拜訪過我們幾次，家父母每次都留飯，送點小錢給他。我年紀與他相當，對他充滿好奇，看他有一個眼球不會轉動，問他，他竟然將那個眼珠拿出來，讓我嚇一跳了，原來那是義眼。他當時就頗有音樂的才藝，會學各種口技，而且個性開朗不自卑，說起話來滔滔不絕。

　　我與他見面次數不多，但印象深刻。覺得他頗能自娛娛人，但其談話也隱約透露出青春期的苦悶。之後我因出外求學及返鄉服務，慢慢地淡忘了他。近幾年，才又聽說他在淡水走唱，與李炳輝搭擋，唱紅了〈媽媽請妳保重〉、〈流浪到淡水〉、〈來去夏威夷〉等歌曲。日前因心肌梗塞不治身亡。令人錯愕與感慨。

　　「金門王」一詞，除了指金門王氏宗族、歌手王英坦外；另外一解，在此也不妨一說，即過去有人以胡璉將軍任金門司令官二任八年，深受軍人民眾愛戴，可謂之「金門王」，此說海峽兩岸的書刊均曾提及，如台灣張傑寫〈「金門王」胡璉的故事〉（此文先是刊於民國七十三年〈薪火〉二十四期，後收入《煮酒論英雄》一書），沙封著《台海軍事衝突紀實》（一九九四年風雲時代出版）書中第三幕「金門—不沈的大軍艦」亦有「金門王」專篇介紹胡璉將軍。大陸作家沈衛平寫《八二三砲擊金門》（一九九八年華藝出版）第五章「彈著點」中，亦以「金門王」稱呼胡伯玉將軍。

　　胡璉將軍被稱為「金門王」，是尊敬，但也可能是揶揄，但了解他的人都知道他並無帝王心態；他愛兵愛民，生性仁厚，文武兼資，善結軍心民心。他在戰地，地方建設和軍事工程並進，

是個邊疆大吏的幹才，今日金門的風光，有許多是他當年奠下的
深厚基礎。

（刊於《金門日報》九十一年五月十五日副刊）

攝於民國85年金門文化中心，王英坦應董振良導演之邀，參加電影單打雙
不打成果展

檳城訪傅錫琪的後人傅順新醫師

前言

　　金門老一輩皆知傅錫琪，他倡議興建模範街，模範街如今已成客人來金必遊景點。金城鬧區亦設「傅錫琪圖書館」，紀念傅氏。傅晴曦（彩兒）生前編有《傅錫琪遺墨》，編後略述姊弟四人，已有內外孫十餘人，但未敘其詳，筆者十多年前編寫鄉土教材，曾探索試寫傅錫琪生平，並注釋、譯解傅氏〈金門竹枝詞〉，作品收於《金門詩文歌謠選析》（黃書文、陳秀端、王振錐、洪春柳、王先正合著）書中。但對於傅氏家族所知有限，前此赴馬來西亞檳城，尋訪傅氏後人，茲將訪談所得，分饗讀者。

訪傅順新醫師
時間：二〇一〇年四月二十九
地點：馬來西亞檳城傅宅
記錄：王先正

家世背景與第一次返金

　　我的祖籍是金門金城鎮，我的祖父傅錫琪，祖母鄭玉佩，家

父傅膺選（又名榮旋），家父十七歲時一人離開金門，當時日人尚未佔領金門，他先到新加坡的麻坡，在報館做排字工作，之後又換了其他工作。

我於一九四五年出生，家母吳春娘祖籍金門大地，外公吳心泉，外婆田墩陳氏，母親她在馬來西亞麻六甲出生。我是長男，下有三位弟弟，依序是順進、順昀、順澄，四位妹妹，依次是俐文、文香、文漪、文儀。家父曾回金多次，一九八三年他第一次回去金門，是我姑媽傅晴曦（又名傅彩兒）鼓勵並安排，他先坐飛機到台灣，再換軍機到金門，籌備建築傅錫琪紀念館，一九八九年傅錫琪紀念館蓋好，一九九二年正式開幕，但父親已於一九九一年去世，享齡七十三歲。一九九二年傅錫琪紀念館開幕，我第一次返金，金門目前還有一些堂親。

在南洋的奮鬥與建立家庭

家父先在報館工作，後來在五金行做事，自己偷偷學記帳，努力工作，職位愈做愈高，結婚後曾隨豐隆公司老闆去英國。大概在一九五〇年代與人合夥組豐美公司做生意，買賣五金、洋灰、建材。

一九六〇年代，新加坡的豐隆公司在馬來西亞的吉隆坡設分公司，家父負責籌設此公司，受到老闆郭芳楓、芳來兄弟的賞識與提拔，在公司做到第一副主席，公司生意愈做愈大，豐隆公司雇用的員工有上萬人。豐隆公司除了做房地產及營造業，也投資金融業，開銀行、股票行，有上市公司掛牌買賣股票，另有豐隆基金、龍鳳控股等公司。

我們自己的老招牌則是傅存益有限公司，家父半退休後，投

資瓷磚工廠，現在由我二弟、四弟幫忙打理。

　　我幼年在麻六甲讀平民小學，受到外公家人的照顧與疼愛，十二歲到檳城讀鍾靈中學，這是當時最著名的華校，高中轉讀英校，之後又讀政府設立的大學先修班，日後被選入新加坡大學。新加坡大學醫學系畢業後，在新加坡實習一年，一九七一年我當實習醫生時，與祖籍潮州的鄒玉玲結婚，我們在新加坡註冊，在檳城結婚，在檳城、吉隆坡、麻六甲分別宴客。那一年實習醫生很辛苦，常睡眠不足。一九七三年回到馬來西亞，被政府派去霹靂州做了兩年醫生，然後自己開診所，是內外科醫師，做不涉及麻醉的外科手術，在霹靂州開業至今已有三十六年了。

　　二弟順進，日本青山大學工業管理系畢業，娶黃遠娥。三弟順昀，先在檳城讀先修班，之後入美國麻省理工學院，第二年就拿助教獎學金，從學士到博士，共花了五、六年，娶台灣小姐蔡元純，現今在美國做事，全家移民美國加州，前不久，曾回金門。四弟順澄，澳洲墨爾本大學土木工程系畢業。

　　長妹俐文，馬來西亞大學畢業，曾做過雲頂集團的高級助理，目前自己做生意，嫁王業堡。次妹文香，赴台讀大學畢業，做自費性的服務業，擔任社工於吉隆坡，嫁林炳坤。三妹文漪，澳洲墨爾本大學畢業，原在股票行，現已退休，嫁顏成志。四妹文儀，澳洲墨爾本大學畢業，原在銀行任經理，現已退休，嫁林發明醫生。

　　我育有二男一女，長男仰峯，目前在豐隆集團掛牌公司，跨國企業的建設公司擔任董事兼總經理。他與張鳳妮結婚育有三女，依次是承怡、承聰、承寬。次男仰賢，目前自己開設投資顧問公司，做理財服務。他與黃瑞芳結婚育有一子承崧。女兒欣

欣，以前在新加坡的美國銀行做理財工作，目前在集團幫忙訓練工業人才；她嫁給李祖敏，育有李貞瑩、李籽瑩。

金廈會館與宗親會

　　檳城雖有金廈會館的招牌，但已名存實亡，並沒有金門會館組識。檳城有傅氏宗親會，但以潮州人居多，海南人也不少，但他們講到傅姓的英文拼音，與我們金門不同。以前在吧剎（市場）有一位姓傅的婦人，據說是姑媽的親戚，但後來我請人去找，已找不到了。我的診所在霹靂州，但老家及孩子的住所在檳城，我經常兩地奔波。檳城本頭公寓的金門人，他們的長輩我可能認識，但後人已不識了。本頭公寓的鄉親捕魚為生，以前海上漁獲較豐，收入好，但有的人有了錢不知節儉，不重視教育。

金門人受教育及社交的情形

　　金門人在檳城通常是讀到高中畢業，之後再入大學先修班。有的大學先修班設在吉隆坡，我父親在吉隆坡有房子，我的弟弟妹妹去那裡讀書，然後再去外國讀大學。檳城的學生素質比較高，每年新加坡大學和馬來亞大學，都會給我們幾個醫學院的入學名額。

　　當年我和長妹、次妹讀高中時，只有政府設立的大學先修班；到了後來，有一些外國大學在吉隆坡設大學先修班，只要通過測試，即可進入大學。我們家族成員結婚，雖是自由戀愛，但仍以華人為限。

我的姑媽及其子女媳婿

我的大姑傅振權（後改名麗端），嫁陳村牧，育有子五，依序是陳毅中、陳燦中、陳履中、陳執中、陳恆中，女三依次是陳靜中、陳素中、陳鏡中。有來馬來西亞的我比較熟，像陳毅中本在廈門大學服務，現在已退休了。陳素中在香港做中醫師。

第二位姑媽傅振華，我們習慣稱五姑，這大概是宗族的大排行，她嫁檳城陳先生，育有子三，依序是陳漢忠、陳漢平、陳漢仁，女二依次是陳淑媛、陳淑惠。陳漢忠曾在中視做過事，陳漢平是美國加大（UCLA）博士，太太吳玲瑤是名作家，陳漢仁在台灣。

第三位姑媽傅晴曦（又名傅振彩、傅彩兒），她是一九五一出生，熟讀四書五經，（《金門鄉僑訪談錄》〈三〉一百一十五頁寫：陳素中說，一九四九年傅晴曦福建師大畢業，回金門中學教書），當年在金門及台灣不論在教育界或黨政訓練機關，姑媽都曾受到重用，一九五七年應家父之邀，來檳城度假，獲聘為華校菩提中學校長，她終身未嫁，專心教育，一直做到一九七六年榮退，二〇〇六年高齡往生，出殯當日，菩提學校師生執紼相送，哀榮備至。

姑媽傅晴曦，我們習慣稱她阿姑，她對我們影響深遠，家父忙於生意，姑媽輔助父親來教導。她與家父，姊弟情深，互敬互愛。對姪兒身教言教，從不打罵，諄諄教誨，不厭其詳，使姪兒皆能成材。姑媽說母親雖沒讀書，但帶來福氣。姑媽講易經、講做人處世，無所不談。有時不講，但寫成文章放在桌上，讓你去領悟，讓人心服口服。看見我買東西送弟妹，她會提醒弟妹說：

「今天阿兄買物送你們，你們將來懂得回報嗎？」姑媽常將薪水及父親送她的股票孳息，送給慈善機構，如養老院、孤兒院。她不單滿腹才學，烹飪家事，無不通曉，我們子姪受教，孫輩也受益很多。

有一天，阿姑勸家父不必再寄款贈送表親，說親戚的孩子皆已成人，事業有成，但家父說我能寄給她，是她的福氣，也是我的光榮。家父與姑媽間的深情，是我們的榜樣。

姑媽在菩提中學擔任校長二十年，再任校董多年。阿姑辭世後，我們成立傅膺選、傅晴曦為名的獎學金，拿出相當台幣兩百萬元的一筆錢，放在銀行生利息，以此鼓勵成績好的學生。目前菩提學校已分為公立的國民學校，和獨立的私立中學。公立已遷走，它接受政府津貼補助，共有一千多位學生；舊校址只有獨立的中學，是私校自給自足，目前有三百多學生，我們在菩提學校都有提供獎學金。

對故鄉金門的建議

家父生前常以豐隆集團的基金來濟助慈善機構，或以獎學金來幫助學生，最近幾年，一年支出都要兩百多萬元，目前我是基金代表人，繼續在做這些有意義的事。家父他對家鄉金門一直很關切，常寄錢接濟親友，匯款都是透過私人設立的福建信託，但現在很多親友的經濟情況比我們還好。不久前，我們回到金門，想要幫忙整理傅錫琪紀念館，看到祖厝的屋頂已經坍塌，希望目前在法律上擁有所有權的人，應先把祖厝修復妥善，不要忙著爭奪土地財產，大家要同心協力維護傅家的美名。

勿里洞到雅加達
——金僑王萬權先生訪談錄

家世家庭及返鄉

　　我的祖籍是金門洋山（營山），父親王秋波（殆一九一二年出生，生相屬牛）母親鄭坤蘭。祖父王德荷當年從星加坡轉來印尼勿里洞，祖父何時到星加坡，何時來印尼，我不清楚，但我看了《金門王氏族譜》，知道曾祖父明質公傳子有七，祖父德荷公排行第七，除了三伯公德揉留在金門，子孫赴菲律賓或去台灣，其他如大伯公德聚、二伯公德撮、四伯公德抨、五伯公德趁、六伯公德命都也來印尼發展。祖母陳氏，我是華僑第三代，一九四三年出生，父親和我都出生於勿里洞。外公鄭樹郊是金門吳坑人，一九五九年去世，外公還有幾位弟弟，如鄭樹清、鄭樹明、鄭樹桐，外婆是印尼原住民，是外公姨太太。上一任福建省主席顏忠誠娶我外公兄弟的女兒鄭含寶老師，我稱顏主席姨丈。

　　父母生下我們兄弟七人，長兄萬芳已去世，傳子國建。二兄萬炫十多年前在香港，如今去世，傳子國偉。我排行第三，育有男女各一，子國俊改名敬尊，曾赴美國落杉磯讀大學工業管理系，畢業後回印尼在自家貿易公司幫忙，娶朱氏育一男二女。女兒淑瑋，也是赴美國落杉磯讀大學財經科系，現已嫁郭先生，幫

夫婿做生意，她在星加坡和美國皆有居留權。四弟萬新去世，傳子有國儀、國傑。五弟萬榕傳子國寶及二位女兒。六弟萬力，有女兒一位。

據說父親未婚前，十幾歲時，祖父曾帶他返鄉，那時應是先到廈門再回金門，但詳情我不清楚。一九七五年我結婚去台北渡蜜月，去了阿里山、日月潭，也想坐軍機回金門，但手續繁瑣，且要等一週以上，於是我就轉去日本。世界金門日第一次和第四次，我都有回金門參加。

父親及我在印尼的奮鬥

家父從小跟著祖父做土產生意，也跟著姑丈賣白米，或從事胡椒、橡膠等物出口貿易，在勿里洞算是大盤商。父親在勿里洞的華校建新學校教過書，後來做華校董事，父親當時就常寄錢回金門，修理祖屋或蓋家廟。我年輕時於一九六四至一九六七年，做過外國（如日本、美國）影片進口代理商。一九七〇年開始做玻璃砂事業，在勿里洞開採坡璃砂和黏土（即瓷土），供應印尼玻璃廠原料，黏土可燒製壁磚。日本、澳洲都來投資，挖砂賣到外國。

我也開設過小型巴士公司，汽車從五輛成長到四十幾輛。印尼政府要我出資，協助支援小型運輸，此純屬幫忙性質，方便大家，但後來因動亂，我就收了。一九七〇年在勿里洞開陶瓷工廠K.I.A，有星加坡的技術人員來指導，一九七六年我搬來雅加達，看到外國壁磚廠改設地磚廠，於是我在雅加達開設了第一家地磚生產工廠。日後想到瓷片磚遲早會被淘汰，於是改做拋光磚，一九九五年跟瑞士、馬來西亞合股在印尼（NIRO尼羅牌）、馬來

西亞新山開設工廠（SANDIMAS金山地公司），現在員工人數加上銷售人員有七百五十多人，工廠佔地有十多甲地。我們現在也做OEM（代工），即由設在越南、中國的工廠生產我們的舊式產品，掛我們的牌子販售，至於新的產品，有的是義大利的師傅設計，由我們自己的工廠生產，這些代工的工廠，設在印度及西班牙，貼我們的招牌，我們都有QC（質量管理），派人在彼處做好品管，我們的產品在商場已建立起品牌，目前已輸出到六十四個國家，包括台灣。拋光磚算是比較高級的高價磚，以出口為主。

九〇年代台灣的磁片磚，如冠軍、和成等牌，我都是他們在印尼銷售的大盤商，當時印尼本地的產量不夠。一九九三年和成牌也想和我合作生產清潔用具（如馬桶等物），但沒談成，後來他們就到中國去投資了。做生意想要成功，必須懂得創新，創新就不會被淘汰。研發部門很重要，要懂得學習，學習是仿製加以改良，中國的模仿能力很強也很快。

我除了幫台灣賣過磁片磚，也幫台灣的朋友來印尼做過水產養殖，但這些都沒賺錢。介紹台南的朋友來印尼生產白貝黑木耳，因為這種黑木耳必須在氣溫攝氏十八度生長，台灣冬天只能生產一季。我幫朋友找到雅加達附近的山上，氣候適合生產，車程距離雅加達只要一個鐘頭。但白貝黑木耳的價錢，被一再壓低，就無利可圖了，近年有人在中國生產，以低價搶市場。另外我將引進屏東的朋友來印尼做鰻魚養殖，目前鰻苗價好，全世界都缺貨。過去鰻苗只可抓，無法人工繁殖，如今技術已有突破，大家都想養鰻，我已找到適當地點，這也是印尼第一次有人投資鰻苗加工廠，明年（二〇一二）就要正式引進，希望屆時能順利成功。

我在勿里洞投資了不少土地，我表哥黃進益主席掌握的土地也很多，我的土地有的設置貨倉，有一些目前閒置，曾種過胡椒，日後計劃做養雞場。另外，在勿里洞我投資近百幢的燕屋，燕窩的價格被香港的貿易商控制，近來又受到假燕窩的連累，價格稍跌，大盤商要收購未洗淨的燕窩。目前自己除了僱人照顧燕屋，也以電子儀器遠方監控。養燕除了製造鳥聲來吸引燕子，有的人甚至買燕糞布置在燕屋中，以吸引燕子築巢；有人做假燕窩來吸引燕子，但究竟有無效果，只有他自己知道。有的華人說養燕沒出息，說：「飼鳥家業潦。」其實此乃倒果為因，有人因家道中衰，子孫沒落，樓房無人居住，燕子入住，他人不明真相，就說養了鳥會使家業潦倒。要知，我們現在養燕，以企業方式經營，又不做缺德事，我們善待燕子，甚至還以空調來侍候燕子，燕子住的地方比人還舒服。

（訪談時間：二〇一一年十一月十九日
地點：雅加達金門會館，
刊於《金門日報》一〇二年一月二十九日副刊）

印尼訪僑見聞

　　自印尼蘇門答臘訪僑歸來，對比印金兩地現況，我有一些
感觸。

　　想到我們生活在現代金門，幸有金雞母造福縣民，社會福
利、幸福，令人稱羨；早年，有些金門人為了追求較好的生活，
遠渡重洋，赴彼處謀生、發跡，日後寄款資助家鄉建設。如今因
多項因素，在印尼的金僑後裔，有的為了避禍，回歸祖國大陸；
有的住在印尼偏僻鄉村，居處環境簡陋，有些鄉僑很想返鄉，然
缺乏盤纏。

　　據查訪所知，金僑出洋討生活，起初通常都很苦，有些人
苦盡甘來，但有的人終其一生，都是苦不堪言。我赴印尼，有位
盛先生，拿了其父生前所寫的小冊子供我參閱，封面題「吾兒珍
藏」，裡面寫出他當年赴海外打拚之因，及結婚、吃藥、自省、
勸誡其子種種：

　　　　竊想余年在廿一者，適逢訓練壯丁之期。急渡南洋，
　　初登新加坡，後焉，舅氏帶去蘇島龜納埠（在滿加利附
　　近）店中任職，幾年來一直與妗母意氣不洽，無奈再單身
　　飄抵峇眼阿比。到達後舉目無親，本獲友人之介紹，往山
　　頂受職年餘之久，承好友陳富春代為作主，說親行聘後，
　　即寄信通知，然余耳聞親事無甚妥當，返峇眼面議，言無

收聘金,乃是養老岳母為條件而已,且其時舉辦婚禮,購眠床櫥及所有費用,仍須待余之款項耳,所以放心結婚。

豈意婚後人言可畏,時受有譏諷之言三語四,余本血性,焉能忍耐,則變成酗酒大賭,自作賤身體,不久發生喘症,醫藥罔效,只有烏藥(鴉片)方能解喘,自誤一生,墮落年復一年,真是愚不可及,至年知天命,方始悔悟,正欲痛改前非,為時已晚矣,嗟乎!天命之安排,誠非人力可挽救也,且喘症轉重,甚至無法生存。

古云:一失足成千古恨!況余住荅眼,並無一親戚可言,而人孤性罩,惟此後之期望,視吾兒之奮志,才能達到吐氣揚眉之至望,且『古有明訓』:頭可斷,姓不可改。因余死後,防恐吾兒不明事理,誤聽外祖母之言而忘根本,所以留幾句遺諭、啟示,切勿改姓。方不致自取其大恥,且負有不孝之罪。慎之!但吾兒他日若且多子,內中表明一人繼承外祖母之宗基足矣,然汝母親自幼拖磨受苦,並未一時覬受清福,能望吾兒往後須要善待、孝順慈母方是,為人子之道也,……至囑!

拿父遺書給我看的盛先生,一九五七年出生,從小沒讀書,十二歲開始做工賣冰棒,十五歲去造船廠做學徒,曾上船做船員,之後,又回來造漁船,所造船隻在一百噸到三百噸之間,自言利潤還可以。尤其父之遺囑,可知老人生前很在意兒子被騙改姓,但盛先生說他外婆不曾做此要求。盛先生希望能找到故鄉親人的確實住址和電話,能取得聯絡,說他不是要爭產,只是希望有機會能返鄉祭祖。

（刊於《金門日報・浯江夜話》九十二年一月七日）

檳港鄉僑王君奇

　　七月初，某日突然接到一通來自印尼蘇門答臘的國際電話，在檳港總代理本田汽車的吳健東鄉僑說要介紹一位王氏宗親返金來找我，我說歡迎，當天通話聲音不很清晰，話沒多說，事後心想：宗親不知有何貴幹。

　　九日有人打電話給我，說是印尼來人，他隔天上午將赴台，邀我晚上八時前往金沙大地飯店會面，我依約前往，在飯店大廳等了將近一個鐘頭，終於見面。

　　原來是宗親王君奇，他與其大舅子吳金福詢問我關於土地繼承的問題，吳（祖籍金門內洋）早年亦是印尼金僑，印尼政府反華時，他隨同不少華僑被中共接往大陸居住。土地問題我因所知有限，只能建議他們請教金門地政局及專業人士，備妥相關文件，再請專業代書處理。

　　當夜，我想既然來會，不妨為鄉僑歷史留點文字紀錄，於是鼓勵宗親說說自己家族的故事，他遲疑了一陣子，終於道出。

　　君奇宗親祖籍金門后宅，父名國慶，祖父名安郁（《金門王氏族譜》寫「安芳公，諱郁」）。曾祖父名先持，育子有五，安郁為長男，安郁當年自己從金門到新加坡做事，後來其妻梁氏（君奇祖母）與子國慶亦前往新加坡，到彼處沒多久，一九三七年安郁去世，梁氏帶著十八歲的國慶前往勿里洞謀生。

　　王國慶於一九六一年開始做出口貿易，銷售印尼出產的胡

椒、咖啡、橡膠、魚罐頭，曾捐款興建金門的華僑之家。在印尼排華時，王國慶曾幫助不少印尼華僑，讓他們順利出國，住中國大陸的周漢強曾寫過訪問報導。國慶育有三男三女，三男依序為君奇、桂林、新民，皆娶華裔。三女依序為桂英（嫁何成文住勿里洞）、桂珍（嫁華人住加拿大多倫多）、桂玲未嫁住雅加達。

王君奇一九四六年出生，八歲即在戲院賣糖果，幫助家中生計，做了一、二年。後來收破銅爛鐵，騎腳踏車去店家收麻袋，在麻袋上以紅粉膠打上印記，賣給出口商裝貨。也做過扛工，幫忙卸貨、裝貨，半工半讀掙錢，課餘操持勞務，無暇遊玩。一九六五年於僑校中華中學畢業，僑校被印尼政府關閉，君奇去雅加達幫助父親做出口商，一九七八年其父再娶妻室，開銷大，加上一九八二年父生意失敗，開始變賣產業。君奇當時收入不多，亦以資助、奉養父親為己任，但需索數額若太多，他無力支付，然日後其父的喪葬費用支出，由他負全責。

君奇宗親在檳港及勿里洞代理機車銷售，曾同時推銷義大利的偉士牌機車，但偉士牌只做到一九七八年，日本山葉機車則銷售數十年。機車在印尼銷售最好的廠牌是本田和山葉，他是山葉機車在檳港及勿里洞的總代理商，除了本店外，有九間分店，另有三十間代銷店，他專心銷售、維修山葉機車及零件，檳港的機車銷售量，目前以山葉銷售最好。他說自己成功的要素即在勤儉，熱心助人，親友有人原先販售其他廠牌機車，經營不善虧錢，他出面頂下，重新整裝店面，再加以輔導經銷祕訣，如今親友改售山葉機車賺錢。平日捐助學校及老弱孤苦，一向不落人後，希望孩童獲得更好的教育，自己的財富取之於社會，也用之於社會。

他娶金門後裔吳蓮花，育有一子三女，兒子志成，在加拿大溫哥華讀電腦及經濟專科。長女愛娜，雅加達的大學經濟系畢

業，嫁華裔生二子。次女愛琴，澳洲的大學經濟系畢業，嫁華裔生一子。三女愛環，在澳洲的專科讀經濟及飯店管理，未嫁。

其父當年去印尼之後，即未曾回金，其母似乎曾在一九七〇年與長妹王桂英回金門。至於他返鄉共有四次，第一次在五、六年前，自己從雅加達坐飛機到台灣，再來金門，嬸嬸住在台北，彼此有往來。第二次帶著與他同住的姑媽及妻子一齊返金，第三次與妻及子三人回來，這一次特別將妻、子、女、孫多人一併帶返家鄉。他幾次返回，看到故鄉不斷進步，他心裡很高興，說鄉親到印尼，若有需要他幫忙的地方，請通知，他將盡力。

（刊於《金門日報・浯江夜話》一〇二年七月二十四日）

自左為吳金福、王君奇與王先正合影

吉里汶鄉僑返鄉尋根

　　十一月一日下午，印尼鄉僑李先生以手機打電話給我，說他已來台灣，先參加慈濟到花蓮的活動，過幾天再返金門，我說歡迎他返鄉尋根。月前，李在印尼就曾打越洋電話給我，說著不流利的華語，問說他若來金門，我可否提供協助尋找祖先原籍，說他是經由住在峇萊吉里汶島上的林先生幫忙，林先生有我的名片及通訊資料。

　　兩年前（民國一〇〇年），我曾與縣府董群廉秘書，遠赴印尼雅加達、勿里洞、蘇門答臘各地，去做鄉僑訪談，歸來整理錄音化為文字，集結成冊出版。此番鄉僑遠道來詢求援助，義不容辭。

　　十一月五日，李先生來電說他已住在金城IN99旅館，我到旅館會客廳與他見面，才知他年約四十歲，中文全名叫李錫輝，會講華語和閩南語，但中文認識不多，因當年印尼政府排華，他只接受印尼文教育。他從手機秀出一張墓碑相片，上有他曾祖父李森天、祖父李炎皮、父親李增利的名諱。說其父生前一直想來金門，早年曾聽長輩講有親人在印尼及馬來西亞。但其父十三年前過世後，錫輝因忙於工作，與親友已失聯。他和其父都是在印尼出生，據說曾祖父出生於金門，之後才到海外，其餘他皆不詳。

　　因李提供的訊息有限，只好尋求外界支援，我載他到縣府找董群廉秘書，董秘書想到李錫回參議，我們遂前往請教，李

參議見多識廣，熱心助人，要我們留下李錫輝及長輩名字，幫忙打了幾通電話詢問，又影印李氏宗親通訊資料，提示一些李氏長老的名字，要我們繼續努力。

我載錫輝去找李炎傑長老，然因未事先通知，他已外出，李夫人在家，留下錫輝與李夫人閒談，我先去忙他事。一刻後，再來李家等待，炎傑長老回來後，承他相告：李氏族人眾多，若要尋找族親，最好先知他是屬於雄房、北奇、南奇、北進、南進、北主、南主、林厝中的那一房親，但李錫輝於此全無概念。我們向炎傑長老借閱他與人合編珍藏的古寧頭南山主房李氏族譜，可惜找不到想找的人，殆因金門李氏族眾，他的族譜只記載其中一部分。

回到錫輝所住旅館，我再次致電多位李氏長老，將錫輝的情形說予他們知曉，向他們探聽。但情形並不樂觀，因李錫輝所知不多，加上其曾祖父離金時間，推算至少在七十年前，如此一來，認識或知道他曾祖父、祖父的人很少。加上很多古寧頭的族譜都不容易借到，有的李氏家族沒有編修族譜，想要尋找錫輝的先人原籍在何，有如大海撈針。

六日我應邀赴鎮公所參加「戰地政務解除二十一周年座談會」，趁休息餘暇，我將李錫輝返鄉尋根事，向與會的前縣長李清正及教育處李再杭處長說明，請求他們協助，他們也都很樂意，並要我將有關資料寫給他們。這一天，我較忙，事先安排錫輝搭觀光公車遊金城、金寧，前一晚先帶他去公車站，了解發車時刻等有關規定。晚飯後，我電詢錫輝，他說上午坐公車遊金城，下午沒續遊，去找炎傑長老，長老駕機車載他去古寧頭找到李榮勵先生，榮勵老先生似知錫輝的先人。

錫輝轉述榮勵老先生所言，說錫輝祖父名炎皮，錫輝可能有伯公炎煌、叔公炎谷，曾祖父的名字應為森諒。但這些均有待錫輝返印尼後，再與親友聯絡核對，若皆符合，才可確定。至此，錫輝心頭篤定，返鄉尋根總算有些進展。七日那天他就寬心再搭觀光公車，暢遊金沙與金湖。晚間，我陪他再次到炎傑長老家致謝，隔天，錫輝要回台灣了。

八日那天，我開車準備載他再到一些景區走走，錫輝說他想再去北山找榮勵老先生，到北山李宅，老人家外出，我們在村子裡逛了一圈。終於見到李長老，錫輝向他道謝，老人說：古寧頭同名炎皮者，有好幾位，此事尚待查證，他所言之炎皮，是否即錫輝祖父，尚未能確定。又講了些故事，要李錫輝回印尼後，去打聽核對。

告別古寧頭，到了機場，李錫輝進入候機室前，一再向我表達謝意，說他總算完成其父李增利遺願，尋根有眉目，返鄉感到愉快和溫暖，期待再來。

（刊於《金門日報・浯江夜話》一〇二年十一月十四日）

左起為李炎傑長老與李錫輝

左起為李榮勵老先生與李錫輝

吾鄉
他鄉

后盤山古井深情誌

　　后盤山原名后半山，地勢稍冗，從金城往沙美方向，環島北路穿村而過，路右頂井，路左為下井，頂井又可分前厝后厝。

　　后盤山原有數口深井，然因時日久遠，自來水供應後，古井乏人維護清理，坍毀殆盡，餘此座落后厝古井保存良好。據鄉老成族叔說：此井挖鑿至今應有三百年以上，自其幼年聽父祖輩言，井在村落已多年，源源不斷供民汲用，日據時代種鴉片需澆灌優質水，井水供不應求。井深達二十多米，汲水必須兩人合作，一人先拉並將繩子貼在井緣石暫停，另一人再拉，交替出力往上拉，芒冬草所編的繩索在井緣青石留下深深刻痕。

　　之後，國軍駐村多年，伙房炊事，需水孔急，加裝轆轤，但井底出水緩慢，軍民爭用，居民只好趁夜汲水，苦不堪言。井水甘甜，據云當年金防部司令官尹俊將軍特愛飲用此水，吩咐屬下取水，須有村長簽名證明。家叔永堂憶當年，本村因山高井深汲水苦，待嫁女聞之卻步。振職叔眼見村民節儉，俟取兵廚洗米水以供豬食，民生凋困，推想可知。成攀叔想到往昔鄉人入井鑿挖維修之艱辛，感慨萬千。先閱兄憶兒時，曾見鳥築巢穴於井垣中，凡此種種，皆成古井往事。

此井深受老村長振東叔及現任許明吉村長重視，報請政府編列預算，美化周邊設施，此井將成為后盤一景。先正少小離鄉不諳村史，然懍於鄉老執事之誠，特書一二見聞以為誌。

后盤村民　王先正　敬撰

寫於民國九十四年三月三十日

后盤山古井深情誌

后盤山風獅爺守護記

后盤山，古名后半山，位於金門島峰腰處，遠有太武山屏障，近依雙乳山為後座，村前有一溪流水環繞，乃地靈人傑風水寶地。

風獅守護於此，屹立村郊，據鄉老言已有數百年之久，斯時水泥尚未問世，內以磚石、木構架，外以石灰、糯米漿混煉成材而塑之。

史書記載：古時雙山之下，彌望坦夷，森林茂盛，名「青山坪」。然元、明以來，兵災連連，林木遭劫，元代伐材燒鹽，有明倭盜來犯，放火焚林，鄭氏攻台，砍樹造船，清廷佔金，強迫遷居，焚屋刈木，遂使蒼然森鬱，變為飛沙滾塵。先民有鑑於此，乃立風獅以鎮風。

昔時風獅爺守護村落，驅邪伏魔，村民按時祭祀，祈祥賜福。於今政府編列經費，僱工整修周邊景，再造后盤新風貌。誠屬佳事，是為記。

后盤山人　王先正　敬撰

寫於民國九十四年四月十三日

觀覽民俗文化村
——愛國建家話先賢

前言

　　十月以來，二度暢遊金門民俗文化村；前一次是青年救國團
金門縣支隊部主辦，招待青年學生認識地區文物勝蹟及建設，以
增進青年們愛鄉土、保家國的觀念及意志；筆者有幸率同學生，
於十月五日在救國團楊建洲組長的引導下，參觀了民俗文化村、
迎賓館、花崗石醫院。

　　觀覽了民俗文化村之後，深深地體認到我民俗文化傳統根深
本固，而先民勤勞樸實之創業精神，更待我後世子孫發揚光大，
砥礪自強志節，承先啟後，以完成復國建國的中興大業。

　　參觀了迎賓館、花崗石醫院，則驚佩其工程之艱鉅浩大，內
部設施之盡善盡美，與擎天廳同為戰地鬼斧神工的偉大鉅構，這
些建設表現了我們工作不怕難的金門精神，曾聞接待人員說：外
國記者來到戰地，參觀了這些工程，都豎起大拇指，連聲說道：
「王豆腐！王豆腐」（WONDERFUL）

　　第二次參觀在十月二十一日，縣黨部招待基層幹部，筆者追
隨諸先進之後，在許金龍組長的帶隊，再度觀覽了三處名勝及建
設；此次參觀，敝人將重點置於民俗文化村，因山后民俗文化村

為金門王氏大本營，先賢輩出之所在，而筆者身為王氏子孫，不可不知其脈絡梗概，所以事先搜集並閱讀有關資料，臨參觀時一一印證。

歸來家中，撫今思昔，深感先人創業維艱，尤其欽佩王國珍、王敬祥父子及其族人熱愛鄉里、關心公益、忠黨愛國之偉大事蹟，於是查考文獻、訪問前輩長老，有意將王國珍、王敬祥父子及先賢向讀者做一介紹，以表後輩景仰先賢之義，並發其潛德幽光。

正苦於資料有限，難以下筆之際，幸得宗伯王秉垣先生（前社教館館長）不吝指導，方能撰就此文，在此先向讀者說明。

愛國建家的王氏世家

王國珍字明玉，山后人，為審知公八世孫王璉之後（今浯島王氏多為審知公之後），壯歲棄儒從商，素負信譽，抱負不凡，於前清同治年間遠渡東洋（清末海禁大開，革命烽起，金門民眾多向外求發展，開創前程，僑商海外以新嘉坡、印尼、馬來西亞及東渡日本者較多），始依日商財力，在神戶經營貿易，因信用良好，又經營得法，貿易日漸擴展，廣及大阪、橫濱、上海、台灣、廈門等地、大連、煙台、哈爾濱諸商埠，因致富數百萬銀元，為旅日金門人巨擘，遂被共推為神戶、大阪閩粵會館主管，並總理總商會事，晚年回原籍—金門，復致力造橋修路諸善舉，造福鄉人甚多。

王敬祥為王國珍之子，幼承父教，有乃父樂善好施之風，初任職於日本正金銀行，後繼承父業，益致巨富，被推選為日本東京華僑總商會會長甚久。國父孫中山先生在日本號召革命，王氏

率先加入同盟會，籌措經費，傾囊資助，不遺餘力，功在國家。民國肇造，王氏於民初返國，出資助建晉江至安海公路，繼又在故里山后建新屋十八棟，禮聘閩南名師精心設計建築，一應建材皆購自漳泉，甚而遠及江西，先後歷二十餘載，於清光緒二十六年（公元一九○○年）庚子冬落成，計閩南式二進住宅十六棟，家廟及鄉塾各一棟，配置三列，璀巍傑構，精緻堅實。王氏將此新屋安置宗族親友居住，迄今已歷八十一年，睹物思人，具見拓創之艱鉅，父作子述之精神，足堪範式來茲，永垂後世景仰。王氏於民國十二年在日病逝時國父親臨弔唁，並贈賻銀千元，備極哀榮。

王敬祥先生之族人敬詩、敬棟先生，俱支持革命，均有功於國家。子孫大部分旅居海外，現住山后村的王壽凱先生為王敬棟先生之子。與王壽凱先生同輩的王天申先生，亦是山后人，留學日本帝國大學經濟系，曾任菲律賓中興銀行董事長，致力於僑運及黨務工作，忠心黨國，貢獻良多。由此可知山后王氏是忠黨愛國的革命世家。

民俗文化村各館介紹

金門夙稱「海濱鄒魯」（有學生對此四字成語不甚了解，今代解如下：鄒為亞聖孟子家鄉，魯為至聖孔子家鄉，浯島文風鼎盛，儒學大興，故有此喻），先代文物勝蹟遍佈，而最富風土民情，規模完備者，當推山后王敬祥先生所鳩工興建之古屋十八棟。

然而，古屋經無情歲月剝落了不少，復遭對岸砲火凌夷，以致面目全非。鑒於文化遺產之維護，乃敦風化俗之要務，亦邑民薪傳先澤之志行，金門戰地政務委員會仰承領袖蔣公「復興民

族文化」之遺訓，遂組籌建委員會，集智合力，周詳規畫，以古屋為中心，復舊修建，徵集民俗文物，分類陳列。分設「民眾文物館」、「禮儀館」、「喜愛館」、「生產館」、「武道館」、「休閒館」、「古官邸」等，以供遊客觀覽。

民俗文化村內之亭園景物陳設，悉以固有文化傳統，地方民俗風格為主題，作靜態與動態之重現。自民國六十八年秋初鳩工，歷十閱月完事，於六十九年五月二十日落成開放，供人參觀，並繼續充實改進內部陳設及周圍景觀，其間蔣總統經國先生曾三度躬臨巡視指導，嘉許殷切。

茲將各館做一簡介：

民俗文物館（海珠堂）——漢影雲根源遠流長

館址原為王氏家塾，因為面對海洋，每逢日出，類似海浪湧出玉珠，壁上有一付對子，詞曰：「海為屏，座照珠」，館內之對子除此之外，尚有「海山新氣象，珠樹舊家風」、「海浮旭日騰雲起，珠湧滄波映月輝」、「海鏡朝懸波起案，珠簾夜捲月當階」、「海闊天高氣象，珠圓玉潤襟懷」，這些對聯皆與「海珠」二字有關，館內分設瓷器、陶器、銅器、漆器四室，陳列民間文物器皿，正廳保持原有陳設，東西書軒為文房，陳列書畫典籍，華麗而古樸，足以鑑古知新，溯本思源。

禮儀館——懷恩報本祭祀唯誠

禮儀館原是王氏家廟（即王氏宗祠），廟門有一對聯「鰲海揚清雲蒸霞蔚，獅山獻瑞嶽降崧生」，廟裏正中掛著王濟之所寫「進士名宦」大匾，為光緒年間修的，新近又有匾額「源遠流長」，是國防部總政治作戰部主任王昇上將所贈，廟內楹柱上有王多年中將署名之對聯「前有水後有山水山毓秀開珠樹，左為昭

右為穆昭穆列陳耀槐廳」，王和璞中將署名之對聯「來島啟諸鄉桂杏聯芳垂系替，入閩經累代子孫呈耀賦而昌」，另有對子如「創業維艱克儉克勤百世箕裘承祖德，守成不易教忠教孝一門簪紱繼家聲」。

館內布置以歲時祭祀儀典為主題，明其宗法族規，宏揚敬祖先、教子孫，慎終追遠之倫理道德。

喜慶館──教先四德化始二南

喜慶館內的對聯，跟傳統婚禮有很密切關係，如「于飛鳳卜春屏暖，乃夢熊祥夜漏長」，「花開並蒂鴛鴦暖，酒醉同心琥珀濃」，「試將鼓瑟微吹鳳，好聽雞鳴促夢熊」，「賦宜室家春風早，夢中熊罷世澤長」，這些對聯讓人有一種喜氣洋洋，祝人早生貴子的感覺，因聯中常有「夢熊」[1]一詞，此二字乃是生子的預兆。

館內布置以民間傳統婚禮為主題，分設禮堂、洞房、翁姑房、小姑房（妝樓）、花轎等舊式布置，備見昔時之隆重謹嚴，以禮齊家，造端夫婦，亦足敦風勵俗也。

生產館──男耕女織敬業樂群

生產館內有二付對聯，一是「慈孝友恭真情是樂，文章道義到處生養」，一是「仁義禮智敦其本堪稱善性，綱常敦教認得真可謂完人」。

館內陳列舊式生產器具，概分為農具、漁具、紡車（織布機）、油車（榨油坊），以表示先民營生生態，其勤勞敬業，克難生產之精神，足供後人景法。

---

[1] 註：「夢熊」《詩經》〈小雅斯干〉：「吉夢維何，維熊維羆。」又「大人占之。維熊維羆，男子之祥」箋：「熊羆在山，陽之祥也，故為生男。」今俗本此賀人生子曰夢熊之喜。

武道館——踵武前賢蹈厲奮發

武道館內有一付對聯,文曰:「月路流青雲門摺秀,書林吐馥文囿含鏘」。

館內陳設以民間傳承之國術,練功健身及十八般武藝之道場、兵器、盔甲為重點,俾瞭解邑民尚武重義守土營鄉之精神,淵源有自,激勵見賢思齊,宏揚武德。男學生到了此館,莫不興趣盎然,紛紛拿起古兵器耍弄一番,大有我武維揚的氣勢。

休閒館——華夏正聲進德怡情

休閒館內有二付對聯,一是「屋角現獅球浮嵐遙接,門前環鰲海活水自來」,一是「如意吉祥人之往,六合元貞定春風」。

館內以昔日民間休閒活動為主題,就較通俗普遍之茶道、南管、講古(說書)、閩南戲、奕棋等項,作生態展示,藉瞭解先民遊樂方式,而其清雅、淳樸、節儉之風尚,足以啟發後人深省。

古官邸——香浮學圃心田樹德

古官邸原名大夫第,又稱中書第,兩個舊稱呼,現在仍分別書寫於內外門楣之上,大門的對聯是這樣的:「積善之家必有餘慶,資富能訓唯以永年」,古官邸的對聯甚多,尚有「玉樹現花香作錦,水光山色翠連雲」,「滿座珠璣光善地,幾重書籍耀新居」,「至樂無聲厥為孝悌,大羹有味祇在詩書」,這些聯對的對仗工整,音韻諧調,而且有一種書香門第的氣息。

民俗文化村除了這些館邸外,尚有民房,一間村辦公處,並有浯洲園、石園、馬廄各一,其房屋建構,亭園草木之美,均可供人參觀,即如欣賞各間古民房之對聯,亦富情趣,如「瓦鐺文延年益壽,銅盤字富貴吉羊」,「雲霞遍著滿天色,春風又臨大地新」,「平安竹長千年碧,富貴花開一品紅」,「如意珠懸

仁壽鏡，稱心花靄吉祥雲」，「蒼雲駕遠魁溟北，白雲詞高擅郢中」，「靜觀身外渾無物，未許人間別有仙」等，這些對子都有其極幽雅的境界，令人神往。

後記

維護古物，保存古蹟是歷史教育中的一個重要環節。而歷史教育的重要性，一向是眾所周知的，因歷史教育能培養人們的愛國情操及正確的人生觀和世界觀。

古物、古蹟不但可以輔助在校學生的歷史教育，也可以對社會上的男女老少發揮歷史教育的功效。美國的歷史雖然不長，但是美國人對於他們古蹟的保存卻不遺餘力，煞費苦心。

例如：美國華盛頓當年所經過的戰役地點，現在都已經開發成國家公園，設置紀念館，並且放映當時模擬戰爭的實況電影，供給遊客觀賞。美國政府的這種做法，無非是希望藉此能使國民體認祖先締造國家的艱辛，培養國民的愛國情操，美國人這種維護古物，古蹟，重視歷史教育的做法，是美國人擁有濃厚的歷史意識，高度的愛國情操的一個重要因素。

山后中堡的十八棟古屋，經我們金門戰地政務委員會，仰承蔣公「復興民族文化」遺訓，周詳規畫，闢建為民俗文化村，此不獨保存了地區民俗文化，發揚勤勞樸實的優良傳統，使地區文物、風俗，均能做有系統的陳列展存，用以策勵承先啟後，繼往開來之精神，並可供外賓參觀與軍民休閒遊憩之用，誠為地區文化建設的一大盛舉。

筆者近聞政府已著手民俗文化村第二期整建工程，所以參考有關資料，分項陳述，撰成此文，向讀者朋友做一介紹，盼博

雅君子，有以教之，並祈讀者諸君，多多提供意見，使我們的民俗文化村能充實得更完美！

六十九年十一月寫於鳳翔村

（刊於《金門日報》六十九年十一月十八日副刊）

民俗村之大門牌坊

他山之石　可以攻錯
——介紹鹿港民俗文物館及其他

緣起

　　最近幾天，金門民俗文化村的第二期整建工程，在秘書長、縣長的積極督導，及有關單位的精心策畫下，擬定了計畫，並分配交給各中小學和有關單位執行；現在各單位已按照交付計畫，分別展開民俗資料的搜集，和充實擺設，美化亭園的各項工作；預定一個月半的工作天，便可竣事。

　　筆者數年前曾赴鹿港，觀遊其民俗文物館，此後又得悉其籌設民俗文化村之計畫，茲將其內容及布置情形，向讀者做一介紹，並將平日於報章雜誌所見專家學者對民俗村之意見，和日、韓等國設置民俗村的做法，向大家順便介紹，提供有關單位參考！並祈讀者不吝指教！

鹿港民俗文物館

　　台灣素有「一府、二鹿、三艋舺」之說，可知鹿港為台灣省文化重鎮，歷代人才輩出，史地學家張曉峰先生曾經將台灣文化歷史分為五期，而特將第二期稱為「鹿港期」，所指的是自前清

康熙二十三年（公元一六八四年）台灣設府以至南京條約五口通商之間的一百五十八年的這一段黃金時代。

　　鹿港出身的社會賢達辜振甫、偉甫昆仲，為弘揚中華文化，保存及介紹故里民俗文物，昌明民族倫理道統，發展觀光旅遊及鼓勵鄉梓青少年研究進修起見，本諸「取之社會，獻之社會」之胸懷，捐獻其居家大樓，並慨輸基金創設「鹿港民俗文物館」，冀為地方造福。

　　鹿港民俗文物館於六十二年十一月十日正式揭幕。該館是十九世紀英國維多利亞式的建築物，雖然只有二層，卻是相當地巍峨，其館內展示內容，以展示有關食、衣、住、行、育、樂、宗教、禮俗之文物為主，圖書期刊為副。各項展示之場所大要如左：

　　一、樓下大廳——各類文獻、沿革、圖片之陳列展示

　　二、樓下史料室——陳列古蹟文物、史料、著作等。

　　三、樓下放映室——有關民俗文物照片之展示、幻燈之放映。

　　四、樓下書畫展覽室到——古今書法、美術作品之展覽。

　　五、前樓大廳——各型桌椅、花瓶之陳列。

　　六、前樓第一室——各種育、樂器物之陳列。

　　七、前樓第二室——各種食具、飲器之陳列。

　　八、前樓第三室——居家家具之布置。

　　九、前樓第四室——昔時寢室之布置陳設。

　　十、前樓第五室——各種昔日服裝、衣飾陳列。

　　十一、三樓——展示昔時衣、刺繡物品。

　　十二、後樓第一室——昔時家室之各項陳設。

　　十三、後樓大廳——各項宗教祭品之展示。

　　十四、後樓第二室——個別提供之各項文物展覽。

十五、舊樓——古式廳堂、房間、雜器、陶甕、建材之展示。

十六、舊樓圖書館——各項圖書、雜誌之借閱及學生研讀進修之場所。

共有十六間陳列室，至於館外庭園布置，則以各種石器之陳列、花木欣賞為主。

鹿港民俗文物館為私人設立，筆者於民國六十四年觀遊時，正值草創階段，然其內部展示之民俗文物，堪稱洋洋大觀，但其所收藏物事，有引起非議者；例如：吸食鴉片工具、婦女纏足穿著的弓鞋，有人認為此是陋習歪俗，自暴其短，不展也罷；但也有人認為，我國過去舊社會中，既然有其存在事實，目前留有物證，展也何妨？

筆者以為：民俗文物的集藏與展示，固然應該注意其歷史性、藝術性、地域性、娛樂性、而教育性亦應顧及。鴉片煙之吸食工具與婦女弓鞋，昔日固然存在，但其危害國家榮譽及戕害民族生機，至深且鉅，吾人為了愛護國家與激發民族精神，應本著前事不忘，後事之師的態度，對此陋俗，繕寫一些介紹文字加以說明並勸誡世人。

鹿港民俗村之籌建

鹿港民俗文物館為進一步發展該館保存民俗文物的功能，以繁榮地方、吸引遊客，設計籌建「民俗村」，其計畫內容及概要如下：

內容

一、建築部分——籌建鹿港舊日之市街景象，包括「不見天」市街小巷，廣場、小型廟宇、漁村、碼頭等。（鹿

港的主要街道在昔時，寬僅六七尺左右，且其上有「蓋頂」，街道「不見天」的稱呼即由此而來。）

二、靜態保存展覽部分——包括民間各項行業，如糖坊、油車、染房、米粉寮、麵線間、鐵舖、銅舖、藝店、裱褙店、燈店、糊紙店、糕餅店、裝佛店、轎間等之用具及室內陳設。以上展覽均附加錄音說明。

三、動態保存展覽部分——包括傳統地方戲曲、布袋戲、歌仔戲、皮影戲、傀儡對及歌曲、民謠、講古等之表演藝人之發掘，錄影錄音之保存等藝術。

四、觀光服務部分——包括一般觀光服務，如點心街之設置，於介紹地方飲食之外，兼為觀光客服務。其他如紀念品販賣、咖啡及餐飲等均於適當位置設置之。

範圍及計畫概要

鹿港民俗村之範圍，業經委託東海大學建築系規劃完畢，除了鹿港民俗館贊助人辜氏昆仲捐贈館前土地外，擬徵用公署預定地、私有畸零地、計畫道路用地、私人土地，以充做「民俗村」用地。

其計畫概要如下：

一、停車場入口—放置在新闢之計畫道路旁，做為文物館之主要入口，選擇這個位置，可取得最大的方便，及最小的土地浪費。

二、不見天商業街—以文物館之舊館中軸和停車場相對之計畫道路為軸，構成不見天商業街，可明顯的交待主要參觀的道路，以此構成文物館活動之主動脈。

三、動線系統—主動線以「不見天」街道為軸，配以次要之各巷道，連絡一些活動的關節，如連接海港風光，連接

地方戲劇視聽中心、點心街，及通往漁村之巷道，各類
活動依然以必須走回「不見天」街道軸線為原則，此為
整個館區參觀模式之基本原則。

四、展示活動之分佈—靜態的是以完全仿古或選用古董的方
式及觀賞的方式陳列，諸如各類商舖、住屋及博物館。
動態的活動，則採取傳統的再現，參觀者本身能回復到
原有傳統之興趣為要，但觀眾自己亦可成動態展示之一
景，諸如點心街之設置、街頭講古，街旁雜耍、露天地
方戲曲之公演，而構成一活潑有趣之「民俗村」。

五、建築設計原則—全區之旨趣在提供傳統生活之再現，建
築設計應力求和傳統之符合性，一切考證之工作，均需
充分之執行，在不妨礙傳統之原則下，亦應融入一些較
令人方便之新做法，此為設計之首先要原則。

韓、日兩國的「民俗村」

韓國的民俗村，位於漢城近郊，佔地二十三萬坪，內設商
店、民居、宅邸、官邸、官衙等建築物的原大小模型二百三十餘
幢，建造都很精確仔細，而且現在仍在繼續擴充中。

韓國民俗村的民俗活動分蠟像和真人表演兩類，前者為生
活起居的靜態展示，相當逼真；後者則為手工藝製造等的動態展
示，並在現場販賣成品。此外，民俗村內並定期舉辦古典民俗舞
蹈和非正式婚禮等民俗活動表演。

和韓國民俗村類似的文物保存設施在日本名古屋近郊的明治
村。日本明治村和韓國民俗村不同的地方，在於明治村的建築物
皆有所本，有許多且是舊有重要建築物的移建。在村中的五十三

項展示物中，包括有國家指定的「重要文化財產」八項（三重縣廳舍、聖約翰教堂、西鄉從道邸、札幌電話局東松家住宅、東山梨那役所、品川燈台、菅島燈台附屬官舍）紀念物一項（蒸氣火車頭），和地方「有形文化財產」一項（名古屋衛戍病院）。

明治村的缺點是沒有真人的活動，也許較好的保存方式是和前述的韓國民俗村合併，互補所缺少的地方。

另一種保存方式，是把具有傳統風貌的某一地區或某段街道予以凍結，不讓它改變形象。日本的所謂「町並」保存，就是這類工作。台灣的「鹿港古風貌發展計畫」，由鹿港文物維護地方發展促進委員會主持，他們的做法，就是源於日本「町並」的概念。日本目前保存得最好的是京都的產寧坂。

陳奇祿博士認為「町並」保存法，是保存歷史文物的最好方法，就目前而言，在台灣可做這類保存的有鹿港、澎湖馬公和新竹湖口等處。

專家學者對「民俗村」的意見

陳奇祿博士認為設置民俗村，最好是將古老建築原地保存，如澎湖馬公的中央街便可做這種考慮；如不得已拆除，像林安泰古厝，則最好能仿「明治村」的做法，目前最需要的是有人提供一塊土地，把台灣值得保存的屋子，拆遷聚成一個「民俗村」。至於有人建議多設立幾座民俗村，陳博士以為並不需要，他認為把一個做好比兩個做不好要好得多，最好是能在鄉下地方找一個寬敞的地方，成立一個委員會，就所需要與內容加以全盤規畫，融合世界各地民俗村的特色而又自成一格，且不斷擴充，才是我們設立民俗村的做法。

李亦園先生對「民俗村」雖沒正面提出意見，但他對「文化中心」的意見，卻與我們金門民俗文化村的設置情形有很多不謀而合之處，他認為縣市文化中心的主要功能是藉文化活動以提高當地的文化水準以及愛鄉愛土之情。

　　他認為縣市文化中心的各種設施應該為促進當地居民的文化活動為重心，縣市文化中心所設之陳列館，其所陳列的文物，應該是與居民生活息息相關的東西，特別是地方歷史、風俗習慣、特殊工藝傳統的發展的過程等等。這些陳列不但要使參觀者有親切之感，而且儘可能地要讓他們觸摸得到，使他們感到這是自己的東西，他們即是其中的一部分。

　　李亦園先生以為文化中心展示的主題既以當地歷史傳統、風土人情為重心，因此很多主題就可以由當地居民來參與與搜集工作，甚而讓他們自己來安排陳列的形式。例如地方開發過程中的某一段特殊史實，一種音樂或戲曲的傳統，或是一項特殊工藝技術的發展等，都可成為一個陳列展示的主題，由當地的熱心居民、社團組織，甚至於學生團體來主持搜集資料、預備展出工作，這樣不但可以激發居民愛鄉愛土的熱忱，而且經由報家的引導，更能激發出一股地方的文化復興運動，促進文化的發展，提高了居民的文化水準。

　　李先生認為縣市文化中心的場所，最好是利用原有的舊建築，例如祠堂、寺廟、古老住宅等等，因為這些原有的建築，當地居民對它已有長久的感情，利用這種感情轉於新文化中心的活動，最能促進真正的參與，因為只有居民的主動參與，文化中心才能發生作用，而文化建設才有生根的希望。

後記

先總統蔣公曾昭示我們：「文化建設為一切建設的源頭，而文化作戰又是總體戰的前衛，文化建設有深遠的淵源，文化作戰才有銳利的鋒鏑。」

政府一向很重視文化建設，民國六十六年九月二十三日，蔣總統經國先生於當時行政院長任內，在立法院作施政報告就提到要建立每一縣市的文化中心，推動長期性的綜合文化建設計畫，使我們國民在精神生活上，有良好的舒展，使中華文化在復興基地日益發揚光大。

我們金門三十年來，在各級長官的精心策劃、苦心經營下，已成為三民主義模範縣；我們的軍事建設，使得敵人不敢越雷池一步；經濟建設，使得大家的年平均所得是大陸同胞的好幾倍；文化及教育建設的成果，又是全國之冠，國民教育延長至九年，是民國五十三年於金門最早實行，文化設施非常之多，除了原有的名勝古蹟外，又建了莒光樓，整修社教館（包括朱子祠、浯江書院）、整建民俗文化村，此三大設施為地區三大文化中心，如果再加上稚暉亭、伯玉亭、東美亭、及各鄉鎮公所、村公所的圖書室，我們可說金門是自由中國文化設施最密集之所在了。

筆者返金服務已三載，眼見地區文化建設在各級長官的精心擘劃下，有了長足的進步；又聞近日民俗文化村亦如火如荼的展開第二期整建工程，乃以野人獻曝的心情，將平日讀書閱報所知的「民俗村」的一些知識，介紹給讀者曉得，並供有關單位參考。

本文的資料，除了筆者平日記錄外，其餘為參考中央研究院院士陳奇祿博士、中央研究院民族學研究所所長李亦園先生等

人，發表在「中國時報」、「時報雜誌」、「中國論壇」、「中華文化復興月刊」的鴻文編寫而成。六十九年十一月於湖南坡

（刊於《金門日報》六十九年十一月二十四日副刊）

說南韓到南韓

　　日前與家人赴南韓一遊，我平日很少看韓劇，韓國電影看的也不多，對於「韓流」似無所感，但過去買了些談論韓戰的書，偶而翻閱。

　　史家說一九五〇年六月二十五日韓戰爆發，扭轉了台灣當年岌岌可危的命運，胡璉《金門憶舊》曾說：「（一九五〇年）七月中旬，我軍曾有放棄金門的計畫。……正當決定撤守並準備實施時，七月二十三日，國防部忽派專員送命令到來──仍然準備在金門作戰。」（頁一一二）關鍵即在韓戰爆發，美國政府改變對華政策，原本對國府棄之如敝屣，如今又納為盟邦。中研院張淑雅研究員改寫二十多年前博士論文，去年出版《韓戰救台灣？──解讀美國對臺政策》，對此事有深入剖析探討。

　　當年朴正熙大統領執政，創造了「漢江奇蹟」，日後朴被同鄉、同學金載圭（時任中央情報部長）槍殺；我因此對韓國政情有些好奇，閱讀書報知韓國於第二次世界大戰後，建國之初，國窮民困，百廢待興，之後，數十年來歷經李承晚、尹潽善、朴正熙、崔圭夏、全斗煥、盧泰愚、金泳三、金大中、盧武鉉、李明博等領導及全民努力，無論是工農業生產、交通運輸、文化教育、城市建設、生態環境和人民生活，皆有顯著進步。然而，在進步的過程中，有軍事政變，也有學生運動，更有商界醜聞，並發生最高領導跳崖自殺，這些構成了南韓現代史，如今韓國在亞

洲的經濟實力，已可稱大國。

　　赴韓當日，飛機抵仁川國際機場，此仁川即當年麥克阿瑟指揮大軍成功登陸的仁川。我們搭乘機場內部列車去領行李出關，驚見機場規模宏大，設施完善，三十幾年前台灣桃園中正機場剛完工啟用，也曾被人稱讚。現代之仁川早已超越桃園機場，不但是亞洲有名的機場，也名列世界十大機場。據瑞士日內瓦國際機場協會（ACI）二○○五年到二○一○的調查，仁川國際機場已連續六年獲得「全球服務最佳機場」第一名。

　　然而，機場設施再怎麼完備，最主要還是要有足夠的客貨量來支撐和彰顯，否則只是浪費公帑，蓋了蚊子館；韓國人以旺盛的企圖心，加上各項建設追求卓越，貨暢其流，物盡其用，讓人不敢小看韓國人民之智慧與努力。遊韓五日走馬看花，加上導遊介紹，發現韓國有幾項令人印象深刻之事：

一、韓國人愛用國產車，載運我們旅遊的遊覽車，是韓國KIA所產，在高速公路休息站，我稍做觀察，所見大客車，不是KIA即為現代（其實KIA也已併入現代汽車）所產。至於市區行駛之客貸小車，也是這兩種廠牌加上三星所產，很少看到外國車。

二、韓人飲食簡單，三餐皆有泡菜，餐食標榜無煙，沒有太多熱炒菜餚，烹飪以燉煮為主，烤肉搭配冷盤小菜。五日旅遊，品嘗了人參雞風味餐、涮涮鍋、炭烤豬肉＋韓式冷麵、海陸總匯自助火鍋、鐵板雞排、魷魚烤肉、香菇火鍋＋季節小菜。讚賞喜愛的人，說韓式餐食是健康食品，但也有人認為稍嫌單調，不像我們中國佳餚菜式多樣。

三、韓國以影視帶動旅遊頗為成功，韓片《實尾島》和《太極旗飄揚》是韓片鉅製，發行以來，不但叫好亦賣座，世人由此認識韓國慘痛歷史，並對韓國產生興趣。此次赴韓參觀景點有兩處與韓劇有關，一是拍攝《貝多芬病毒》的外景地「小法蘭西村」，村落建築在半山腰，很多建材及家具都從法國運來，具體而微地展現法國風情。另一處是拍攝《冬季戀歌》的南怡島，島上無電線桿，只見優美的水杉大道及自然景觀。據說旅遊旺季時，整個南怡島擠滿了遊客，重溫劇中情景，男主角裴勇俊到亞洲各國駐足，常引起騷動。

（刊於《金門日報‧浯江夜話》一〇一年十月十日）

南韓國家公園熊塑像前，家人合影

北海道風呂

　　日前與金中師友赴日本北海道，旅行社安排的行程摘要，寫有「露天風呂」，初不解「風呂」何義，詢問才知「風呂」（fulo）乃源自「室」（mulo），有包圍、環繞和房間之意。

　　「露天風呂」在日本是指露天的溫泉浴，溫泉浴對我來說，似知卻又陌生。回憶四十多年前，讀台北市雙園國中初二，市府推行童軍活動，我因擔任班長，幸被推薦參加陽明山全市班長大露營，有一夜活動，童軍團長帶各小隊到溫泉浴池洗澡，浴池甚小，團長又沒引導赤裸下水，當夜，大家扭扭捏捏，少男的矜持，小弟弟怕被人瞧見，沒人入池，伙伴都只伸出手腳試試水溫，就罷了。

　　此番來到北海道，聽聞北海道的溫泉在日本相當有名，心想不該錯失。第一夜入住的旅館——登別市的石水亭，位在火山遺址——地獄谷不遠，地獄谷有噴氣孔不時噴出高溫氣體，遠遠聞之仍有硫磺氣味。地底汩汩流出的泉水常被旅館抽取，供旅客泡澡享用，據說登別所有湯量的四分之三都是來自地獄谷。

　　在房內寬衣解帶後，穿上浴衣，帶著大毛巾及小毛巾，旅館樓房有兩棟，隔壁八樓有露天浴場，但我貪圖方便，就近到本棟七樓去從事溫泉初體驗。浴場的男、女湯是分開的，浴場外有放置衣物的櫃子、籃子，倘有貴重物品可放入自行設定密碼的小抽屜安放。將浴衣脫下與大毛巾一起放在籃子裡，先到分隔成十數

格的洗澡小間，開放的小間裡有矮凳、小木盆，牆面有蓮蓬頭及水龍頭，亦置有洗髮精及沐浴乳，將自己從頭到腳洗刷乾淨，以小毛巾擦乾頭髮及臉部，然後從容踏入浴場的熱湯中。如果您害臊，行走時可用小毛巾遮住重要部位，以免「吊兒郎當」，如果您不在意，大家在此祖裡相見，沒人比大小。

池中冒著熱氣，望之有點卻步，但既來之則安之，初探水溫，覺得溫度不低，但泡久，渾身舒泰。浴客並不多，在氤氳水氣中，霧中看人，似有若無，也少了幾分害羞與尷尬。

第二夜住在函館市的湯之川溫泉平成館，泡澡的溫泉池位在頂樓（第十二樓），是露天風呂，有了前夜經驗，食髓知味，當然不放過。如同前一晚，清洗之後，我圍著小小遮羞布，推開鋁門，仰望星空，扶著池邊梯，步入熱湯中，頭頂小方巾，忘掉世間憂煩，浸泡到身如熟蝦，驚覺天空似有若無降下雨絲，才興盡打道返回宿房。

第三天下午來到洞爺湖的湖畔亭，店名為亭，然樓體實有九層，九樓有空中大浴場，細分為露天風呂、檜風呂、岩風呂，入夜後，我穿著浴衣前往，分別在各池浸泡，感覺差異有限，但據專家言，其中奧妙歷久才知。場外有電動按摩椅，我坐在椅上，讓電子滾輪拿捏，從上到下服侍甚久。

第四個晚上，住札幌香檳城堡飯店，浴場在三樓，從房間到浴場不可穿睡衣，浴場也收外面客人，出入人物較複雜，我因而沒去彼處，旅房的浴室寬敞，留在自個兒浴缸洗濯，頗為愜意。

聞我自東瀛歸來，友人戲問，日本是否有男女混浴，浴場可有新鮮事？友人嗜讀文史，知甚多偉人在溫泉鄉有風流韻事，又喜閱日人情色浮世繪。我說洗浴設施，日人家戶都有，如今溫泉旅館，投宿者觀光客居多，而且男湯、女湯分開，大家只求泡湯

暢快。旅行匆促，妻兒隨行，無暇綺思幻想，也無心思注意別人身體構造。

（刊於《金門日報‧浯江夜話》一〇二年六月二十六日）

陳女士試穿兩件式浴袍，說頗為舒適

追憶赴廈交流聯誼

　　近日，友人編印金廈交流特輯，索稿於我，回想民國九十六年四月往事。

　　那月二十日上午，金門縣寫作協會會員及友人，搭「東方之星」抵廈門和平碼頭，廈門文聯陳元麟、王永盛等在門口拉布幅歡迎，電視台記者熱情訪問（當晚廈視有播出眾人鏡頭及談話），文聯將大夥行李以專車送往將入住之希爾福大酒店（位在思明南路），我們搭中型遊覽車先到南菩陀寺山門前，再走往廈大一條街，洪春柳老師於素食館設午宴為大家接風，洪老師是寫作協會的理事，當時在廈大讀中文博士，才華洋溢、好學不倦。

　　宴後先回酒店，再搭車到書法家廣場及音樂家廣場（前兩年新設）遛達，文聯友人伴遊，晚間廈門文聯設宴於海利餐廳，文聯張萍書記、作家協會陳元麟主席等人招呼大家，席開三桌，主客觥籌交錯，氣氛愉快。餐後，回酒店稍歇，我與維權兄同住，又出門到廈大一條街逛逛，進曉風書店和光合作用書店看書，晚間與維權兄暢談他求學往事，對他昔日自願降級、重讀的求學精神非常佩服。

　　隔天清早，大夥先到集美鰲園看陳嘉庚墓園，又到園博園工地聽簡報及參觀，中午集美大學文學院副院長夏敏教授等人請客，夏教授父母原係浙江人，一九五一年赴西藏，在那兒待了三十多年，夏教授在西藏長大，考上高校讀北平師範大學，之後讀

研究所，先服務於西安，再調來廈門，專業是口頭文學及文化遺產（古蹟建築），寫有《閩台民間文學關係研究》（福建人民出版社），他於二〇〇三年曾到台灣訪問。

飯後車駛往廈大附近的文聯總部開座談會，場面盛大，來人不少，看到先前赴金訪問的廈門作家協會榮譽主席陳慧瑛、詩人舒婷，會中我與許維權及廈大鄭啟五話較多，陳慧瑛說她到金門得識陳延宗、王先正、陳長慶等人，她返廈之後曾寫一文〈金門去來〉刊於「廈門日報」，說她認真看了金門友人的寫作專輯，發現金門文友的古典文學修養深厚，有赤子情懷，她讀楊清國的文章深受感動，今日很高興有緣相聚。

廈大鄭啟五教授回憶一九五八年，他當時為幼兒園學童（鄭一九五二出生），兩岸炮戰開打，滿天都是火光，他原以為是放鞭炮，老師們見狀，急拉幼兒往防空洞躲藏。鄭說他的童年記憶都在防空洞，洞口有不少沙包，因洞內人多，吃喝拉撒皆在裡面，空氣不流通，味道很臭。高級長官陳毅來視察，對於防空洞堅固極為肯定，但大伙躲在洞裡面實在很苦，解除警報，才可出來重見天日。

鄭說一九五九（八二三隔年）颱風，廈門受災慘重，海邊沙灘有不少飄流物，偶有浮屍。當時全民皆兵，廈大民兵師待命支援。讀廈大時，必須拿步槍與同學輪班在海邊站崗，站海防哨，哨所遺有著火彈痕，說曾有蛙人（水鬼）出沒。有一夜，遠遠見一物飄來，正在緊張擬開槍，細看才知是麻袋。之後，炮聲少了，對岸常傳來鄧麗君歌聲，並有心戰喊話：「離地三尺，就是自由。」

朱水涌教授回憶烽火歲月，就讀同安一中，語文課作文，老師訂題「給⋯⋯一封信」，他當時寫了「給解放軍叔叔的一封

信」，向軍人致敬。鄭啟五說台胞有人寫詩被關，詩中有詞「當歸」，因而被關。我說此殆係誤傳，真相是詩人紀弦以中藥名入詩，再聯想，但紀並未被關。此詩我剛好讀過，詩題是〈飲酒詩〉，詩文首四句即「飲當歸酒，當歸故鄉。故鄉啊，你在何方？」

許維權說八二三時，金門有不少人受炮傷亡，有同齡友雙手被殘後送，我補充說此人姓名許燕，友人周玉山曾在報章撰文憫其傷（但未寫許燕姓名）。日後，《中國時報》曾刊少年斷臂照片，請知情者示知少年姓名，楊樹清亦曾在《金門日報》鄉訊追蹤報導。

一同赴廈的胡之光教授（胡璉將軍長子）在座談時說，八二三炮戰當天，國防部長俞大維與胡璉談了三個小時，當天為美軍顧問團新的少將前來。在此之前，胡璉即掌握訊息，勸蔣中正及各軍總司令勿來戰地，來了就速返台。說俞大維留德，為來福槍射線專家，八二三炮戰，美軍死了一少將（日後我讀鄉賢鄭瑞堅中將文〈八二三砲戰翠谷營區將領遇難記〉刊《兵器戰術圖解七十期》，知當年美軍顧問小組，在金編階最高是上校，砲戰期間美軍無人傷亡）。

當天胡之光教授談興甚濃，又說當年白崇禧上將不願胡璉當十二兵團司令，白屬於第三勢力，說王作榮教授曾言國民政府撤退來台，早期有大功於台灣的文武名人，文的是尹仲容從事經濟建設台灣，武的是胡璉率兵固守前線護衛台灣，有此二人，台灣得以保全。明年（民九十七）正逢「八二三」五十週年，金門觀光協會楊再平準備接洽廈門文化局副局長葉之華（中共名將葉飛之女）與他（胡之光）做一次歷史性的會面，象徵兩岸走向和平。

我起身補充胡教授所言，說據我所知，國府仍在大陸時，華中剿總司令白崇禧上將寫信給胡，謂將向中樞建議，任命胡璉將軍為兵團司令，撥給三個軍的裝備。但胡璉將軍當著友人面前毀掉此信，說黃埔子弟，豈能朝秦暮楚、投奔桂系，此事王禹廷《胡璉評傳》、沈衛平《823砲擊金門》，都曾寫出。而第三勢力，則是一九四九年以後，美國在香港支持的一個反蔣集團，裡面有一些軍政界過氣人物，但白崇禧不能算是，因白在台始終遭監控，言行小心謹慎，也無法離台。軍界參加第三勢力，較知名的是曾任陸軍總司令的張發奎上將，第三勢力以香港為大本營，日後也瓦解了。

話說完沒多久，座談會仍在進行中，我和李瓊芳老師被請到另室接受採訪，當天接受訪問尚有楊清國、陳為學、許維權，我與記者交換名片，識廈門日報姚凡、宋智明，海峽生活報陳聰稀，海峽導報林連金。日後廈門商報刊出訪問，廈門文聯朋友來金，曾攜報贈閱。可惜的是，報導中引述楊清國的話，說鄭愁予是金門的中學教師。引述我的話，將時任福建師大文學院院長陳慶元，寫成鄭慶元，這些小疵乃瑜中之瑕。

座談會結束，大家下樓合影，雙方互贈書刊，文聯設宴於樓下餐廳款待，朱水涌教授特地騎單車回家取書相贈，盛情感人，朱教授有一姊給金門人蔣家做女兒，後來嫁金沙黃家。宴中得識廈大台灣研究院台灣文學研究所所長徐學教授，相談甚歡，徐教授在台灣五南書局有出書《台灣當代散文綜論》。

第三天（二十二日）文聯友人王永盛、閻欣寧陪我們搭渡輪到鼓浪嶼，在巷弄間穿進穿出，觀賞各式洋樓。再爬日光巖，沿途摩崖石刻甚多，我邊走邊攝影記錄，歸來比對《廈門摩崖石

刻》（福建美術出版社）一書，發現有一名人石刻，書中未錄，我特謄抄於後：

> 勁節孤忠久寂寥，海山遺壘未全消，高台月皎霜寒夜，彷彿如聞白馬潮。民國九年獲登延平水操台，口占一絕即請仲訓先生雅正汪兆銘。

汪兆銘即汪精衛，此人曾任孫中山先生的左右手，也是當時海內公認的民國第一才子。據說一九一九年，僑領陳嘉庚創辦廈門大學之初，禮聘汪為廈門大學首任校長，但彼時粵軍揮師討伐廣西。汪精衛忙於政務，又請辭大學校長職位。可惜汪兆銘日後勾結日本，成了漢奸，書不錄汪詩，也是可以理解。

至於邀請汪來鼓浪嶼一遊的黃仲訓，書有簡介，說黃仲訓，號鐵夷，祖籍福建南安，生于廈門，近代越南富僑，一九一六年春回國定居鼓浪嶼，築瞰青別墅于日光岩下。

日光岩的石刻文字，很多殆是應黃仲訓所請，與其詩文唱和，並由黃雇工鐫刻，成為今日景觀。

（刊於《金門日報‧浯江夜話》
一〇三年三月十七日及四月十五日）

語言文學類　BG0009

浯鄉歲月

作　　者 / 王先正
責任編輯 / 陳佳怡
圖文排版 / 楊家齊
封面設計 / 陳佩蓉

贊助單位 / 金門縣文化局
出 版 者 / 王先正
法律顧問 / 毛國樑　律師
印製出版 / 秀威資訊科技股份有限公司
　　　　　114台北市內湖區瑞光路76巷65號1樓
　　　　　電話：+886-2-2796-3638　傳真：+886-2-2796-1377
　　　　　http://www.showwe.com.tw
劃撥帳號 / 19563868　戶名：秀威資訊科技股份有限公司
　　　　　讀者服務信箱：service@showwe.com.tw
展售門市 / 國家書店（松江門市）
　　　　　104台北市中山區松江路209號1樓
　　　　　電話：+886-2-2518-0207　傳真：+886-2-2518-0778
網路訂購 / 秀威網路書店：http://www.bodbooks.com.tw
　　　　　國家網路書店：http://www.govbooks.com.tw
圖書經銷 / 紅螞蟻圖書有限公司
　　　　　台北市114內湖區舊宗路2段121巷19號（紅螞蟻資訊大樓）
　　　　　電話：+886-2-2795-3656　傳真：+886-2-2795-4100

2014年8月　BOD一版
定價：320元

國家圖書館出版品預行編目

浯鄉歲月 / 王先正著. -- 一版. -- 金門縣金城鎮：
　王先正出版；臺北市：紅螞蟻圖書經銷,
　2014.08
　　面；　公分. -- (語言文學類；BG0009)
　BOD版
　ISBN 978-957-43-1568-0 (平裝)

863.55　　　　　　　　　　　　103011882

讀者回函卡

感謝您購買本書，為提升服務品質，請填妥以下資料，將讀者回函卡直接寄回或傳真本公司，收到您的寶貴意見後，我們會收藏記錄及檢討，謝謝！如您需要了解本公司最新出版書目、購書優惠或企劃活動，歡迎您上網查詢或下載相關資料：http:// www.showwe.com.tw

您購買的書名：_____

出生日期：_____年_____月_____日

學歷：□高中 (含) 以下　　□大專　　□研究所 (含) 以上

職業：□製造業　□金融業　□資訊業　□軍警　□傳播業　□自由業
　　　□服務業　□公務員　□教職　　□學生　□家管　□其它_____

購書地點：□網路書店　□實體書店　□書展　□郵購　□贈閱　□其他

您從何得知本書的消息？

　　□網路書店　□實體書店　□網路搜尋　□電子報　□書訊　□雜誌

　　□傳播媒體　□親友推薦　□網站推薦　□部落格　□其他_____

您對本書的評價：(請填代號　1.非常滿意　2.滿意　3.尚可　4.再改進)

　　封面設計____　版面編排____　內容____　文／譯筆____　價格____

讀完書後您覺得：

　　□很有收穫　□有收穫　□收穫不多　□沒收穫

對我們的建議：_____

_____

_____

_____

11466
台北市內湖區瑞光路 76 巷 65 號 1 樓

秀威資訊科技股份有限公司　　　　收

BOD 數位出版事業部

....

（請沿線對折寄回，謝謝！）

姓　　名：＿＿＿＿＿＿＿＿＿　年齡：＿＿＿＿　性別：□女　□男

郵遞區號：□□□□□

地　　址：＿＿＿＿＿＿＿＿＿＿＿＿＿＿＿＿＿＿＿＿＿＿

聯絡電話：(日) ＿＿＿＿＿＿＿＿＿　(夜) ＿＿＿＿＿＿＿＿＿

E - m a i l：＿＿＿＿＿＿＿＿＿＿＿＿＿＿＿＿＿＿＿＿＿